国家出版基金项目
NATIONAL PUBLICATION FOUNDATION

培育和践行社会主义核心价值观主题出版重点出版物

# 爱国四章

梁衡 著

中国人民大学出版社
·北京·

# 爱国的理由（代序）
## ——关于爱国的几个问题

### （一）

我们为什么要爱国？一句话，国家养育了你。这好比问我们为什么要爱父母。因为父母生你养你，你与他们有了不可改变的血缘关系。同理，人与国家也是一种天然的血缘关系。你在这个国家里出生、成长，国家给了你特定的种族遗传、生活基础、社会关系、价值观念、文化修养。你的身躯、你的精神是国家塑造的。国家民族的个性已经深深地融化在你的血液里。国家的名誉、利益和你的名誉、利益紧紧地连在一起。于是你与祖国就既有了情感上的依存，又有了利益上的一致。这是我们爱国的天然的、血缘上的理由。人必须爱父母，这叫孝；人又必须爱祖国，这叫忠。忠孝二字是人类的基本道德，是人类对自己的母体，即父母和祖国的回报，是天然的法则，属天理良心一级的最高的又是最起码的道德标准，无论哪个民族，概莫能外。乌鸦反哺，羊羔跪乳，动物且然，况于人乎？于是我们就有了一种无法割舍、无法忘怀，如影随形、伴我终生的恋国之情。这是爱国的第一个理由，天然的无可辩争的理由。

第二个理由是你既在国中，就要为国效力，就要关心这个"家"。当年方志敏见祖国积贫积弱，被强敌欺侮，他在《可爱的中国》中说："（母亲）哭得伤心得很呀！她似乎在骂着：难道我这四万万的孩子都白生了吗？"公民如果不爱国，这公民又有何用？真这样，这个国家怎能生存？

1

国家是我们大家的家，是民族的大家庭，她也需要不断维持，不断发展。对内来说，祖国的繁荣发展得靠子女们的辛劳建设，如蜂酿蜜，如燕垒窝，不能有一时的停顿。对外来说，祖国必须有人来保卫。一国既处于世界各国之林，必然会有各种利益冲突和竞争，甚至会遭遇欺侮和侵略。任何国家的独立、发展和强盛都是靠她的全体人民万众一心、竭力奉献换来的，每个国民都有出力费心，直至牺牲的义务。这是爱国的第二个理由。如果哪个人身处国中却漠视国运，那是最大的不忠不义。虽然各个历史时期都有汉奸、败类，但这些人总是被人唾弃。

（二）

理由既立，接下来便是爱什么，怎么爱，即爱国的内容和表现方式。依内容而论大致有三：一爱祖国河山；二爱祖国人民；三爱祖国文化。

一要爱祖国河山。无论在哪个民族的心目中，土地都享受至尊、至敬的荣誉。记得小时候，每逢过年，村里必为土地神换一次春联："土能生万物，地可载山川。"我们的一切一切都是祖国这片土地所承载、所养育的。主权、人民、事业、财富等都因国土而存在。希腊神话中，大力士安泰俄斯，其力量只源于土地，只要他不离开大地，任何人都不可能将他战胜。中国古代皇城里专建有社稷坛，用五色土拼成，皇帝每年要祭坛拜土。土即代表社稷。国土是一个国家赖以生存的根基，是它的第一物质形态，是硬件。皮之不存，毛将焉附？国土不存，国将不再。历来的侵略战争都是先侵城掠地，犯人国土。而战败国最大的屈辱就是割地赔款，是去国逃亡或在已沦陷的国土上做亡国奴。"最是仓惶辞庙日，教坊犹奏别离曲"何其凄凉。1937年起，日本全面发动侵华战争，掠我大半个国土长达八年。抗日烈士吉鸿昌临刑前赋诗曰："恨不抗日死，留作今日羞，国破尚如此，我何惜此头！"祖国的土地岂容外人践踏？"还我河山"是古往今来一切爱国志士泣血而呼的口号；"爱我家乡"是一切爱国者发自内心深处的共同呼唤。爱国首先就要爱河山、爱国土。要保卫她、维护她，让她更富饶、更美丽。许多游子，去国之时身边带一把祖国的土，阔别归来，不由得跪吻祖国的热土。禾苗离土即死，国家无土难存。要热爱祖国的土地，这是我们生存的根基。

二要爱祖国人民。人民是国家的主体，人民的意志支持着国家的存在。一个爱国者首先要摆对个人和人民的位置。就是封建时代也强调民重君轻，进入资本主义更有了民本、民主意识。一国之中从国家元首到普通百姓都是人民的一分子。对治国者来说，是人民之水推动着国家之舟。敬民爱民，按照民意来决策行事，就国运兴，国事盛，国势强；轻民贱民，逆民意专横妄为，就国运衰，国事败，国势弱。从这个意义上说，凡亲民爱民、治国有成的国君、总统、元首都是伟大的爱国者；而那些玩弄民意、轻贱民心，甚至置民于水火的人，都是误国盗国者，甚至是卖国者。遍观历史无不如此。每一个生活在一定国度里的人都必须按照国中最大多数人的意志行事。没有人民的解放就没有个人的解放，没有人民的幸福就没有个人的幸福。那些握有一点权力就作威作福、欺压人民、反人民的人，那些不顾人民利益暗售其奸、中饱私囊的人，都会为社会所唾弃，都会被钉在历史的耻辱柱上。所以每一个爱国者、每一位志士仁人，都把能为人民做一点贡献看做自己终生奋斗的职责。陈毅有诗："靠人民，支援永不忘。他是重生亲父母，我是斗争好儿郎。"邓小平说："我是中国人民的儿子。"毛泽东将这一爱国思想提炼为精辟的五个字："为人民服务。"虽然中外历史上曾对无数的帝王、元首喊过万岁，但只有"人民万岁"才是颠扑不破的真理，而"人民的功臣"称号则是历史对爱国者的最高奖赏。

三要爱祖国文化。文化是一个民族的血型，是这个民族在长期的历史演变中所积累、所认同的精神准则。国家和民族的概念不完全相同，一个国家可以是单民族也可以是多民族的，但只要几个民族在一个统一的国度里生活，就可因国家的影响力和长期的融合，形成一个大的民族群体。如我国有56个民族，又可统称一个中华民族。这样从文化上也就会分出此国与彼国的不同。就像人的基因遗传分出不同的肤色、体形，一个国家的文化遗传也会分出不同的信仰、好恶、精神、道德等标准。文化是一个国家的魂，是祖国为她的儿子留下的精神基因。我们看海内外的中华民族子孙，尽管多少年来可能居住环境不同、政治派别不同、生活习惯不同，但还是年年要到陕北祭黄帝陵，到福建拜妈祖庙，在家里供关公，与子孙说岳飞，就是因为还有文化这条根、这个魂。一个中国人，当他离乡背井在国外时，当他暂时离开祖国人民时，他仍感到自己是一个中国人。但是假如他不认识祖国的文字，不知道祖国的历史，已没有本民族的习俗，那么他纵然还是黑发黄肤也不能再算是一个中国人了。因为他精神世界中的这条文化之根已被彻底拔掉。所以历史上一切侵略者在攻城略地之后接着便是同化人家的文化。都德的小说名篇《最后一课》，就是写普鲁士侵入法国，从次日起学校里将不能再用法语上课。日本人一占领东北就强制推行日语，企图从根子上奴化下一代，让你几代之后竟不知自己是何人种。爱国须爱祖国的文化，因为这是国家、民族的灵魂。

国土是根，人民是本，文化是魂。一个无根、无本、无魂的人是多么可怜！他不但身体漂泊无定，就是灵魂也无处归宿。所以爱国，一要爱祖国的河山土地，二要爱祖国的人民，三要爱祖国的文化。有这三样，就是一个赤子，就是一个爱国者，一个有血、有种、有志的人。

## （三）

明白了爱国的含义，我们又该以一种什么样的爱心去实施这份爱意呢？概括起来有三，即忧国、救国和报国。

忧国是对国家命运的关切与思考。自从范仲淹长叹一声"先天下之忧而忧，后天下之乐而乐"之后，这句话就成为一切爱国者的座右铭。忧心，是一种责任，没有一定觉悟、一定的社会责任感的人不会心忧天下。这是因为：一者，国家离个人实在太远，一般人为柴米之事所扰，人情得失所缠，哪有心有力顾及国事。二者，平时治国赖良才重器、高官谋臣，一般也轮不到普通百姓去思考国事。三者，和平时期，国家正常运转，可忧之事并不突出。但正是平地惊雷、鹤立鸡群才显得不一般，在平平常常的日子里能有一些平平常常的人去思考国家大事，这才是最可贵的。所谓天下兴亡，匹夫有责；所谓身无分文，心忧天下。这种忧心是真正把国家挂在心上，忘不得，放不下，想得苦，思得深，不仅表现为深切的责任，更表现出惊人的才学和政治智慧，当遇有阻力时又表现出非凡的勇气。现代人中如马寅初，他在1957年中国人口还只有6亿时就提出要计划生育，却受到批判。他说："我虽年近八十，明知寡不敌众，自当单身匹马，出来应战，直到战死为止。"古人中如辛弃疾流亡南渡后共生活了 40 年，南宋对他时用时弃，加起来只用了 20 多年，20 多年间又调动了 37 次。但他还是不停地上书提建议，并以词抒忧愤。外国人中，如美国第一位总统华盛顿，在干满两任后发表演说绝不连任，以免为后人留下坏先例。还有 1962 年当我国经济困难，农村又正是"公社化"高潮时，陕西一个叫杨伟名的农民知识分子上书中央，要求退回到单干的生产关系。当时这实在"大逆不道"，他后来被迫自杀。但历史证明他们都忧之有理，他们的忧国文章成了历史的经典。以忧心来体现的爱国要靠理性的思考，需要广博的知识和对社会规律的深刻认识，所以忧国之心多存在于知识分子中。这是一种先知先觉、大仁大智。

救国是在国家危难时刻所表现出的行动和牺牲精神。历史上每一次国家民族危亡之时，都会出现一批民族英雄，同时也会有汉奸、叛徒。国家危机当然首先考验着政府，但同时也考验每一个公民。这种时刻，救国是最起码的做人标准，又是凝聚全国人民的精神支柱。这时，无论哪个党派、哪个人，只有高举救国的旗帜，才能顺民心、得民意，才能得天下。中国共产党就是在领导全民的抗日战争中得到民众的认识和拥护的，终于战胜国民党，创建了一个新中国。在这种关键时刻，一个人可立成英雄，扬名于世；也可立成汉奸，遗臭万年。周作人，本是一个有影响的作家，可惜后来当了汉奸。千百年来，岳飞和秦桧已经成为爱国者和卖国者的代名词，分别代表忠奸的形象。从历史唯物主义出发，凡当时为民族、为国家利益作出贡献和牺牲的人都是爱国的，他们所体现的爱国精神并不会因现在的时势不同而失去光辉。所以苏武、辛弃疾、岳飞、文天祥、史可法、林则徐仍然受到今人的崇拜。爱国精神正是在这种传承中才得以发扬。同样我们也尊敬如华盛顿、邱吉尔等一切其他民族的爱国者。那些不妨碍别国和他民族的利益，为本国本民族利益奋斗的人永远是高尚的。

报国是对国家的一种责任心，是尽心尽力的付出和奉献。一个人可能生不逢时，不能出现在救国的战场，也可能智力不够高，没有更有效的治国良策，但却可以时时处处尽到报国之心。他可以将自己力所能做的事全部联系到对国家民族的贡献上去。邓稼先是一个典型的尽职报国的爱国者。他在世时，甚至他去世后很长一段时间，人们都不知道他的名字，但这于他又有何碍？他静静地为中华民族完成了一件大事，造出了原子弹，让民族"直起了腰"。袁隆平也是一个尽职报国的爱国者，他几十年如一日在田野上、在稻田里奋斗。他的优质杂交水稻，很大程度上解决了中国人的吃饭问题。报国心是一份平常心，就像在父母面前的一份孝心，是不要特意表现，但要时时准备、事事尽心的。当每一个公民都能自觉做到这一点时，国家就会格外强盛，民族就会格外兴旺。

忧国、救国、报国是我们在不同形势下所表现的爱国方式。少先队有一句口号：时刻准备着。对一个爱国者来讲，他时时刻刻都在准备为国效力，为国献身。他的每一缕思考、每一次行动，生命的每一分钟都在化作对祖国的奉献。

爱国，永远是一个民族、一个国家存在的支柱，也是做人的起码标准。

# 目 录

## 美丽中国

1

# 文化中国

# 不忘前贤

## 还忧国事

# 美丽中国

# 赏不尽看不够说不完的大自然

大自然给人的赐予有两种。一是物质，空气水分，粮食蔬果，给人生存的条件；二是精神，花好月圆，明山秀水，给人享受的环境。自有人类以来，我们就向自然索取物质，创造了无穷的物质财富，从茹毛饮血到现在的电气化、原子能。和这个物质开发相同步的是向自然进行的精神索取和艺术开掘。一棵树、一片石、一竿竹、一株兰，千百年来硬是那样地看不够、品不尽、说不完、画不厌。人类在还没有文字之前就懂得欣赏自然的美。原始人就知道用彩石、贝壳制成项链、耳坠。从那时起，我们就这样一天一天、一遍一遍、一代一代地观察自然，汲取自然，就有了山水文章、山水画卷，有了柳宗元的《小石潭记》，有了姚鼐的《登泰山记》。人们向自然索取物质精神是两个相同步的过程，正是这两个永无休止的过程支撑着两个文明的创造，支撑着人类的生存和发展。

我在云南看到过一块平光如镜的大理石，白色的底面上有黑色的图案，是一只猫，正伸出前爪去扑一只翻飞的蝴蝶，线条之清晰、神态之逼真，简直就是一幅人工的素描。其实这也不难理解：你想地层深处的岩浆在昼夜永无休止地滚动，里面有多少个点、多少条线、多少种色块，它们在运动中排列组合，一朝喷出地面凝为岩石就千姿百态，应有尽有。再加上那地面上的水、空中的风，对着山石一下一下地切割，一

2

遍一遍地打磨，这石头又会再变出多少图案，现出多少花纹。只这一块小小的石头就有如此多的文章，其他还有水，有树，有云雾、虹霓，有高山、大漠，有林海、雪原，所有这一切的组合搭配又将会有多少无穷的变化呢？就像一个庞大的交响乐团，本来任取一件乐器来独奏便够迷人的，更何况再把它们组合起来，那将创作出多少伟大的乐章！一位科学家说：把一只猫放在打字机上，只要给它足够的时间，也能打出一部莎士比亚式作品。无穷的组合总会出现最佳的选择。自然的伟大在于它所包藏的因子无穷多，它每日每时不停地变，而且又拥有无尽的时间。这是任何一个人的知识、能力和生命所无法企及的。且不要说单个的人，就是整个人类加起来也不过是它怀里的一个小宝宝。所以苏东坡在《前赤壁赋》里既"哀吾生之须臾，羡长江之无穷"，又终于明白，江上之清风，山间之明月，取之不尽，用之不竭，是造物者之无尽藏也。

人类对取之不尽、用之不竭的大自然是一面索取，一面研究——研究这个神秘体是怎样不断地释放物质，释放美感，然后借此指导人工的物质创造和精神创造的。我们在物质文明方面已经从与自然的相似中得益不浅。飞机与鸟相似，埃菲尔铁塔的结构与人的小腿骨相似，核裂变聚变与太阳这个大火球相似……在艺术创造中，人类也是在苦苦地向自然求着相似。刘海粟十上黄山，"搜尽奇峰打草稿"，文与可胸有成竹，苏州园林浓缩山水，都是师法自然。我们经常把最好的东西称为"天然"、"天工"、"天衣无缝"。自然中永远有我们难以企及的作品，谁能向自然求得一点相似，谁能摸住一点自然之脉，得到一点自然之灵，谁就是那个突然撞开了藏有维纳斯的山洞的顽皮牧童，他的作品，包括诗、词、文、画、音乐、建筑、雕塑等便有新意，有创造，就会突然跃上一个新的高峰。如李白、苏东坡、辛弃疾，当局把他们推出政界，推入山水，终日行无定所，穿行奔波，终于有机会叫他们撞开了某一个机关，文章就有了雄健之气。而王维、陶渊明隐居山中，终日与青松、黄菊相悟禅，文章便得了恬淡之神。大自然总是将它的艺术之灵传给那些最亲近它、最想和它求相通的人。

现实生活中并不是每个人都想当艺术家，大多数人对自然只是想求得一点精神的抚慰、一点艺术的享受，这时大自然也表现得一样慷慨。大自然塑造了人，就像画家画好了一幅画。不管这幅画是冷调还是热调，是单色还是多色，画家的胸中却是储着所有的调子、所有的颜色。如果你不满意这一幅，还可以求他修改调整。人是一团不稳定的矛盾：我们的性格有内向、外向；情绪有欢乐、忧伤；工作有紧张、松弛；事业有时春风得意，有时沉沙折戟；理想忽如旭日东升，忽又日暮途穷。幸亏人不是一张凝固的油画，老黑格尔的一大贡献就是在《精神现象学》中揭示了人的这种既是主体又是客体的辩证关系。所以，当我们对自己感觉到有什么不满意时，就可以跳到大自然中去打一个滚。就像山坡上的一头牛犊，在微风中撒一阵欢，跑到泉边喝几口水，再斜着身子到石头上蹭几下痒。细想，我们这一生要在大自然中作多少次的调整、多少次的治疗，要作多少次环境的转换与心灵的补给呢？泰山之雄可使懦夫顿生豪勇，武夷之秀可使宦臣顿生归心。大江东去让人不由追慕英雄伟业，杨柳依依却叫你享受幸福人生。唐太宗说处世有三面镜子，以铜为镜可正衣冠，以古为镜可见兴替，以人为镜可知得失。其实他还少说了一面，以自然为镜可调身心。

（2004 年 11 月）

（按：本书所选文章均注明了写作时间或发表时间。发表时有的标题或文字作了修改。）

# 冬日香山

　　要不是有公务，谁会在这天寒地冻的时节来香山呢？可话又说回来，要不是恰在这时来，香山性格的那一面，我又哪能知道呢？

　　开三天会，就住在公园内的宾馆里。偌大个公园为我们所独享，也是一种满足。早晨一爬起来我便去逛山。这里我春天时来过，是花的世界；夏天时来过，是浓荫的世界；秋天时来过，是红叶的世界。而这三季都游客满山，说到底是人的世界。形形色色的服装，南腔北调的话音，随处抛撒的果皮、罐头盒，手提录音机里的迪斯科音乐，这一切将山路林间都塞满了。现在可好，无花，无叶，无红，无绿，更没有多少人，好一座空落落的香山，好一个清静的世界。

　　过去来时，路边是夹道的丁香，厚绿的圆形叶片，白的或紫的小花；现在只剩下灰褐色的劲枝，枝头挑着些已弹去种子的空壳。过去来时，山坡上是些层层片片的灌木，扑闪着自己霜红的叶片，如一团团的火苗，在秋风中翻腾；现在远望灰蒙蒙的一片，其身其形和石和土几乎融在一起，很难觅到它的音容。过去来时，林间树下是丰厚的绿草，绒绒地由山脚铺到山顶；现在它们或枯萎在石缝间，或被风扫卷着聚缠在树根下。如果说秋是水落石出，冬则是草木去而山石显了。在山下一望山顶的鬼见愁，黑森森的石崖，蜿蜒的石路，历历在目。连路边的巨石也都像是突然奔来眼前，过去从未相见似的。可以

5

想见，当秋气初收、冬雪欲降之时，这山感到三季的重负将去，便迎着寒风将阔肩一抖，抖掉那些攀附在身的柔枝软叶；又将山门一闭，推出那些没完没了的闲客；然后正襟危坐，巍巍然俯视大千，静静地享受安宁。我现在就正步入这个虚静世界。苏轼在夜深人静时游承天寺，感觉到寺之明静如处积水之中，我今于冬日游香山，神清气朗如在真空。

与春夏相比，这山上不变的是松柏。一出宿处的后门就有十几株两抱之粗的苍松直通天穹。树干粗粗壮壮，溜光挺直，直到树梢尽头才伸出几根遒劲的枝，枝上挂着束束松针，该怎样绿还是怎样的绿。树皮在寒风中呈紫红色，像壮汉的脸。这时太阳从东方冉冉升起，走到松枝间却寂然不动了。我徘徊于树下又斜倚在石上，看着这红日绿松，心中澄静安闲如在涅。觉得胸若虚谷，头悬明镜，人山一体。此时我只感到山的巍峨与松的伟岸，冬日香山就只剩下这两样东西了。苍松之外，还有一些新松，栽在路旁，冒出油绿的针叶，好像全然不知外面的季节。与松做伴的还有柏树与翠竹。柏树或矗立路旁，或伸出于石岩，森森然，与松呼应；翠竹则在房檐下山脚旁，挺着秀气的枝，伸出绿绿的叶，远远地做一些铺垫。你看它们身下那些形容萎缩的衰草败枝，你看它们头上的红日蓝天，你看那被山风打扫得干干净净的石板路，你就会明白松树的骄傲。它不因风寒而筒袖缩脖，不因人少而自卑自惭。我奇怪人们的好奇心那么强，可怎么没有想到在秋敛冬凝之后再来香山看看松柏的形象。

当我登上山顶时，回望远处，烟霭茫茫，亭台隐隐，脚下山石奔突，松柏连理，无花无草，一色灰褐。好一幅天然焦墨山水图。焦墨笔法者，舍色而用墨，不要掩饰只留本质。你看这山，她借着季节相助舍掉了丁香的香味、芳草的倩影、枫树的火红，还有游客的捧场，只留下这常青的松柏来做自己的山魂。山路寂寂，阒然无人。我边走边想，比较着几次来香山的收获。春天来时我看她的妩媚，夏天来时我看她的丰腴，秋天来时我看她的绰约，冬天来时却有幸窥见她的骨气。她在回顾与思考之后，毅然收起了那些过眼繁花，只留下这铮铮硬骨与浩浩正气。靠着这骨这气，她会争得来年更好的花、更好的叶，和永远的香气。

香山，这个神清气朗的冬日。

（1988 年 12 月）

# 晋祠

出太原西南行五十里，有一座山名悬瓮。山上原有巨石，如瓮倒悬。山脚有泉水涌出，就是有名的晋水。在这山下水旁，参天古木中林立着百余座殿、堂、楼、阁，亭、台、桥、榭。绿水碧波绕回廊而鸣奏，红墙黄瓦随树影而闪烁，悠久的历史文物与优美的自然风景，浑然一体，这就是古晋名胜晋祠。

西周时，年幼的成王姬诵即位，一日与其弟姬虞在院中玩耍，随手拾起一片落地的桐叶，剪成玉圭形，说："把这个圭给你，封你为唐国诸侯。"天子无戏言，于是其弟长大后便来到当时的唐国，即现在的山西做了诸侯。《史记》称此为"剪桐封弟"。姬虞后来兴修水利，唐国人民安居乐业。后其子继位，因境内有晋水，便改唐国为晋国。人们缅怀姬虞的功绩，便在这悬瓮山下修一所祠堂来祀奉他，后人称为晋祠。

晋祠之美，在山美、树美、水美。

这里的山，巍巍的如一道屏障，长长的又如伸开的两臂，将这处秀丽的古迹拥在怀中。春日黄花满山，径幽而香远；秋来草木郁郁，天高而水清。无论何时拾级登山，探古洞，访亭阁，都情悦神爽。古祠设在这绵绵的苍山中，恰如淑女半遮琵琶，娇羞迷人。

这里的树，以古老苍劲见长。有两棵老树，一曰周柏，一曰唐槐。那周柏，树干劲直，树皮皱裂，冠顶挑着几根青青的疏枝，偃卧于石阶旁，宛如老者说古；那唐槐，腰粗三围，苍枝曲虬，老干上却发出一簇簇柔条，绿叶如盖，微风拂动，一派鹤发童颜的仙人风度。其余水边殿外的松、柏、槐、柳，无不显出沧桑几经的风骨，人游其间，总有一种缅古思昔的肃然之情。也有造型奇特的，如圣母殿前的左扭柏，拔地而起，直冲云霄，它的树皮却一齐向左边拧去，一圈一圈，纹丝不乱，像地下旋起了一股烟，又似天上垂下了一根绳。其余有的偃如老妪负水，有的挺如壮士托天，不一而足。祠在古木的荫护下，显得分外幽静、典雅。

这里的水，多、清、静、柔。在园内信步，那里一泓深潭，这里一条小渠。桥下有河，亭中有井，路边有溪。石间有细流脉脉，如线如缕；林中有碧波闪闪，如锦如缎。这么多的水，又不知是从哪里冒出的，叮叮咚咚，只闻佩环齐鸣，却找不到一处泉眼，原来不是藏在殿下，就是隐于亭后。更可爱的是水清得让人叫绝。无论多深的渠、潭、井，只要光线好，游鱼、碎石，丝纹可见。而水势又不大，清清的波，将长长的草蔓拉成一缕缕的丝，铺在河底，挂在岸边，合着那些金鱼、青苔、玉栏倒影，织成了一条条的大飘带，穿亭绕榭，冉冉不绝。当年李白至此，曾赞叹道："晋祠流水如碧玉……百尺清潭写翠娥。"你沿着水去赏那亭台楼阁，时常会发出这样的自问：怕这几百间建筑都是在水上漂着的吧？

然而，最美的还是祖先留给我们的古代文化。这里保存着我国古建筑的"三绝"。

一是圣母殿。这是全祠的主殿，是为虞侯的母亲邑姜而修的。建于宋天圣年间，重修于宋崇宁元年（1102），距今已有八百八十年。殿外有一周围廊，是我国古建筑中现在能找到的最早实例。殿内宽七间、深六间，极宽敞，却无一根柱子。原来屋架全靠墙外回廊上的木柱支撑。廊柱略向内倾，四角高挑，形成飞檐。屋顶黄绿琉璃瓦相扣，远看飞阁流丹，气势雄伟。殿堂内宋代泥塑的圣母及四十二尊侍女，是我国现存宋塑中的珍品。她们或梳妆、洒扫，或奏乐、歌舞，形态各异。人物形体丰满俊俏，面貌清秀圆润，眼神专注，衣纹流畅，匠心之巧，绝非一般。

二是殿前柱上的木雕盘龙。这是我国现存最早的盘龙殿柱。雕于宋元祐二年（1087）。八条龙各抱定一根大柱，怒目利爪，周身风从云生，一派生气。距今虽近千年，仍鳞片层层，须髯根根，不能不叫人叹服木质之好与工艺之精。

三是殿前的鱼沼飞梁。这是一个方形的荷花鱼沼，却在沼上架了一个十字形的飞梁，下由三十四根八角形的石柱支撑，桥面东西宽阔，南北翼如。桥边栏杆、望柱都形制奇特，人行桥上，随意左右，如泛舟水面，再加上鱼跃清波，荷红映日，真乐而忘归。这种突破一字桥形的十字飞梁，在我国现存的古建筑中是仅有的一例。

以圣母殿为主的建筑群还包括献殿、牌坊、钟鼓楼、金人台、水镜台等，都造型古朴优美，用工精巧。全祠除这组建筑之外，还有朝阳洞、三台阁、关帝庙、文昌宫、胜瀛楼、景清门等，都依山傍水，因势砌屋，或架于碧波之上，或藏于浓荫之中，糅造化与人工一体。就是园中的许多小品，也极具匠心。比如这假山上本有一挂细泉垂下，而山下却立了一个汉白玉的石雕小和尚，光光的脑门，笑眯眯的眼神，双手齐肩，托着一个石碗。那水正注在碗中，又溅到脚下的潭里，却总不能满碗。和尚就这样，一天一天，傻呵呵地站着。还有清清的小溪旁，突然跑来一只石雕大虎，两只前爪抓着水边的石块，引颈探腰，嘴唇刚好埋入水面，那气势好像要一吸百川。你顺着山脚，傍着水滨去寻吧。真让你访不胜访，虽几游而不能尽兴。历代文人墨客都看中了这个好地方，至今山径石壁，廊前石碑上，还留着不少名人题咏。有些词工句丽，书法精湛，更为湖光山色平添了许多风韵。

这晋祠从周唐叔虞到任立国后自然又演过许多典故。当年李世民父子就从这里起兵反隋，得了天下。宋太宗赵光义，曾于太平兴国四年（979）在这里消灭了北汉政权，从而结束了中国历史上五代十国的分裂局面。1959年陈毅同志游晋祠时兴叹道："周柏唐槐宋献殿，金元明清题咏遍。世民立碑颂统一，光义于此灭北汉。"

晋祠就是这样，以她优美的身躯来护着这些珍贵的历史文化。她，真不愧为我国锦绣河山中一颗璀璨的明珠。

（1982 年 4 月）

# 草原八月末

朋友们总说，草原上最好的季节是七八月。一望无际的碧草如毡如毯，上面盛开着数不清的五彩缤纷的花朵，如繁星在天，如落英在水，风过时草浪轻翻，花光闪烁，那景色是何等地迷人。但是不巧，我总赶不上这个季节，今年上草原时，又是八月之末了。

在城里办完事，主人说："怕这时坝上已经转冷，没有多少看头了。"我想总不能枉来一次，还是驱车上了草原。车子从围场县出发，翻过山，穿过茫茫林海，过一界河，便从河北进入内蒙古境内。刚才在山下沟谷中所感受的峰回路转和在林海里感觉到的绿浪滔天，一下都被甩到另一个世界上，天地顿时开阔得好像连自己的五脏六腑也不复存在。两边也有山，但都变成缓缓的土坡，随着地形的起伏，草场一会儿是一个浅碗，一会儿是一个大盘。草色已经转黄了，在阳光下泛着金光。由于地形的变换和车子的移动，那金色的光带在草面上掠来飘去，像水面闪闪的亮波，又像一匹大绸缎上的反光。草并不深，刚可没脚脖子，但难得的平整，就如一只无形的大手用推剪剪过一般。这时除了将它比作一块大地毯，我再也找不到准确的说法了。但这地毯实在太大，除了天，就剩下一个它；除了天的蓝，就是它的绿；除了天上的云朵，就剩下这地毯上的牛羊。这时我们平常看惯了的房屋街道、车马行人还有山水阡陌，已都成前世的依稀记忆。看着这无垠的草原和无穷的蓝天，你突然会感到自己身体的四壁已豁然散开，所有的烦恼连同所有的雄心、理想都一下逸散得无影无踪。你已经被溶化在这透明的天地间。

车子在缓缓地滑行，除了车轮与草的摩擦声，便什么也听不到了。我们像闯入了一个外星世界，这里只有颜色没有声音。草一丝不动，因此你也无法联想到风的运动。停车下地，我又疑是回到了古代。这是桃花源吗？该有武陵人的问答声。是蓬莱岛吗？该有浪涛的拍岸声。放眼尽量地望，细细地寻，不见一个人，于是那牛羊群也不像是人世之物了。我努力想用眼睛找出一点声音。牛羊在缓缓地移动，它们不时抬起头看我们几眼，或甩一下尾，像是无声电影里的物、玻璃缸里的鱼，或阳光下的影。仿佛连空气也没有了，周围的世界竟是这样空明。

这偌大的草原又难得的干净。干净得连杂色都没有。这草本是一色的翠绿，说黄就一色的黄，像是冥冥中有谁在统一发号施令。除了草便是山坡上的树。树是成片的林子，却整齐得像一块刚切割过的蛋糕，摆成或方或长的几何图形。一色桦木，雪白的树干，上面覆着黛绿的树冠。远望一片林子就如黄呢毯上的一道三色麻将牌，或几块积木，偶有几株单生的树，插在那里，像白袜绿裙的少女，亭亭玉立。蓝天之下干净得就剩下了黄绿、雪白、黛绿这三种层次。我奇怪这树与草场之间竟没有一丝的过渡，不见丛生的灌木、蓬蒿，连矮一些的小树也没有，冒出草毯的就是如墙如堵的树，而且整齐得像公园里常修剪的柏树墙。大自然中向来是以驳杂多彩的色和参差不齐的形为其变幻之美的。眼前这种异样的整齐美、装饰美，倒使我怀疑不在自然中。这草场不像内蒙古东部那样风吹草低见牛羊，不像西部草场那样时不时露出些沙土石砾，也不像新疆或四川那样有皑皑的雪山、郁郁的原始森林作背景。她像什么？像谁家的一个庭院。"庭院深深深几许。"这样干净，这样整齐，这样养护得一丝不乱，却又这样大得出奇。本来人总是在相似中寻找美。我们的祖先创造了苏州园林那样的与自然相似的人工园林，获得了奇巧的艺术美。现在轮到上帝向人工学习，创造了这样一幅天然的装饰画，便有了一种神秘的梦幻美，使人想起宗教画里的天使浴着圣光，或郎世宁画里骏马腾啸嬉戏在林间，美得让人分不清真假，分不清是在天上还是人间。

在这个大浅盘的最低处是一片水，当地叫泡子，其实就是一个小湖。当年康熙帝的舅父曾带兵在此与阴谋勾结沙俄叛国的噶尔丹部决一死战，并为国捐躯。因此这地名就叫将军泡子。水极清，也像凝固了一样，连倒影的云朵也纹丝不动。对岸有石山，鲜红色，说是将士的血凝成。历史的活剧已成隔世渺茫的传说。我遥望对岸的红山、水中的白云，觉得这泡子是一块凝入了历史影子的透明琥珀，或一块凝有三叶虫的化石。往昔岁月的深沉和眼前大自然的纯真使我陶醉。历史只有在静思默想中才能感悟，有谁会在车水马龙的街市发思古之幽情？但是在古柏簇拥的天坛，在荒草掩映的圆明废园，只会起一些具体的可确指的联想。而这空旷、静谧、水草连天、蓝天无垠的草原，教人真想长啸一声"念天地之悠悠"，想大呼一声"魂兮归来"。教人灵犀一点想到光阴的飞逝，想到天地人间的久长。

我们将返回时，主人还在惋惜未能见到草原上千姿百态的花。我说，看花易，看这草原的纯真难。感谢上帝的安排，阴差阳错，我们在花已尽，雪未落，草原这位小姐换装的一刹那见到了她不遮不掩的真美。正如观众在剧场里欣赏舞台上浓妆长袖的美人是一种美，画家在画室里欣赏裸立于窗前晨曦中的模特又是一种美。两种都是艺术美，但后者是一种更纯更深的展示着灵性的美。这种美不可多得也无法搬上舞台，它不但要有上帝特造的极少数的标准的模特，还要有特定的环境和时刻，更重要的还要有能生美感共鸣的欣赏者。这几者一刹那的交汇，才可能迸发出如电光石火般震颤人心的美。大凡看景只看人为的热闹，是初级；抛开人的热闹看自然之景，是中级；又能抛开浮在自然景上的迷眼繁花而看出个味和理来，如读小说分开故事读里面的美学、哲学，这才是高级。这时自然美的韵律便与你的心律共振，你就可与自然对话交流了。

呜呼！草原八月末。大矣！净矣！静矣！真矣！山水原来也和人一样会一见钟情，如诗一样耐人寻味。我一步三回头地离开那块神秘的草地。将要翻过山口时又停下来伫立良久。像曹植对洛神一样"背下陵高，足往神留，遣情想像，顾望怀愁"。明年这时还能再来吗？我的草原！

（1992 年 2 月 10 日）

# 清凉世界五台山

盛夏7月，我驾车来到山西的东北部，前往仰慕已久的佛教圣地——五台山。

五台山，许久以来在我心里有着一种神秘的色彩。常听说在五台山拜佛求愿是十分灵验的，也时不时听说某位朋友又去五台山还愿去了。似乎大家对到五台山求愿灵验后要去还愿是有共识的。我虽不是佛教信徒，但也常怀一颗常人崇拜圣灵之心，无缘之中似乎欠着五台山一点未了之情。如今，我终于来到了五台山的中心——台怀镇。

五台山为太行山的支脉，由东西南北中五大主峰环抱而成，五座高峰耸立，峰顶平坦宽阔，如垒似台，故称五台。五座山峰以台定名，东台望海峰，西台挂月峰，南台锦绣峰，北台叶斗峰，中台翠岩峰。五台中最高的是北台叶斗峰，海拔3 061.1米，是我国华北地区最高的山峰，有"华北屋脊"之称。五台山顶气温很低，甚至炎夏飞雪，故又名清凉山。五台山的自然风光固然奇丽，然而它之所以名播海内外，是因为它一直被奉为中国四大佛教名山（另三座是峨眉山、九华山、普陀山）之首。

五台山五峰之外称台外，五台之内称台内，台内以台怀镇为中心。小小的台怀镇上，到处都是游人和香客，当然也到处都是宾馆饭店。走在镇上，名山灵气扑面而来。这里四面环山，满山青松翠柏，数不清的

16

寺庙依山分布在台怀镇周围，一座大白塔在蓝天白云的沐浴下显得格外雄伟壮观，那就是塔院寺的大白塔，塔高 50 余米。时见僧人正在庙宇之间一步一叩，我方知除了藏传佛教的藏区以外，这里也一样有五体投地苦行僧式的朝拜。

五台山建庙历史很久远，据记载：寺院始于汉明帝，盛于唐，清朝尤为鼎盛。原有寺院 360 座，现存 124 处；而唐以来的各代寺庙尚存 47 座，堪称世界古建艺术宝库。1257 年，西藏名僧八思巴到五台山朝礼，喇嘛教开始传入五台山，形成汉传佛教与藏传佛教并存、"青庙"与"黄庙"同兴的盛况。五台山名刹古寺依山而建，相对集中，高低有序，鳞次栉比，佛教文化、古建筑与自然环境融为一体，成为研究中国宗教文化艺术的一块宝地，称五台山为中国佛教四大名山之首，名副其实。

五台山地区现存的 124 座寺庙分布在方圆百公里的范围内，如果只是粗略游完现有寺庙至少需要两个月的时间，若"大朝台"，即所谓五台登顶，则困难更大。从朝拜的僧人那了解到，能走遍全部寺庙并登上五座台顶的人很有限，一般人是很难全部走遍的，只有少数极其虔诚、持之以恒的僧人才能做到。相传，乾隆皇帝每次来五台山都想亲至台顶进香拜佛，均被风雪阻拦。乾隆四十六年（1781）春，他向曾在中台演教寺住过 20 年的黛螺顶的青云和尚询问登台事宜。青云和尚将台顶变化多端的气候如实禀告乾隆。台顶气候异常恶劣。五台之一的中台，一年有 8 个月降雪。而华北最高峰海拔 3 061.1 米的北台更甚，这里 8 月见雪，5 月解冻。据气象资料记载，五台台顶气温年平均为－2℃，极端最高气温只有 20℃，最低气温达－44.8℃。7 月份最热，平均气温为9.5℃；1 月份最冷，月平均气温为－19℃。

据说乾隆知道难以登台顶后，便给青云和尚出了道难题：五年后再来时，既不登台顶，又要朝拜五台文殊。青云和尚在弟子的帮助下，将东台顶的聪明文殊、西台顶的狮子吼文殊、南台顶的智慧文殊、北台顶的无垢文殊、中台顶的孺童文殊，合塑于五文殊殿内。乾隆五十一年（1786）3 月，乾隆来此殿进香，朝拜五台文殊，大喜，遂亲笔题诗一首。此诗刻制在黛螺顶碑记的背后。现在黛螺顶寺院山门前有牌楼一座，石狮一对，内有乾隆帝御制黛螺顶碑记一幢。黛螺顶风景幽雅，高瞻远瞩，整个台怀镇寺庙群尽收眼底。正是五台文殊像在黛螺顶的建成，使得人们不用转遍五台也可以朝拜五台文殊，因此这里被叫做"小朝台"，成为游人香客的必到之处。

徜徉在一所所历史久远的寺庙之中，遥望着一座座金碧辉煌的殿宇，凝视那阳光在绿荫中留下的点点光斑，聆听暮鼓晨钟木鱼经声，仿佛置身于冥冥之境，体会着时光恍然，神龙盘旋，唯愿大慈大悲，平安祝福，一切仿佛又是昨天。

时间有限，根据资料上的推荐，我重点游览了黛螺顶、显通寺、塔院寺、龙泉寺、镇海寺、南山寺、殊像寺、五爷庙、观音洞等有代表性的寺院，还驾车登上了最高的北台顶——叶斗峰，完成了我至少登上一台顶的心愿。去往北台顶的一路之上，山路盘旋惊险，一侧是绝壁深渊，一侧是绿树青松，溪水淙淙。山顶的云，青青淡淡，如梦如烟；山间的树，挺拔修丽，青翠欲滴；山中的水，清流生凉，幽雅并生。盛夏登上北台顶，虽然阳光直射，还是顿生寒意。放眼望去，真个是千嶂尽去，万里无碍，天造地化，一览无遗。置身这佛教圣山之巅，心灵如洗，堪为这天人合一的自然和谐所征服。

走遍五台山，细细品味五台山的历史文化，似有时光倒流、返璞归真之感。历史之厚重、人文之精华、佛教文化之精髓，这一切，怎不叫人赞叹江山之锦绣、文化之璀璨、天地之和谐？

在离开五台山之际，似已如释重负，心中也坦然了许多。回首望去，高耸的白塔、气势磅礴的寺庙建筑群、漫山遍野的苍松翠柏已浑然一体，好似一幅壮丽的山水长卷。我向渐渐模糊的圣地再一次深情地挥挥手：再见，佛教圣地五台山！再见，夏日的清凉世界。

（1984 年 1 月）

# 壶口瀑布记

凡世间能容、能藏、能变之物唯有水。其亦硬亦软，或傲或嗔，载舟覆舟，润物毁物，全在一瞬之间。时桃花流水而阴柔，时又裂岸拍天而狂放。凡河川能伸能屈，能收能藏，唯我黄河。其高峡为镜，平原飘带，奔川浸谷，挟雷裹电，即因时势而变。时滔天接地而狂呼，时又拥地抱天而低言。

我曾徘徊于黄河上游的刘家峡水库，惊异于她如泊如镜的沉静；曾生活于河套平原，陶醉于她如虹如带的飘逸；也曾上溯龙门，感奋于她如狮如虎的豪壮。但当我沿河上下求索而见壶口时，便如痴如狂。壶口在山西吉县境内，是黄河上唯一的瀑布。因状如壶口而得名。水流至此急冲沟下，人观瀑布由上俯下，只见烟水迷漫，船行至此得拖出河岸，绕过壶口。此即古书上所载"河里冒烟，旱地行船"。原来黄河在这里，先因山逼而势急，后依滩泻而狂放，排山倒海，万马奔腾，喧声盈天。却正当她得意扬眉之时，突以数里之阔跌入百尺之峡，如水入壶，腾荡急旋。于是飞沫起虹，溅珠落盘，成瀑成湫，如挂如帘。裂坚石而炸雷，飞轻雾而吐烟，虎吼震川，隆隆千里，龙腾搅谷，巍巍地颤。波起涛落，切层岩如豆腐，照徐霞客所记，三百年来竟剜石开沟上剁三百余米。激流飞湍，锉顽石如木铁。据民间所言，有黑猪落水，眨眼之间，褪毫拔毛，竟成雪白之豚。黄河于斯于此，聚九天雷霆，凝江海之威，

19

水借裂石之力，轰然辟开大道坦途；沙借波旋之势，细细磨出深沟浅穴。放眼两岸，鬼斧神工，脚下这数里之阔的磐石，经黄河涛头这么轻轻一钻一旋，就路从地下出，水从天上来。她顺势一跃，排山推岳，挟一川豪情，裹两岸清风，潇洒而去，再现她的沉静、她的温柔、她的悲壮、她的大度。去路千里缓缓入海。呜呼！蕴伟力而静持，遇强阻而必摧，绕山岳而顺柔，坦荡荡而存天地。美哉，壮哉，我的黄河！

（1993 年 8 月 23 日）

# 泰山：人向天的倾诉

我曾游黄山，却未写一字，其云蒸霞蔚之态，叫我后悔自己不是一名画家。今我游泰山，又遇到这种窘态。其遍布石树间的秦汉遗迹，叫我后悔没有专攻历史。呜呼，真正的名山自有其灵，自有其魂，怎么用文字描述呢？

我是乘着缆车直上南天门的。天门虎踞两山之间，扼守深谷之上，石砌的城楼横空出世，门洞下十八盘的石阶曲折明灭直下沟底，那本是由每根几吨重的大石条铺成的四十里登山大道，在天门之下倒像一条单薄的软梯，被山风随便吹挂在绿树飞泉之上。门楼上有一副石刻联："门辟九霄，仰步三天胜迹；阶崇万级，俯临千嶂奇观。"我倚门回望人间，已是云海茫茫，不见尘寰。入门之后便是天街，这便是岱顶的范围了。天街这个词真不知是谁想出来的。云雾之中一条宽宽的青石路，路的右边是不见底的万丈深渊，填满了大大小小的绿松与往来涌动的白云。路的左边是依山而起的楼阁，飞檐朱门，雕梁画栋。其实都是些普通的商店饭馆，游人就踏着雾进去购物，小憩。不脱常人的生活，却颇有仙人的风姿，这些天上的街市。

渐走渐高，泰山已用她巨人的肩膀将我们托在凌霄之中。极顶最好的风光自然是远眺海日，一览众山，但那要碰到极好的天气。我今天所能感受到的，只是近处的石和远处的云。我登上山顶的舍身崖，这是一块百十平方米的巨石，周围一圈石条栏杆，崖上有巨石突兀，高三米多，石旁大书瞻鲁台，相传孔子曾在此望鲁都曲阜。凭栏望去，远处凄迷朦胧，不知何方世界，近处对面的山或陡立如墙，伟岸英雄，或奇峰突起，逸俊超拔。四周怪石或横出山腰，或探下云海，或中裂一线，或聚成一簇。风呼呼吹过，衣不能披，人几不可立，云急急扑来，一头撞在山腰上就立即被推回山谷，被吸进石缝。头上的雨轻轻洒下，洗得石面更黑更青。我曾不止一次地在海边静观那千里狂浪怎样在壁立的石岸前撞得粉碎，今天却看到这狂啸着似乎要淹没世界的云涛雾海，一到岱顶石前，就偃旗息鼓，落荒而去。难怪人们尊泰山为五岳之首，为东岳大帝。一般民宅前多立一块泰山石镇宅，而要表示坚固时就用稳如泰山。至少，此时此景叫我感到泰山就是天地间的支柱。这时我再回头看那些象征坚强生命的劲松，它们攀附于石缝间不过是一点绿色的苔痕；看那些象征神灵威力的佛寺道观，填缀于崖畔岩间，不过是些红黄色的积木。倒是脚下这块曾使孔子小天下的巨石，探于云海之上，迎风沐雨，向没有尽头的天空伸去。泰山，无论是森森的万物还是冥冥的神灵，一切在你的面前都是这样的卑微。

这岱顶的确是一个与天对话的好地方。各种各样的人在尘世间活久了，总想摆脱地心的吸力向天而去。于是他们便选中了这东海之滨、齐鲁平原上拔地而起的泰山。泰山之巅并不像一般山峰尖峭锐立，顶上平缓开阔，最高处为玉皇顶。玉皇顶南有宽阔的平台，再南有日观峰，峰边有探海石。这里有平台可徘徊思索，有亭可登高望日，有许多巨石可供人留字，好像上天在它的大门口专为人类准备了一个觐见的丹墀，好让人们诉说自己的心愿。我看过几个国外的教堂，你置身其中仰望空阔阴森的穹顶及顶窗上射进的几丝阳光，顿觉人的渺小，而神虽不可见却又无处不在，紧攥着你的魂灵。但你一出教堂，就觉得刚才是在人为布置好的密室里与上帝幽会。而在岱顶，你会确实感到"天接云涛连晓雾，星河欲转千帆舞"，"闻天语，殷勤问我归何处"。不是在密室而是在天宫门口与天帝对话。同是表达人的崇拜，表现人与神的相通，但那气魄、那氛围、那效果迥然不同。前者是自卑自怯的窃窃私语，后者是坦诚大胆的直抒胸臆，不但可以说，还可以写，而天帝为你准备好的纸就是这些极大极硬的花岗石。

这里几乎无石不刻，大者洗削整面石壁，写洋洋文章；小者暗取石上缓平之处，留一字两字。山风呼啸，石林挺立，秦篆汉隶旁出左右。千百年来，各种各样的人们总是这样挥汗如雨、气喘吁吁地登上这个大舞台，在这里留诗留字，借风势山威向天倾诉自己的思想，表达自己的意志。你看，帝王来了，他们对岱岳神是那样的虔诚，穿着长长的衮服，戴着高高的皇冠，又将车轮包上蒲草，不敢伤害岱神的一草一木，下令"不欲多人"，以"保灵山清洁"。他们受命于天，自然要到这离天最近的地方，求天保佑国泰民安。玉皇顶上现存最大的一面石刻就是唐玄宗在开元十三年（725）东封泰山时的《纪泰山铭》，高 13.2 米，宽 5.3 米，共 1 008 个字。铭曰："维天生人，立君以理，维君受命，奉为天子，代去不留，人来无已……"从赫赫高祖数起，大颂李唐王朝的功德。一面要扬皇恩以安民，一面又要借天威以佑君，帝王的这种威于民而卑于天的心理很是微妙。他们越是想守住天下，就越往山上跑得勤，据传，汉武帝就来过七次，清乾隆就来过十一次。在中华大地的万千群山中唯有泰山享有这种让天子叩头的殊荣。除了一国之主外，凡关心中华命运的人又几乎没有不来泰山的。你看诗人来了，他们要借这山的坚毅与风的狂舞铸炼诗魂。李白登高狂呼"天门一长啸，万里清风来"。杜甫沉吟着"会当凌绝顶，一览众山小"。志士来了，他们要借苍松，借落日，借飞雪来寄托自己的抱负。一块石头上刻着这样一首诗："眼底乾坤小，胸中块垒多。峰顶最高处，拔剑纵狂歌。"将军来了，徐向前刻石："登高壮观天地间。"陈毅刻石："泰岳高耸万山丛。"还有许多字词石刻，如："五岳独尊"、"最高峰"、"登峰造极"、"擎天捧日"、"仰观俯察"等等。其中"果然"两字最耐人寻味。确实，每个中国人未来泰山之前谁心里没有她的尊严、她的形象呢？一到极顶，此情此景便无复多说了。

我想，要造就一个有作为、有思想的人，登高恐怕是一个没有被人注意却在一直使用的手段。凡人素质中的胸怀开阔、志向远大、感情激越的一面确实要借凭高御风、采天地之正气才可获得。历代帝王争上泰山除假神道设教的目的外，从政治家的角度，他要统领万众治国安邦也得来这里饱吸几口浩然之气。至于那些志士、仁人、将军、诗人，他们都各怀着自己的经历、感情、志向来与这极顶的风雪相孕化，拓展视野，铸炼心剑，谱写浩歌，然后将他们的所感所悟镌刻在脚下的石上，飘然下山，去成就自己的事业。

看完极顶我们步行缓缓下山，沉在山谷之中。两边全是遮天的峰峦和翠绿的松柏。刚才泰山还把我们豪爽地托在云外，现在又温柔地揽在怀中了。泉水顺着山势随人而下，欢快地一跌再跌，形成一个瀑布、一条小溪，清亮地漫过石板，清音悦耳，水气蒸腾。怪石也不时地或卧或立横出路旁。好水好石又少不了精美的刻字来画龙点睛。万年古山自然有千年老树，名声最大的是迎客松和秦松。前者因其状如伸手迎客而得名，后者因秦始皇登山避雨树下而得名。在斗母宫前有一株汉代的"卧龙槐"，一断枝横卧于地伸出十多米，只剩一片树皮了，但又暴出新枝，欣欣向上，与枝下的青石同寿。如果说刚才泰山是以拔地而起的气概来向人讲解历史的沧桑，现在则以秀丽深幽的风光掩映着悠久的文明。我踏着这条文化加风景的山路一直来到此行预定的终点——经石峪。

经石峪，因刻石得名，就是石头上刻有经文的山谷。离开登山主道有一小路向更深的谷底蜿蜒而下，碎石杂陈，山树横逸，过一废亭，便听见流水潺潺。再登上几步台阶，有一亩地大的石坪豁然现于眼前。最叫人吃惊的是，坪上断断续续刻着斗大的经文。这是一部完整的《金刚经》，经岁月风蚀现存 1 067 个字。我沿着石坪仔细地看了一圈，这是一个季节性河槽，流水长年的洗刷，使河底形成一块极好极大的书写石板。这部经刻大约成于北齐年间。历代僧人就用这种独特的方式来表达自己的信仰。我在祖国各地旅行常常惊异于佛教信仰的力量和佛教徒表达信仰的手段。他们将云冈、敦煌的山挖空造佛，将乐山一座石山改造成坐佛，将大足一条山沟里刻满佛，现在又在泰山的一条河沟里刻满了佛经。那些石窟是要修几百年经几代人才能完成的。这部经文呢？每字半米见方,入石三分,字体古朴苍劲。我想虽用不了几百年,可顶着烈日,挥汗如雨,在这坚硬的花岗石上一天也未必能刻出一两个字。中国的书有写在竹简上的,写在帛上、纸上的,今天我却看到一部名副其实的石头书。我在这本大书上轻轻漫步,生怕碰损它那已历经千年风雨的页面。我低头看那一横一竖,好像是一座古建筑的梁柱,又像古战场的剑戟,或者出土的青铜器。我慢慢地跪下轻轻抚摸这一点一捺,又舒展身子躺在这页大书上,仰天沉思。四周是松柏合围的山谷,头上蓝天白云如一天井,泉水从旁边滑过,水纹下映出"清音流水"的刻字。我感到一种无限的满足。一般人登泰山多是在山顶上坐等日出,大概很少有人能到这偏僻深沟里的石书上睡一会儿的。躺在书上就想起赫尔岑有一句关于书的名言:"书——是这一代对另一代的精神上的遗训。"泰山就是我们的先人传给后人的一本巨书。造物者造了这样一座山,这样既雄伟又秀丽的山体,又特意在草木流水间布了许多青石。人们就在这石上填刻自己的思想,一代一代,传到现在。人与自然就这样合作完成了一件杰作。难怪泰山是民族的象征,她身上寄托着多少代人的理想、情感与思考啊!虽然有些已经过时,也许还有点陈腐,但却是这样的真实。这座石与木组成的大山对创造中华民族的文明史是有特殊贡献的。谁敢说这历代无数的登山者中,没有人在这里顿悟灵感,而成其大业的呢?

天将黑了,我们又匆匆下到泰安城里看了岱庙。这庙和北京的故宫一个格式,只是高度低了三砖。可见皇帝对岱神的尊敬。庙中又有许多碑刻资料,塑像、壁画、古木、大殿,这些都是泰山的注脚。在中国就像只有皇帝才配有一座故宫一样,哪还有第二座山配有这样一座大庙呢?庙是供神来住的,而神从来都是人创造的。岱岳之神则是我们的祖先,点点滴滴倾注自己的信念于泰山这个载体,积数千年之功而终于成就的。他不是寺院里的观音,更不是村口庙里的土地、锅台上的灶君,是整个民族心中的文化之神,是充盈于天地之间数千年的民族之魂。我站在岱庙的城楼上,遥望夕阳中的泰山,默默地向她行着注目礼。

(1990 年 1 月)

# 长岛读海

　　想知道海吗？先选一个岛子住下来，再拣一条小船探出去，你就会有无穷的感受。8月里在烟台对面的长岛开会，招待所所长是一个很热情的人，叫林克松，与美国总统尼克松只一字之差。一天下午，他说："我给你弄一条小船，到海里漂一回怎么样？"吃过早饭，我们驱车到了海边。船工们说风太大不敢出海，老林与他们商议了一会儿，还是请我们上了船。他说："你来了，我们没有'惊官动府'，要不然，你今天就享受不上这小船的味道了。"我想今天就冒上一回险。

　　快艇高高地昂起头在海上划一道雪白的浪沟。海水一望无际，碎波粼粼，碧绿沉沉。片刻，我们就脱离了陆地，成了汪洋中的一片树叶。这时基本上还风平浪静。大家有说有笑，一会儿就到了庙岛。这岛因地利之便是一座天然的避风良港，历代都十分繁华，岛上有一座古老的海神庙。海神为女性，这里称海神娘娘，在福建一带则叫妈祖。妈祖在历史上确有其人，是福建湄洲的一林姓女子，善航海，又乐善好施，死后人们奉为海神。宋代时朝廷初封林家女为顺济夫人，元时封天妃，清时封天后，神就这样一步步被造成了。这反映了不管是官府还是百姓，都祈求平安。后殿右侧是一陈列室，有各种不同时代、不同类型的船只模型，大多是船民、船商所献。室后专有一块空地，供人们祭神同燃放鞭炮之用。人们出海之前总要来这里放一挂鞭，是求神也是自我安慰。地上的炮皮已有寸许之厚。我国沿海一带，直至东南亚，甚至欧美，凡靠海又有华人的地方都有妈祖庙。庙岛的海神庙依山而筑，山门上大书"显应宫"三个大字，据说十分灵验。山门两侧立哼、哈二将。门庭正中则供着一个当年甲午海战时致远舰上的大铁锚。这铁锚和致远舰还有舰的主人，带着一个弱国的屈辱和悲愤，以死明志一头撞进敌阵，与敌船同沉海底。半个多世纪后它又显灵于此昭示民族大义。锚重一吨，高2.5米，环大如拳，根壮如股。海风穿山门而过呼呼有声，大锚拥链威坐，锈迹斑斑，如千年老树。我手抚大锚，远眺山门之外，水天一色，烟波浩渺，遥想当年这一带海域，炮火连天，血染碧波，沉船饮恨，英雄尽节。再回望山门以内，哼、哈二将昂首挺立，海神端坐，庙堂寂寂。我想这哼、哈二将本是佛教的守护神，因为他们有力便借来护庙；这大铁锚本是海战的遗物，因为它忠毅刚烈也就入庙为神。人们是将与海有关的理想幻化为神，寄之于庙。这庙和海真是古往今来一部书，天上人间一池墨。

离开庙岛我们向外海方向驶去。海水渐渐显得烦躁不安。这海水本是平整如镜，如田如野，走着走着我们像从平原进入了丘陵，脚下的"地"也动了起来。海像一幅宽大的绿锦缎，正有一个巨人从天的那一头扯着它抖动，于是层层的大波就连绵不断地向我们推压过来。快艇更高地昂起头，在这幅水缎上急速滑行。老林说开花为浪，无花为涌。我心中一惊，那年在北戴河赶上涌，军舰都没敢出海，今天却乘这艘小船来闯海了。离庙岛越来越远，涌也越来越大。船上的人开始还兴奋地说笑，现在却一片静默，每人的手都紧紧地扣着船舷。当船冲上波峰时，就像车子冲上了悬崖，船头本来就是向上昂着的，再经波峰一托，就直向天空，不见前路，连心里都是空荡荡的了。我们像一个婴儿被巨人高高地抛向天空，心中一惊，又被轻轻接住。但也有接不住的时候，船就摔在水上，炸开水花，船体一阵震颤，像要散架。大海的涌波越来越急，我们被推来操去，像一个刚学步的小孩在犁沟里蹒跚地行走，又像是一只爬在被单上的小瓢虫，主人铺床时不经意地轻轻一抖，我们就慌得不知所措。我不知道这海有多深,下面有什么在鼓噪;不知道这海有多宽,尽头有谁在抻动它;不知道天有多高,上面什么东西在抓吸着海水。我只担心这半个花生壳大的小船别让那只无形的大手捏碎。这时我才感到要想了解自然的伟大莫过于探海了。在陆地上登山,再高再陡的山也是脚踏实地,可停可歇。而且你一旦登上顶峰,就会有一种已把它踩在了脚下的自豪。可是在海里呢,你始终是如来佛手心里的一只小猴子,你才感到了人的渺小,你才理解人为什么要在自然之上幻化出一个神,来弥补自己对于自然的屈从。

我们就这样在海上被颠、被抖、被蒸、被煮,腾云驾雾走了约半个小时。这时海面上出现了一座小山,名龙爪山,峭壁如架如构。探出水面,岩石呈褐色,层层节节如龙爪之鳞。山上被风和水洗削得没有一苗树或一根草,唯有巨浪裹着惊雷一声声地炸响在峭壁上。山脚下有石缝中裂,海水急流倒灌,雪白的浪花和阵阵水雾将山缠绕着,看不清它的本来面目。老林说这山下有一洞名隐仙洞,是八仙所居之地,天好时船可以进去,今天是看不成了。我这时才知道,在我国广泛流传的八仙过海原来发生在这里。古代的庙岛名沙门岛,是专押犯人的地方,犯人逃跑无一不葬身海底。一次有八个人浮海逃回大陆,人们疑为神仙,于是传为故事。现在我们随着起伏的海浪,看那在水雾中忽隐忽现的仙山,仿佛已处在人世的边缘,在海上航行确实最能悟出人生的味道。当风平浪静,你"纵一苇之所如,凌万顷之茫然",觉得自己就是仙;当狂涛遮天,船翻楫摧,你就成了海底之鬼。人或鬼或仙全在这一瞬之间。超乎自然之上为仙,被制于自然之下为鬼,千百年来人们就在这个夹缝里追求,你看海边和礁岛上有多少海神庙和望夫石。

离开龙爪山我们破浪来到宝塔礁。这是一块突出于海中的礁石,有六七层楼高,酷似一座宝塔。海水将礁石冲刷出一道道的横向凹槽,石块层层相叠如人工所垒,底座微收,远看好像风都可以刮倒,近看却硬如钢浇铁铸。我看着这座水石相搏产生的杰作,直叹大自然的伟力。过去在陆地上看水与石的作品,最多的是溶洞。那钟乳石是水珠轻轻地落在石上，水中的碳酸钙慢慢凝结，每年才长一毫米左右，终于在洞中长成了石笋、石树、石塔、石林。可今天，我看到水是怎样将自己柔软的身子压缩成一把锉、一把刀，日日夜夜永无休止地加工着一座石山，硬将它刻出一圈圈的凸凸凹凹，分出塔层，磨出花纹，完工后又将塔座多挖进一圈，以求其险，在塔尖之上再加一顶，以证其高。又在塔下洗削出一个平台，以供那些有幸越海而来的人凭吊。这些都做好之后还不算完，大海又将宝塔后的背景仔细调动一番。离塔百多米之远是一带壁立的山凹，像一道屏风拱卫相连，屏面云飞兽走，沙树田园。屏与塔之间，奇石散布，如谁人的私家花园。我选了一块有横断面的石头，斜卧其旁，留影一张。石上云纹横出，水流东西，风起林涛，万壑松声，若人之思绪起伏不平，难以名状。脚下一块大石斜铺水面，简直就是一块刚洗完正在晾晒的扎染布。粉红色的石底上现出隐隐的曲线，飘飘落落如春日的柳丝，柳丝间又点洒些黑碎片，画面温馨祥和。"燕子声声里，相思又一年。"这是任何一个画家都无法创作出的作品。大海作画就是与人工不同，如果我们来画一张画，是先有一个稿子，再将颜色一层一层地涂上去，而这海却是将点、线、色等等，在那天崩地裂的一瞬间，就全都熔铸在这个石头坯子里，然后就用这一汪海水蘸着盐，借着风，一下一下地磨，一遍一遍地洗，这画就制成了。实际上我们现在看着的这一幅画仍在创作中。《蒙娜丽莎》挂在巴黎卢浮宫里，几百年还是原样，而我们过十年、百年后再来看这幅石画，不知又将是什么样子。现代科技发明有高速摄影机，能将运动场上的快动作分解开来看。有谁再来发明一个超低速摄影机，将这幅画的形成过程录下来，拿到美术院校的课堂上去放，那将是一门绝精彩的"自然艺术"课。

下午看九丈崖。这是北长山岛的一段海岸，虽名九丈，实则百丈不止。从崖下走一遍可以感受海山相吻、相接、相拼、相搏的气魄。我们从南面下海，贴着山脚蹭着崖壁走了一圈。右边是水天相连的大海，海上人立而起的白浪像草原上奔驰的马群，翻滚着，嘶鸣着，直扑身旁。左边是冰冷的石壁，犬牙交错，刀丛剑树，几无退路。那浪头仿佛正是要把人拍扁在这个砧板上，我们就在这样的夹缝中觅路而行。但是脚下何曾有什么路，只是一些散乱的踏石和在崖上凿出的石蹬。行人一边如履薄冰地探路，一边又提心吊胆地看着侧面飞来的海浪。老林走在前面，他喊着："数一、二、三！三个浪头过后有一个小空当，快过！"我们就像穿越炮火封锁线一样，弓腰塌背，走走停停。尽管十分小心，还是会有浪头打来，淋一身咸汤。这时最好的享受就是到悬崖下，仰着脖子去接几滴从天而降的甘露。原来与海的苦涩成对比，九丈崖顶上不断飘落下甜甜的水珠。这些从石缝里渗出来的水，如断线的珍珠，逆着阳光折射出美丽的色彩。我们仰着脸，目光紧追定一颗五色流星，然后一口咬住，在嘴里咂出甜甜的味道。在仰望悬崖的一刹那，我又突然体会到了山的伟大。它横空出世，托云踏海，崖壁连绵曲折尽收人间风景。半山常有巨石，与山体只一线相连，如危楼将倾；山下礁石则乱抛海滩，若败军之阵。唯半山腰一条数米宽的浅红色石层，依山势奔突蜿蜒，如海风吹来一条彩虹挂在山前。背后海浪从天边澎湃而来，在脚下炸出一阵阵的惊雷，山就越发伟岸，崖就越发险绝。我转身饱吸一口山海之气，顿觉生命充盈天地，物我两忘，神人不分。

（1996 年 1 月）

# 吴县四柏

　　一千九百多年前，东汉有个大司马叫邓禹的在今天苏州吴县栽了四棵柏树。经岁月的镂雕陶冶，这树竟各修炼成四种神态。清朝皇帝乾隆来游时有感而分别命名为"清"、"奇"、"古"、"怪"。

　　最东边一棵是"清"。近两千年的古树，不用说该是苍迈龙钟了。可她不，数人合抱的树干，直直地从土里冒出，像一股急喷而上的水柱，连树皮上的纹都是一条条的直线，这样一直升到半空中后，那些柔枝又披拂而下，显出她旺盛的精力和犹存的风韵。我突然觉得她是一位长生的美人，但她不是那种徒有漂亮外貌的浅薄女子，而是满腹学识，历经沧桑。要在古人中找她的魂灵，那便是李清照了。你看那树冠西高东低，这位女词人正右手抬起，扶着后脑勺，若有所思。柔枝拖下来，风轻轻拂着，那就是她飘然的裙裾。"险韵诗成，扶头酒醒，别是闲滋味。"

　　西边一棵曰"奇"。庞然树身斜躺着，若水牛卧地，整个树干已经枯黑，但树身的南北两侧各劈挂下一片皮来，就只那一片皮便又生出许多枝来，枝上又生新枝，一直拖到地上，如蓬蒿，如藤萝，像一团绿云，像一汪绿水，依依地拥着自己的命根——那截枯黑的树身。就像佛家说的她又重新转生了一回，正开始新的生命。黑与绿、老与少、生与死，就这样相反相成地共存。你初看她确是很怪的，但再细想，确又有

31

可循的理。

北边一棵为"古"。这是一种左扭柏，即树纹一律向左扭，但这树的纹路却粗得出奇，远看像一条刚洗完正拧水的床单，近看树表高低起伏如沟岭之奔走蜿蜒，贮存了无穷的力。树干上满是突起的肿节，像老人的手和脸，顶上却挑出一些细枝，算是鹤发。而她旁边又破土钻出一株小柏，柔条新叶，亭亭玉立。那该是她的孙女了。我细端详了这柏，她古得风骨不凡，令人想起那些功勋老臣，如周之周公、唐之魏徵。

还有一棵名"怪"。其实，它已不能算"一棵"树了。不知在这树出土的第几个年头上，一个雷电，将她从上至下劈为两半，于是两片树身便各赴东西。她们仰卧在那里相向怒目，像是两个摔跤手同时跌倒又各不服气，正欲挣扎而起。长时间的雨淋使树心已烂成黑朽，而树皮上挂着的枝却郁郁葱葱，缘地而走。你细找，找不见她们的根是从哪里入土的。根就在这两片裸躺着的树皮上。白居易说原上草是"野火烧不尽"，这古柏却"雷电击又生"。她这样倔，这样傲，令人想起封建士大夫中与世不同的郑板桥一类的怪人。

这四棵树挤在一起，一共占地也不过一个篮球场大小，但却神态迥异地现出这四种形来，实在是大自然的杰作。那"清"柏，想是扎根在什么泉眼上，水脉好，土气旺，心情舒畅。那"古"柏，大约根须被挤在什么石缝岩隙间，出土前便经过一番苦斗，出土后还余怒未尽。那"奇"、"怪"二柏便都是雷电的加工，不过雷刀电斧砍削的部位、轻重不同，她们也就各奇各怪。真是天雕地塑，岁打月磨，到哪里去找这样有生命的艺术品呢？而且何止艺术本身，你看她们那清、奇、古、怪的神态，那深扎根而挺其身的功力，那抗雷电而不屈的雄姿，那迎风雨而昂首的笑容，那虽留一皮亦要支撑的毅力，那身将朽还不忘遗泽后代的气度，这不都是哲理、思想与品质的含蓄表现吗？大自然本身就是一部博大的教科书，我们面对她常常是一个小学生。我想应该让一切善于思考的人来这树下看看，要是文学家，他一定可以从中悟到一些创作的规律，《唐诗三百首》、《聊斋志异》、《山海经》、《西游记》不是各含清、奇、古、怪吗？要是政治家，他一定会由此联想到包公那样的清正，贾谊那样的奇才，伯夷、叔齐那样的古朴，还有"扬州八怪"等被社会扭曲了的怪人。就是一般的游人吧，到此也会不由地停下脚步，想上半天。云南石林里那些冰冷的石头都会引起人种种联想，何况这些有生命的古树呢？她们是牵着一条历史的轴线，从近两千年以前的大地上走来的啊！

（1984 年 12 月 6 日）

# 武当山，人与神的杰作

　　在武当山旅行最让我震撼的是万山丛中、绝壁之上和古树深处的宫殿。宫殿本是给人住的，给有权的王或皇住的，但不可理解，在这方圆八百里的荒山之中，怎么会有这么多的红墙绿瓦、木柱石梁，甚至还有铜铸、鎏金的大量宫殿。据统计，有9宫、8观、72庙、27 000间房。真不知历史是怎样完成这一杰作的。

　　武当大兴土木第一人当数朱棣。朱是违反封建帝王的传承法则，夺了侄儿的皇位上台的。他在任期间完成了中国建筑史上的两大工程：一是北修故宫，为我们留下了一座中国最尊贵的皇权殿堂；二是南修武当，为我们留下了一处国内最庞大的神权殿堂。史载，为修武当，朱棣运用了江南九省的赋银，30万工匠，耗时12年。现在通行的说法是，他为了借神权来保皇位。可能还有更深一层的意思，这武当山也许是他经营的一个后方战略基地，一个政治陪都。但不管他是什么目的，总归为我们留下了一批灿烂的文化遗产。我们只要先看看山上山下的两处大殿就会明白。

　　太和宫修在海拔1 612米的山顶上，规模宏大，明代时已有山门、朝圣殿、金殿等房520间，历经风雨、战火，就是现在也还存有150多间。它还有一个奇怪的名字——紫禁城，和北京的故宫紫禁城同名，也有一条长长的红色宫墙，将山头最高处全部圈起来，围成一座"皇城"，

34

上顶蓝天，下眺汉水，俯瞰着林海茫茫、白云缭绕的 72 峰。太和宫里最好看的是金殿，整座大殿由黄铜铸成，表面又鎏以赤金。虽为铜铸，却是一座真正的大殿，高 5.5 米，宽 4.4 米，梁上的斗栱榫头、屋脊上的人物走兽、飞檐下的铃铛、四周的大柱围栏，各种构件应有尽有，花格镂空的门窗开合自如，殿内供设一样不少。我轻轻推开殿门，正中是庙的主人真武大帝的坐像，高 1.8 米。传说朱棣命画家为真武造像，画一张，不满意，杀一个画家，如是者数人。后一画家暗悟其意，就照朱的神态作画，当即通过。现在满山各庙留下的真武像都是这一个模式。朱棣是个政治强人，南下金陵夺皇位，北扫大漠拓疆土，又下诏修《永乐大典》，文治武功都要占全。他生性残忍，又喜伪装。名儒方孝孺不为他起草诏书，他就以刀抉其口，灭其十族，杀 873 人。但在庙里，有小虫落其衣，他轻放于树说："此物虽微，皆有生理，毋伤之。"你看现在这个"真武大帝"不威自重，静镇八方，还有几分慈祥。这是一个真真切切的人，圆头大耳，无冠，短须，丹眼，龙鼻，腰壮肩阔，以手按膝，凝视前方。更妙的是他身着一件锦袍，体态安详如春，衣纹流畅如水，却于前胸和袖口处露出金属纹的铮铮铠甲。轻衣便服，难掩杀气。这正合朱的身份。这尊神像无论从哪个角度讲都是一件极好的艺术品。它既无一般庙里神像的呆板，也没有帝王像居高临下的霸气，完美地表现了"神"与"皇"的结合。我真佩服这无名艺术家的构思之精和做工之巧。真武神连同旁边的金童玉女等共五尊真人大小的铜像当时在北京铸就，经大运河运到南京，再溯长江而上，又入汉水至武当山下，再搬到这海拔 1 600 多米的金顶上，可想是怎样的费工费时。现在山上还存有朱棣专为运送这批铜像下的圣旨："今命尔护送金殿船只至南京，沿途船只务要小心谨慎。遇天道晴明，风水顺利即行。船上要十分整理清洁。故敕。"后面又补了一句："船上务要清洁，不许做饭。"你看皇帝也这样婆婆妈妈，圣旨公文也不嫌啰唆。今天，当我们读这一段君权神授的故事时，却无意中读出了政治，读出了文化。感谢那些无名的工匠、艺术家，在 600 年前为我们预留下这么多建筑、冶炼、雕塑、绘画的标本。

山顶的金殿是武当山海拔最高、施工难度最大的宫殿，以精见长；而山脚下的玉虚宫则是武当山海拔最低、占地最多的宫殿，以大见长。它又名老营宫、行宫，可知这是当年全山施工的大本营，又是驻扎军队的地方，也是皇帝出行办公、休息的地方。朱棣在启动北京故宫工程后四年，开始修玉虚宫，形制全照故宫的样子，只是等比缩小，而且山门、泰山庙、御碑亭等附属建筑越修越多，高峰时达 2 000 多间殿宇，占地 80 多万平方米，后经战火、水患，楼殿、屋宇逐渐荒废坍塌。到20 世纪 90 年代，平地淤泥已达两米之深，沧海之变，宫墙之内已成了一个庞大的果园。1994 年花费巨资，动用机械清土，这座深宫才大致露出了原貌。

我一进山门，心灵为之一震，映入眼帘的是一个荒芜的广场，而铺地的巨石每块都有桌面之大。石面油光平滑，可知这里曾经涌过多少膜拜的人流，但石缝中钻出的荒草又告诉你，它已熬过不知多少年的寂寞。广场的尽头是巍峨的宫殿轮廓和红色的残垣断壁，衬着绵绵的远山，令人想起万里长城或埃及沙漠里的金字塔。这是另一个故宫，你脚下就是午门外的广场，只是多了一分岁月的悲凉。与北京故宫不同，院里多了四座碑亭。我从来没见过这么大的碑和亭，过去所见庙里、陵前的碑亭也不过就是平地竖碑，四角立柱，搭顶遮雨而已。而眼前，先要踏上几十级台阶才能上到亭座，这时仰观亭身，墙高 9 米多，厚 2.6 米，一样的红墙绿瓦，只是顶子已经塌落，成了一个天井，越过墙头的高草矮树，露出一方蓝天白云。实际上这就是一个小的宫殿，里面端立着一扇冰冷的石碑，宛如庙里的神像。这碑也特别的巨大，重约 100 多吨，只驮碑的赑屃就高过人头。每面碑上刻有一道圣旨，第一道是讲要严肃山规，"一应往来浮浪之人，并不许生事喧聒，扰其静功，妨其办道"；第二道是讲这宫建成后如何灵验，"告成之日，神屡显像，祥光烛霄，山峰腾辉"。站在亭上北望，是广场、金水桥、玉带栏杆和巍峨的大殿，不亚于北京故宫的排场。可以设想，皇帝出行到此，这玉虚宫内外仪仗銮驾，山呼万岁，君权神授，何等威风。但是这豪华的行宫未能等到它主人的到来，朱棣在永乐二十二年（1424）死于北征途中。

朱棣死后，明清两代直至民国，这出人与神的双簧还在往下演。真武帝的封号越来越大，进香的人越来越多。但无论如何这造神运动也救不了它的主人。自明代以后武当虽越修越大，而中国封建王朝却越来越衰落。但这满山满沟的文化积淀却越来越深厚，到处是建筑、文学、绘画、雕刻、音乐、武术的精品。太子坡景区有一座五云楼，楼高五层，通高 15.8 米，却只由一柱支撑，交叉托起 12 根梁枋，建筑面积达 544 平方米。南岩景区，在半壁悬空为殿，殿外又横空挑出一长近 3 米、重达数吨的石雕龙头，祥云饰身，日光如炬，须髯生动。且不说其做工之精，如何装上去就是一谜。那天，我去寻访一处荒废的旧宫，半路向导说，沟下有一岩洞，披荆拨草，下去一看，洞里竟刻有一幅王维的自画像并一首诗。我望着起伏的沟壑和冉冉的云雾，真不知藏龙卧虎，这里面还有多少艺术的珍宝。

就像慈禧为自己祝寿却给后人留下了一座颐和园，朱棣为自己修家庙，却留下了一座文化武当山。其实，不只是中国这样，你看金字塔、泰姬陵、希腊神庙等，那些为皇、为王、为神造的宫殿、教堂、园林，最终都逃离了它的主人，而回到了文化的怀抱。历史总是在重复这样的故事，王者借手中的权力，假神道设教，造神佑主，而忘了打扮神灵时绝离不开艺术。于是神就成了艺术的载体，而那些被奴役的工匠倒成了艺术创作的主体。历史不以英雄的意志为转移，总是按它的取舍标准，有时"买椟还珠"，舍去该舍的，留下该留的。

武当山 1994 年被联合国列为世界文化遗产。

（《人民日报》2011 年 11 月 12 日）

# 雨中明月山

江西西部有明月山，藏于湘赣之间，不为人识。当地政府恨世人不识璧中之玉、闺中之秀，便邀海内外作家记者团作考察之游。

头一日，游人工栈道，乘缆车登顶，云绕脚下，雾入衣襟，游者不为所动；第二日，看大庙，殿宇巍峨，新瓦照人，更不为所动。当晚，人走一半。

第三日，微雨，主人再邀所余之人作半日之游。无车无马，徒步爬山。一入山门，立见毛竹数竿，有两握之粗。青绿滚圆的竹面上泛出一层细蒙蒙的白雾，竹节处的笋叶还未褪净，一看就是当年的新竹。但其拔地接天，已有干云捉月之势。众人精神为之一振，纷纷冲上去照相，然后开始爬山。

路沿峭壁而修，左山右河。山几不见土石，全为翠竹所盖；河却无岸无边，难见其貌，其实就是两山间一谷。谷随山的走势呈"之"字形，忽左忽右，渐行渐高。谷间只有四样东西：竹、树、石、水。水流漱石，雪浪横飞，竹木相杂，堆绿染红，好一幅深山秋景图。石头一色青黑。大者如楼，小者如房，横空出世，杂布两岸。有那顺洪水而流落谷底者，无论大小皆平滑圆滚，俯仰各态。雨，似下非下，濛濛茸茸，湿衣润肤。正行间，路边有一石探向谷中，四围藤树横绕围成天然扶栏，好个"一石观景处"，凭"栏"望去，只见竹浪层层，满川满山，

38

一直向天上翻滚而去。近处偶有一枝，探向林外，正是苏东坡诗意"竹外一枝斜更好"。竹子这东西无论四季，总是一样的青绿，永葆青春朝气。大家就说起苏东坡，宁肯食无肉，不可居无竹，又说到城里菜市场上卖的竹笋。主人见我们对竹感兴趣，突然说："你们知道不知道，这竹子是分公、母的？"我们一下子静了下来，都说不知。他说："你看，从离地处起往上数，找见第一片叶子，单叶为公，双叶为母。"众人大奇，拨开竹子一找，果然单双有别。我自诩爱竹，却还不知这个秘密。大家又问，这有何用？"采笋子呀！山里人都知道，只有母竹根下才能挖到笋子。"原来，这山不只是为了人看的。

等到又爬了几里地，过了一座吊桥，再折上一段石板路，半天里忽一堵石壁矗立面前，壁上有瀑布垂下，约有几十层楼房那么高。石壁的背后和四周都簇拥着绿树藤萝，如一幅镶了边的岩画，而画面就是直立起来的江河奔流图。它不像我们在长江或黄河边，看大浪东去，浩浩千里，而是银河泻地，雪浪盖顶。我自然无法接近水边，只试着往前探了一点身子，便有湿云浓雾猛扑过来，要裹挟我们上天而去。我赶紧转身向后，这时再回望来路，只见云雾倏然不见，群山奇峰飘忽其上，古庙苍松隐约其间。近处谷底绿竹拍岸，流水奏琴，偶有一束红叶，伏于石间，如夜间火光之一闪。

这时，主人在下面半山腰的一间石室前招手，待我们款款下来，他已设好茶桌。茶备两种。一为当地的黄豆、橙皮、姜丝所制，驱寒暖胃，咸辣香绵，慢慢入心；而另一种则为山上采的野茶，清清淡淡，似有似无，就如这窗外的湿雾。我们都不再说什么，只是端着杯子，静静地望着远处。许久，不知谁喊了一声："天不早了，该下山了。"我说："不走了，就这样坐着，等到来年春天吃笋子。"

（《人民日报》2010 年 3 月 11 日）

# 石河子秋色

　　国庆节在石河子度过。假日无事，到街上去散步。虽近晚秋，秋阳却暖融融的，赛过春日。人皆以为边塞苦寒，其实这里与北京气候无异。连日预告，日最高气温都在二十三摄氏度。街上菊花开得正盛，金色与红色居多。花瓣一层一层，组成一个小团，绒绒的，算是一朵，又千朵万朵，织成一条条带状的花圃，绕着楼，沿着路，静静地闪耀着她们的光彩。还有许多的荷兰菊，叶小，状如铜钱，是专等天气快要冷时才开的。现在也正是她们的节日，一起簇拥着，仰起小脸笑着。蜜蜂和蝴蝶便专去吻她们的脸。

　　花圃中心常有大片的美人蕉。一来新疆，我就奇怪，不论是花，是草，是瓜，还是菜，同样一个品种，到这里就长得特别的大。那美人蕉有半人高，茎粗得像小树，叶子肥厚宽大，足有二尺长。她不是纤纤女子，该是属于丰满型的美人。花极红，红得像一团迎风的火。花瓣是鸭蛋形，又像一张少女羞红的脸。而衬着那花的宽厚的绿叶，使人想起小伙子结实的胸膛。这美人蕉，美得多情，美得健壮。这时，她们挺立在节日的街心拉着手，比着肩，像是要歌，要说，要掏出心中的喜悦。有一首歌里唱道："姑娘好像花儿一样，小伙儿心胸多宽广。"这正是她们的意境。

　　石河子，是一块铺在黄沙上的绿绸。仅城东西两侧的护城林带就各有 150 米宽。而城区又用树行画成极工整的棋盘格。格间有工厂、商店、楼房、剧院。在这些建筑间又都填满了绿色——那是成片的树林。红楼幢幢，青枝摇曳；明窗闪闪，绿叶婆娑。人们已分不清，这城到底是在树林中辟地盖的房、修的路，还是在房与路间又见缝插针栽的树。全城从市心推开去，东西南北各纵横着十多条大路，路旁全有白杨与白蜡树遮护。杨树都是新疆毛白杨，树干粗而壮，树皮白而光，树冠紧束，枝向上，叶黑亮。一株一株，高高地挤成一堵接天的绿墙，一直远远地伸开去，令人想起绵延的长城，有那气势与魄力。而在这堵岸立的绿墙下又是白蜡。这是一种较矮的树，它耐旱耐寒，个子不高，还不及白杨的一半，树冠也不那样紧束，圆散着，披拂着。最妙的是它的树叶，在秋日中泛着金黄，而又黄得不同深浅，微风一来就金光闪烁，炫人眼目。这样，白杨树与白蜡树便给这城中的每条路都镶上了双色的边，而且还分出高低两个层次。这个大棋盘上竟有这样精致的格子线。而那格子线的交叉处又都有一个挤满美人蕉与金菊的大花盘，算是一个棋子。

我在石河子的街上走着，以新奇的目光打量着它，打量着这个棋盘式的花园城。这时夕阳斜照着街旁的小树林，林中有三五只羊在捡食着落叶。放学的孩子背着书包绕树嬉戏。落日铺金，一片恬静。这里有城市的气质，又有田园的姿色，美得完善。她完全是按照人们的意志描绘而成的一幅彩画。我想这彩画的第一笔，应是 1950 年 7 月 28 日。这天，刚进军新疆不久的王震将军带着部队策马来到这里。举目四野，荆棘丛生，芦苇茫茫，一条遍布卵石的河滩，穿过沙窝，在脚下蜿蜒而去。将军马鞭一指："我们就在这里开基始祖，建一座新城留给后世。"三十多年过去了，这座城现在已出落得这般秀气。在我们这块古老的国土上，勤劳的祖先不知为后世留下了多少祖业。他们在万里丛山间垒砖为城，在千里平原上挖土成河。现在我们这一代，继往开来，又用绿树与鲜花在皑皑雪山下与千里戈壁滩上打扮出了一座城，要将她传给子孙。他们将在这里享用这无数个金色的秋季。

（1983 年 11 月 12 日）

# 天池绿雪

　　雪，自然不会是绿的，但是它却能幻化出无穷的绿。我一到天池，便得了这个诗意。

　　在新疆广袤的大地上旅行，随处可以看见终年积雪的天山高峰。到天池去，便向着那个白色的极顶。车子溯沟而上，未见池，先发现池中流下来的水，成一条河。因山极高，又峰回沟转，这河早成了一条绵延不绝的白练，纷纷扬扬，时而垂下绝壁，时而绕过绿树。山是石山，沟里无半点泥沙，水落下来摔在石板上跌得粉碎，河床又不平，水流过七棱八角的尖石，激起团团的沫。所以河里常是一团白雾，千堆白雪。我知道这水从雪山上来，先在上面贮成一池绿水，又飞流而下的。雪水到底是雪水，她有自己的性格、姿态和魅力。当她飞动起来时，便要还原成雪的原貌。她在回忆自己的童年，她在留恋自己的本性。她本来是这样白，这样纯，这样柔，这样飘飘扬扬的。她那飞着的沫，向上溅着，射着，飘着，好像当初从天上下来时舒舒慢慢的样子。她急慌慌地将自己撞碎，成星星点点，成烟，成雾，是为了再乘风飘去。我还未到天池边，就想，这就是天池里的水吗？

　　等到上了山，天池是在群山环抱之中的。一汪绿水，却是一种冷绿。绿得发青、发蓝。雪峰倒映在其中，更增加了她的静寒。水面不似一般湖水那样柔和，而别含着一种细密、坚实的美感，我疑她会随时变

42

成一面大冰。一只游艇从水面划过，也没有翻起多少浪波，轻快得像冰上驶过一架爬犁。我想要是用一小块石片贴水漂去，也许会一直漂滑到对岸。刘家峡的绿水是一种能量的积聚，而这天池呢，则是一种能量的凝固。她将白雪化为水，汇入池中，又将绿色作了最大的压缩，压成青蓝色，存在群山的怀中。

池周的山上满是树，松、杉、柏，全是常青的针叶，近看一株一株，如塔如纛，远望则是一海墨绿。绿树，我当然已不知见过多少，但还从未见过能绿成这个样子的。首先是她的浓，每一根针叶，不像是绿色所染，倒像是绿汁所凝。一座山，郁郁的，绿得气势，绿得风云。再就是她的纯。别处的山林在这个季节，也许会夹着些五色的花、萎黄的叶，而在这里却一根一根，叶子像刚刚抽发出来，一树一树，像用水刚刚洗过，空气也好像经过了过滤。你站在池边，天蓝，水绿，山碧，连自身也觉通体透明。我知道，这全因了山上下来的雪水。只有纯白的雪，才能滋润出纯绿的树。雪纯得白上加白，这树也就浓得绿上加绿了。

我在池边走着，想着，看着那池中的雪山倒影，我突然明白了，那绿色的生命原来都冷凝在这晶莹的躯体里。是天池将她揽在怀中，慢慢地融化、复苏，送下山去，送给干渴的戈壁。好一个绿色的怀抱雪山的天池啊，这正是你的伟大、你的美丽。

（1984 年 10 月）

# 那青海湖边的蘑菇香

　　小时长在农村，食不为味只求饱。后来在城市生活，又看得书报，才知道有"美食家"这个词。而很长时间以来，我一直怀疑这个词不能成立。我们常说科学家、作家、画家、音乐家等，那是有两个含义：其一，这首先是一份职业、一个专业，以此为工作目标，孜孜以求；其二，这工作必有能看得见的结果，还可转化为社会财富，献之他人，为世人所共享。而美食家呢？难道一个人一生以"吃"为专业？而他的吃又与别人何干？所以我对"美食"是从不关心、绝不留意的。

　　十年前，我到青海采访。青海地域辽阔，出门必坐车，一走一天；那里又是民歌"花儿"的故乡，天高路远，车上无事就唱歌。中共青海省委宣传部的曹部长是位女同志，和我们记者站的马站长一递一首地唱，独唱，对唱，为我倾囊展示他们的"花儿"。这也就是西北人才有的豪爽，我走遍全国各地未见哪个省委的宣传部部长肯这样给客人唱歌的，当然这也是一种自我享受。但这种情况在号称文化发达的南方无论如何是碰不到的。一天我们唱得兴起，曹部长就建议我们到金银滩去，到那个曾经产生了名曲《在那遥远的地方》的地方去采访，她在那里工作过，人熟。到达的当天下午我们就去草滩上采风，骑马，在草地上打滚，看蓝天白云，听"花儿"和藏族民歌。曹部长的继任者桑书记是一位藏族同志，土生土长，是比老曹还"原生态"的干部。

晚上下了一场小雨。第二天早饭后桑书记领我们去牧民家串门儿，遍野湿漉漉的，草地更绿，像一块刚洗过的大绒毯，而红的、白的、黄的各色小花星布其上，真是一个名副其实的金银滩。和昨天不一样，草丛里又钻出了许多雪白的蘑菇，亭亭玉立，昂昂其首，小的如乒乓球，大的如小馒头，只要你一低头，随意俯拾，要多少有多少。这小东西捧在手里绵软湿滑，我们生怕擦破她的嫩肤，或碰断她的玉茎。我这时的心情，就是人们常说的"天上掉馅饼"，喜不自禁。连着走了几户人家，看他们怎样自制黄油子，用小木碗吃糌粑，喝马奶酒，拉家常。老桑从小在这里长大，草场上这些牧马、放羊的汉子，不少就是他光屁股时候的伙伴。蒙蒙细雨中，他不停地用藏语与他们热情地问候，开着玩笑，又一边介绍着我们这些客人。而印象最深的是，每当我们踩着一条黄泥小路走向一户人家时，一不小心就会踢飞几个蘑菇。而每户人家的门口都已矗立着几个半人高的口袋，里面全是新采的蘑菇。

老桑掀开门帘，走进一户人家。青海湖畔高寒，虽是 8 月天气，可一到雨天家里还是要生火的。屋里有一盘土炕，地上还有一个铁火炉。这炉子也怪，炉面特别的大，像一个吃饭的方桌，油光黑亮。这是为了增加散热，方便就餐时热饭、温酒。雨天围炉话家常，好一种久违了的温馨。我被让到炕头上，刚要掏采访本，老桑说："别急，咱们今天上午不工作，只说吃。——娃子！到门口抓几个菌子来。"一个八九岁的红脸娃就蹿出门外，在草丛里三下两下弯腰采了十几个雪白的蘑菇，用衣襟捧着，并水珠儿一起抖落在炕沿上。我突然想起古人说的十步之内必有芳草，这娃迈出门外也不过五六步，就得此美物。而城里人吃的鲜菇也至少得取自百里之外吧，至于架子上的干货更不知是几年以上的枯物了。老桑挽了挽袖子说："看我的，拿黄油来。"他用那双粗大的黑手，捏起一个小白菇，两个指头灵巧地一捻，去掉菇把，翻转菇帽，仰面朝上。又轻撮三指，向菇帽里撒进些黄油和盐。那动作倒像在包三鲜馄饨。然后将蘑菇仰放在热炉面上，齐齐地排成一行，像年夜包的饺子。不一会儿，炉子上发出嗞嗞的响声，黄油无声地溶进菇瓢的皱褶里，那鲜嫩的菇头就由雪白而嫩黄，渐渐缩成一个绒球状，而不知不觉间，莫名的香味已经弥漫左右进而充盈整个屋子了，真有"暗香浮动月黄昏"的意境。也不要什么筷子、刀叉，我们每个人伸出两指，捏着一个蘑菇球放入口中——初吃如嫩肉，却绝无肉的腻味；细嚼有乳香，又比奶味更悠长。像是豆芽、菠菜那一类的清香里又掺进了一丝烤肉的味道，或者像油画高手在幽冷的底色上又点了一笔暖色，提出了一点亮光。总之是从未遇见过的美味。

从草原返回的路上，我还在兴奋地说着那铁炉烤香菇，司机小伙子却回头插了一句嘴："这还不算最好的，我们小时候在野地里，三块砖头支一个石板，下面烧牛粪，上面烤蘑菇，比这个味道还要香。"大家轰的一阵笑，又引发了许多议论，纷纷回忆一生中遇到的最好的美味。但结论是，再也吃不到从前那样的好东西了。这时老马想起了一首"花儿"，便唱道："上去高山着还有个山，平川里一朵好牡丹。下了高山（着）折牡丹，心乏（着）折了个马莲莲。"曹部长就对了一首："山丹丹花开刺刺儿长，马莲花开到（个）路上。我这里牵来你那里想，热身子挨不到（个）一打上。"啊，最好的美味只能是梦中的情人。

回到北京后我十分得意地向人推荐这种蘑菇新吃法。超市里有鲜菇，家里有烤箱，做起来很方便，凡试了的，都说极好。但是我心里明白，却无论如何也比不上草原上、雨天里、热炕边、铁炉上，那个土黄油烤鲜菇的味道，更不用说那道"牛粪石板菇"了。人的一生不能两次趟过同一条河流，世界上最好的东西只能是记忆中的一瞬。物理学上曾有一个著名的"测不准原理"，两个大物理学家爱因斯坦和玻尔为此争论不休。爱氏说能测准，玻氏反驳说不可能，比如你用温度去量海水，你读到的已不是海水的温度。我又想起胡适的话，他说真正的文学史要到民间去找，到在口头上流传的作品中去找，一上书就变味了。确实，时下文学又有了"手机段子"这个新品种，它常让你捧腹大笑或拍案叫绝，但却永远上不了书。你要体验那个味道只有打开手机。

看来，城里的美食家是永远也享受不到"牛粪石板菇"这道美味了。

（《北京日报》2012 年 6 月 7 日）

# 冬季到云南去看海

　　年末深冬季节，到云南腾冲考察林业，主人却说，先领你去看热海。我心里一惊，这大山深处怎么会有海，而海又怎么会是热的？

　　车出县城便一头扎进山肚子里。公路呈"之"字形，车子不紧不慢、一折一折地往上爬。走一程是山，再走一程还是山；一眼望去是树，再看还是树。只见一条条绿色的山脊，起起伏伏，一层一层，黛绿、深绿、浅绿，由近及远一直伸到天边。直到目光的尽头，才现出一抹蓝天——这蓝天倒成了这绿海的远岸。

　　走了些时候，渐渐车前车后就有了些轻轻的雾，再看对面的林子里也飘起一些淡淡的云。我说："今天真算是上得高山了。"主人笑道："正好相反，你现在是已下到热海了。"我才知道，那氤氲缥缈、穿林裹树的并不是云，也不是雾，竟是些热腾腾的水汽，我们车如船行，已是荡漾在热海之上了。

　　所谓热海，是一个方圆八平方公里的地热带。腾冲是一个休眠火山区。多少年前，这里曾经火山喷发，现在地面上仍留有许多旧痕。如圆形的火山口、黑色的火山石，还有奇特的"柱状节理"，那是岩浆喷出时瞬间形成的一片美丽的石柱。但最奇的是地下的热海。大约火山熄灭后还是不死心，便试探着要找一个出口，地下的岩浆就悄悄地摸到这里，一直蹿到离地表还有七八公里处，用炽热的火舌不停地向上喷舔着

48

地面。于是这八平方公里的土地就成了一台巨大的锅炉，地下水被煮得滚烫，一个名副其实的热海。

热海虽名海，但我们并不能像苏东坡那样"纵一苇之所如，凌万顷之茫然"，也不能如曹操那样"东临碣石，以观沧海"。因为这海是藏在地下的，我们只能去找几个海眼"管中窥豹"。最大的一个海眼就是著名的"大滚锅"，单听这个名字，就知道它的威力。要看这口大锅先得爬上一个高高的"锅台"。我们拾级而上，还未见锅就已听到滚滚的沸水之声，头上热气逼人。上到锅台一看，这口石砌的大锅，直径3米，深1.5米，沸腾的热浪竟有尺许之高。由于长年累月地滚煮，锅沿上已结了一层厚厚的水碱，真是一口老锅。大锅前又开出一条数米长二尺来宽的石槽，亦是水沸有声，热气腾腾，槽上架着一排竹篮，里面蒸着土豆、鸡蛋、花生等物。这恐怕是我见过的最奇特的蒸笼了。游人可以上去随意品尝这地心之火与山泉之水的杰作，就像在城市路边的早点摊上吃小笼包子。我们看惯了日夜奔流不息的江河，可谁又见过这无年无月翻滚不止的开水大锅呢？我抬头看一眼天上的白云和锅后山崖的绿树，忽然想起张若虚的那首名诗："江畔何人初见月，江月何年初照人？"这山上何时现滚锅，滚锅何时初见人呢？天地间悄悄地隐藏有多少秘密！

因为地处热海之上，山上山下露头的温泉就随处可见。有的潺潺而流，兀自成潭；有的点点而滴，挂垂成线；还有的间歇而喷，如城市广场上的音乐喷泉。但这泉水都脱不了一个"热"字，于是就用来做浴池，连普通的山民家也开池营业。为了能更深一层感知热海之美，我们选了一处浴室推门而入，待穿过短廊才发现并没有"入室"，而是豁然开朗，又置身在半山之上。原来这里的浴池并不是平地之池，而是一个一个挂在半壁，就如高楼上的阳台。试想，在半山之上，绿风白云，枕石漱流是什么样子？我极兴奋，不肯下水，先披衣环顾四周做一回精神上的沐浴。只见偌大一个池子，犹抱琵琶，叫一株从石缝中探出的大叶榕树俯身遮去了大半，而一株老藤左伸右屈就做了这池子的栏杆。池边杂花弱草，青苔翠竹，池水清清见底，水面热气微微蒸腾。水先是从一个石龙头中注入池中，再漫过池沿，无声地贴着石壁滑向山下，于是过水的半面山岩就如一堵谁家宾馆大堂里的水幕墙，淋淋潺潺。我凭栏遥望着对面林梢上升起的轻轻的雾和脚下谷底游走的云，竟有一种将军阅兵似的自豪，然后翻身入水畅游其中，仰望蓝天白云，觉得自己就是一条天上之鱼。天下真有这样的海吗？

因为刚才池边的那棵大叶榕树，下山时我就留心起这山上的植被。我知道榕树喜热，多见于福建、广东，或者西双版纳，现在能现身于偏北的腾冲定是得了地下的热气。这么一想，果然发现这方圆远近处的树的确特别，既有许多亚热带的芭蕉、棕榈，又有本地的松、柏、杉、樟，还有远古时期留存下来的曾与恐龙为伴的黑桫椤树。有一种我从未见过，枝如杨柳，叶如榆钱，在这个隆冬季节满树还缀着些红绒绒的花朵，主人说，这属柳科，就叫红丝绿柳。啊，好浪漫的名字。现在科学家已经弄清热海的来历，是这满山的绿树饱饱地蓄足了水，然后再慢慢地渗入地下，经地火加热后又悄悄送回地面，这个过程75年一个周期，循环往复，湍流不息。这么说来，我们现在既是行在密林之中，又是站在历史的河岸上。这块神奇的土地，我已说不清到底该叫它热海还是绿海，抑或岁月之海。其实它就是一个为地热所蒸腾、绿树所覆盖、岁月所打造的令人陶醉的生态之海。

（《中国绿色时报》2010 年 12 月 24 日）

# 永远的桂林

　　桂林山水实在是一个老而又老的题目，人们却总在不停地谈论，又可见它的美丽不减，魅力无穷。因为人们还看不够，还没有把它弄明白，就要来欣赏，来探寻，并在探寻中获得美的享受。每年大约有 1 000 万人从世界各地到桂林来，就是为了看这里的山、这里的水、这里的石头。这几样东西哪里没有？但这里就是与别处不一样，美得让人吃惊，美得让人心醉。文人墨客艺术化了的溢美之词且不去说，陈毅的题词倒是一句大实话："愿做桂林人，不愿做神仙。"一个外国元首看罢桂林后说："上帝用第一个七天造了世界还有亚当、夏娃，用第二个七天造了桂林，下一个七天真不知还要造什么。"外国人信上帝，中国人信神。神也好，上帝也好，反正说不清的事情就先交给它。桂林确实是美得说不清。

　　新年刚过，有桂林之游。我们先是乘船顺漓江由桂林到阳朔。水面清浅，浅得让你不敢相信，坐在船上能看见水里的石头。因为水浅，不起波，水面就平得像一面镜子。这么浅的水，却能漂得动这条百十来人的船，也亏了这水的平静，船是平底用不着多吃水，就像一块木片似的，稳稳地漂。这首先就让你感到很亲切，既不野，也不险。据说从桂林到阳朔 80 公里，落差才只有 38 米。江面上偶然漂过几个竹筏，是七根竹子扎成的，筏上总有一位渔翁，横一根竹篙，携两只鱼鹰。远看去绿波埋脚，人好像直接踩在水面

51

上，神话里的八仙过海、观音出水大概就是这个样子。这时两岸的山就在水边稀稀疏疏地排开来，山头没有北方那样尖的峰或顶，总呈一个柔和的弧，从平地突然钻出，像圆圆的馒头，像立起的田螺，虽在冬季还是披满草树。山，隔不远就一个，临水而立，随着水的弯弯千媚百态。这山并不高，一般也就四五十米。所以在船上什么都可以看个清楚。看山间的树，树间偶尔露出的红叶，看石头，石上的纹路，还有那些不知何时留下的摩崖题字。就像在城里的马路上闲走，看两边的高楼，谁家的阳台上晾着一件好看的衣服，谁家新漆了一扇窗户。江水贴着山根轻轻地转，说轻是轻到不知是流还是不流，没有浪，没有波，甚至没有涟漪。其实这水是专来为山做镜子的。你看水里的倒影，一丝不差，是几何学上标准的对称体。船过杨家坪，有山名羊角，那水里也就真的浸着一只大羊角。随着水的左曲右折，每一个山头就可以一个一个前后左右地看，还可以镜外看了镜里看。山水向来是叫人豪迈，叫人昂扬洒脱的，今天却像一件工艺品直跳到你的手上，叫你赏，叫你玩。梳妆江畔立，顾影明镜里，为君来不易，叫您恣意看。辛弃疾词："我见青山多妩媚，料青山见我应如是。"这里山也不阳刚，水却更阴柔，秀得很，也嫩得很。在这里你是无论如何也吼不得一声，喊不得一句的。过杨家坪不久，有半边渡。那是因为山一时向河边走得太近，将脚泡到了水里，人贴岸行走便断了路，还要搭几步船。说是渡船却又不来对岸，渡了半天却还在那一边继续走路。这时正有一帮小学生放学，像群羊羔撒欢，直颠得河中的树影乱颤。正当野渡无人舟自横，四五个小不点飞身上筏，一个稍大一点的就自觉殿后，竹篙一点，嗖哨一声，红领巾便迎风燃起五六团火苗，眨眼就飘到了路那一端。河这岸有几个女子在浅水处的石头上捶衣，孩子在草窝里嬉戏，背后稍远处有农夫在耕地。因是冬末，没有常见的漓江烟雨，平林漠漠，景色清明。岸边不时闪过一丛丛的凤尾竹，竹后是农家袅袅的炊烟。往前方眺望，群峰起伏，如一队行进的骆驼，隐约驼铃在耳。回首来处，水天迷茫，山峰相连相叠，如长城的垛口，回环不绝。站在船上，我不时冒出这样的念头：这是真山真水吗？在北方，人行山里几天几夜出不去，不知道要钻多少一线天、扁担峡；车行山里，跃上峰巅，倒海翻江。而这山水却奇巧如盆景，美丽如童话。说是盆景，却是真的山水、树木；说是童话，我们又真真切切地置身其内。事物每当真假难分时，就像水墨画洇润出一种迷蒙的美，像无题诗传达着一种说不清的意，像舞台上反串的角色透出一种新鲜与活泼。这是我初读桂林的印象。

上岸之后我们乘车从旱路往回返，这时没有了水光掩映，却又多了满野的绿风。路边的小山一个个兀立平野，近看像一座座圆头碉堡，像一个个麦垛。山不高，满头都披着茸茸的草树，恨不能停车伸手去摸摸它，或者一头扎到草堆，重做一场儿时的美梦。同车的一位青年朋友说："原来世上真有这样的山。小时候认识了象形的'山'字，总也找不到想象中的山，今天才算解了这个谜。"大家都哈哈大笑。这些麦垛大大小小地交错着，淡出淡入，绿枝蒙蒙，像一团团春风刚梳妆过的杨柳。远到天边就只剩下一痕痕绿色的曲线。我们是专门驱车去看月亮洞的。那实际上是远处的一座山峰，中穿一洞，这洞又为前面的山所遮掩。车子前行就渐渐看到一眉弯月，月亮由亏到圆，灿若小姑娘的笑脸，再行又渐为轻云所遮，如月食之变。那年美国总统尼克松来游，大声叫绝，非要上山去探个究竟。这本是苏州园林中惯用的"移步换景法"，不想大自然却早有创造在这里等着。

第二天我们又在城里看了一天山。城里看山，这本身就是一个新鲜话题。都市里怎么能有山？有也只能是公园里的假山。那年我在昆明登龙门，看到城近郊有那样的真山已是大吃一惊，不想这桂林却有几十个大大小小的山头直跑到城里的马路边，钻到机关的院子里，蹲到人家楼前的窗户下，或者就拦在十字路口看人来人往。孤山、穿山、象山、叠彩山、骆驼山、独秀峰就这样真真切切地和人厮混在一起，桂林人每天上班下班，车水马龙绕山走，假日里则摩肩接踵，在山坡上滚，山肚子里钻。相处久了连山也都有了灵气。最有名的是象鼻山，城边水旁一个四脚稳立的大象，长长的鼻子直伸到水里，水下又有一个同样的象。骆驼峰，就是一峰蹒跚西行的长毛驼，连背上的两个驼峰、前伸的鼻子和旅途劳顿的神态都惟妙惟肖。人说这是世界上最大的骆驼。这些山大都被改造成公园，真山真水，当然比景山、颐和园要好看得多。桂林的山中皆有洞，洞大不可言。我只上到穿山的一个洞里，传说这是伏波将军一箭射穿的。洞内可坐数百人，有石桌石凳，夏天退了休的老人就在这里下棋、打牌做神仙。这洞的上面又还有同样的一层。除了上山看洞，还可入地看洞。资格最老的当然是芦笛岩。在这个地下龙宫里，竟都是些石笋、石柱，石的瓜、果、桃、李，石的狮、虎、猴、龟。

有的奇石是任怎样高明的大师也雕绘不出的惊天地的杰作。我奇怪这里大至山，小至石，怎么都如此逼近生命，凝聚着活力？桂林这块地方真是从山水到草木，从天上到地下，让灵气窜了个遍，浸了个透。人杰者，百代出一；地灵者，万里难觅。今独此地，除了上帝的垂青，鬼斧神工，又能作何解呢？

不知为什么在桂林我总要想起苏州。它们分别是从自然和人工的两头去逼近美，都是想把这两头拉过来挽成一朵美丽的花。人不但美食、美衣，还讲究择美而居。一种办法是选一块极富自然美的地方安营扎寨，这就是桂林。另一个办法是把自己居住的地方尽量打扮得靠近自然，这就是苏州。人类本来开始像小鸟恋窝一样依偎着自然，向往自然。古代有多少僧道隐者为享松竹之乐而逃离都市。但是随着人力的强大，人类又开始排斥自然，他们建起了现代的都市，用钢筋、水泥、玻璃、铝合金重垒了一个新窝，但同时也就开始接受应有的惩罚。而我们在桂林却找到了一个答案，像桂林山水一样珍贵的是桂林人与自然相契合的精神，像桂林山水一样令人羡慕的是桂林人的生存环境，他们在尽情实现人的价值的同时，既不是如僧看庙般媚就自然，也不是如大都市那样赶走自然，而是在自然的怀抱里把现代文明发挥得恰到好处，把自然的美留到极限，让人对自然永存一分纯真、一分童心，人与自然相亲相融。我这才理解到陈毅所说"愿做桂林人，不愿做神仙"。神仙虽好，没有烟火。桂林是一个有烟火的仙境，一个真山真水的盆景，一个成年人的童心梦。

（1995 年 8 月）

文化中国

# 说经典

什么是经典？常念为经，常数为典。经典就是经得起重复，常被人想起，不会忘记。常言道："话说三遍淡如水。"一般的话多说几遍人就要烦。但经典的语言人们一遍遍地说，一代代地说；经典的书，人们一遍遍地读，一代代地读。不但文字的经典这样，就是音乐、绘画等一切艺术品都是这样。一首好歌，人们会不厌其烦地唱；一首好曲子会不厌其烦地听；一幅好字画挂在墙上，天天看不够。甚至像唐太宗那样，喜欢王羲之的字，一生看不够，临死又陪葬到棺材里。许多人都在梦想自己的作品、事业成为经典，政治的、文学的、艺术的、工程的等等，好让自己被历史记住，实现永恒。但这永恒之梦，总是让可怕的重复之斧轻轻一劈就碎。修炼不够，太轻太薄，不耐用，甚至经不起念叨第二遍。倒是许多不经意之说、之作，无心插柳柳成荫，一不经意间成了经典。说到"柳"，想起至今生长在河西走廊上的"左公柳"。100多年前，左宗棠带着湘军去征讨沙俄，收复新疆。他一路边行军边栽柳，现在这些合抱之木成了历史的见证，成了活的经典，凡游人没有不去凭吊的。"统一战线、武装斗争、党的建设"，这是中国革命的三大法宝，是中国共产党打天下的经典。但它的产生是毛泽东不经意间脱口说出的。1939年陕北公学（即后来的华北联合大学）的一批学生毕业要上前线，毛泽东去讲话说，《封神演义》中"姜子牙下昆仑山，元始天尊赠了他杏黄旗、四不像、打神鞭三样法宝。现在你们出发上前线，我也赠给你们三样法宝，这就是：统一战线、武装斗争、党的建设"。经典就这样产生了。莎士比亚有许多话，简直就是大白话，比如："生存，还是毁灭，这是一个问题。"还有托尔斯泰《安娜·卡列尼娜》的开头："幸福的家庭都是相似的，不幸的家庭各有各的不幸。"这些话被人千百次地模仿。就是《兰亭集序》也是在一次普通的文人聚会上，王羲之一挥而就的。当然，经典也有呕心沥血、积久而成的。像米开朗琪罗的壁画《最后的审判》，一画就是八年。不管是妙手偶成还是苦修所得，总之，它达到了那个水平，后人承认它，就常想起它，提起它，借用它。它如铜镜越磨越亮。要是一只纸糊灯笼呢？用三五次就破了。

经典所以经得起重复，原因有三：一是达到了空前的高度；二是有绝后的效果；三是上升到了理性，有长远的指导意义。经典不怕后人重复，但重复前人却造不成经典。

文化的发展总是一层一层，积累而成。在这个积累过程中要有个性，能占一席之地必得有新的创造。比如教师一遍一遍讲数理化常识，如果他只教书而不从事科研，一生也不会创造出数学或物理科学方面的经典。因为只有像牛顿发现了万有引力，像伽利略发现了重力加速度，像爱因斯坦创立了相对论等才算是科学发展史上的经典；马克思创造了无产阶级专政理论，毛泽东创立了农村包围城市论，邓小平创立了中国特色社会主义理论等，这些都是无产阶级革命和建设的经典。它们是创新，不是先前理论的重复。唐诗、宋词、元曲，书法的欧、颜、柳、赵、王羲之的行书、宋徽宗的瘦金书都是中国文学艺术史上的经典。因为在这之前没有过，实现了"空前"，有里程碑的效果。只要写史，只要再往前走，就要回望一下这些高峰，它们是一个个永远的参照点。

经典又是绝后的，你可以重复它、超越它，但不能复制它。

后人时时想起、品味、研究经典的目的是为了吸收借鉴它，以便去创造自己新的经典。就像爱因斯坦超越牛顿，爱翁和牛顿都不失为经典。齐白石谈到别人学他的画说："学我者生，似我者死。"因为每一个经典都有它那个时代、环境及创造者的个性烙印。哲学家讲，人不能两次踏入同一条河流。比如我们现在写古诗词，无论如何也不会有李白、李商隐、李清照的神韵，岂但唐宋，就是郭小川、贺敬之也无法克隆。时势异也，条件不再。你只能创造你自己的高峰。正因为这种"绝后"性，它才能彪炳青史，成为永远的经典。

我们对经典的重复不只是表面的阅读，更是一次新的挖掘。

经典之所以总能让人重复、不忘，总要提起，是因为它对后人有启示和指导价值。"鸳鸯绣出从君看，'又将'金针度与人。"经典不只是一双绣鸳鸯，还是一根闪闪的金针。凡经典都超出了当时实践的范围而有了理性的意义，有观点、立场、方法、思想、哲理的内涵，唯理性才可以指导以后的实践。理性之树常绿。只有理性的东西才经得起一遍一遍地挖掘、印证，而它又总能在新的条件下释放出新的能量。如天然放射性铀矿一样，有释放不完的能量。范仲淹说："先天下之忧而忧，后天下之乐而乐。"司马迁说："人固有一死，或重于泰山，或轻于鸿毛。"邓小平说："不管白猫黑猫，抓住老鼠就是好猫。"这都是永远的经典，早超出了当时的具体所指而有了哲理的永恒。就是达·芬奇的《蒙娜丽莎》中蒙娜丽莎的微笑、朱自清《背影》中父亲饱经风霜的背影、小提琴曲《梁祝》中爱的旋律，还有毕加索油画中的哲理、张旭狂草中的张力也都远远超出其自身的艺术价值而有了生命的启示。

总之，经典之所以经得起重复是因为它丰富的内涵，人们每重复它一次都能从中开发出有用的东西。同样一篇文章、一幅画或一个理论，能经得起人反复咀嚼而味终不淡，这就是经典与平凡的区别。一块黄土，风一吹雨一打就碎，而一颗钻石，岁月的打磨只能使它愈见光亮。

（《京华时报》2005 年 5 月 10 日）

# 美是什么

审美文化，是艺术文化。回答美是怎么一回事、什么叫美、怎样才美、美有什么用等问题，有以下这样几个要点。

## 一、美是人的本性

这个本性甚至可以追溯到动物性。你看孔雀的羽毛、老虎的花纹无不求美。公鸡好看，是因为母鸡爱美，对它长期追求、筛选的结果。爱美不要什么理由，也不受时代、阶级、环境的限制。原始人就知道用兽骨制成项链，还在岩壁上画画，后来又在陶器上画各种花纹、图案。只不过随着文化的进步、人的精神世界的丰富，美的内容、层次也在增加、变化。美是与人类的成长同步的，一部美学史也即一部社会发展史。人的爱美之心是人发展完善的一种动力。我们要承认这种本能，"文化大革命"把人的这种本能都批判了：美就是资产阶级，就是反动，"左"到否定人的本性。而人的本性是不能剥夺的，正如饿了就要吃东西的食欲，不懂就要学习的求知欲，看到美的人、美的物、美的作品就喜欢的审美欲。既然人人都爱美，都有这个本性，反过来就人人讨厌丑，不管是外表形式的丑，还是内在的精神方面的丑。当然，谁也不愿被人讨厌。于是为了自己的美和欣赏外部的美，就生出一门美学，研究怎样才算美、才能美。

## 二、美的用途

农村里的一些老人常说年轻人："描眉画红（口红）有什么用？"从发展生产、多打粮食来讲，确实没有用。"文革"前，把绿化、美化环境都看做是资产阶级思想作怪。美这个东西，既不实用，也不深刻，只作用于人的情感，让你愉悦、兴奋、激动、忧伤，改善情绪，作用于精神世界，提高道德修养，就像人身上的经络系统，没有血管、骨骼那样具体，看不见，摸不着，却在起很重要的沟通、维系作用。

美学老祖宗黑格尔把人与外界的关系分为三种。一是欲望关系。消灭它或利用它，以满足自己生命的需要，这是针对一个具体的完整的事物。如你又渴又饿，看见一个苹果就想吃掉它。这时要的不是欣赏。他幽默地说，你要是想使用一块木材或吃一种动物，画一个就不能满足。中国成语中有"画饼充饥"，就是说欣赏代替不了实用。二是思考关系。并不要消灭它，而是研究它，找出事物的规律、本质。如，我们研究数学、物理的公式定理，只是要弄懂它，并不想吃掉它，也不是欣赏它。当我们解剖一只老虎时，注意力在研究它的结构功能，而不是如在野外时欣赏它漂亮的花纹和奔跑的姿势。三是审美关系。既不吃，也不深入研究，只是满足求美的心理，欣赏它，黑格尔称为"满足心灵的旨趣"。所以，美针对的既不是具体事物的全部，也不是它内含的抽象的道理（概念、本质、规律），而是外表的具体的形式（形状、颜色等）。通过形式让人愉悦（不是具体的实用，也不是抽象的思考）。男女找对象，都愿找漂亮的，先要从形式上就让人看着舒服。有一个真实的故事。一美女与甲乙两个男生为大学同学。女先与甲好，到毕业前又被乙挖去，后结婚。40年后老同学聚会，都成白发老人。回顾昔日他们说了真话。甲对乙说："你知道吗？当时你娶走了她，我真想杀了你。"乙说："你不知道，这些年我差一点自杀。跟她生活这几十年不知多么痛苦。"恋爱时是审美，结婚后讲实用，用途不同。音乐、美术、诗歌都是形式艺术，不管实用，只管审美。专门调节人的观感、情绪，进而修炼人的道德，这就是美的用途。我们无论是看画、听音乐，还是游山玩水，都能产生或宁静、安闲，或激动、振奋的心情，这就是审美、享受美。它不像具体的食物让你长身体，也不像普遍的理性让你长思想，而是让你知道怎样把自己修炼得更美，好让别人喜欢，同时你也得到尊重和方便，怎样去欣赏和享受外部世界的美，尊重别人。

### 三、怎样才美

（1）美在真实。

审美即解决人情感上的问题，而情感是最不能被欺骗的，所以美的前提是真实。有一个真实的故事。一美女爱一俊男，后结婚。男说：我从小就没有沾过厨房的边，不会家务。女说：我侍候你。一直十年。一次女出差，提前到家，发现他在厨房做菜，非常熟练。原来为不干家务男子竟伪装了十年。女大怒，立即离婚。生活中先真才会美。人喜欢真山、真水、真花，讨厌假景。有人说话时对你拿腔拿调，嗲声嗲气，你就浑身起鸡皮疙瘩。杨朔散文，后来人不愿看，就是总要装一条光明的尾巴。一个政治家，民众对他的判断首先不是能力大小，而是行为的真假。许多作秀、表演已让人恶心，怎么可能再去服从和追随他？

（2）美在结构。这要说到外美和内美。

外美，指形式的美。当事物的外形构成一种和谐比例时，看着就舒服，这就是美感。人的美，首先是五官和身体四肢的结构合理、和谐。书法的美，先讲笔画的间架结构；图画讲构图、色彩搭配；音乐是音符、音色的结构配合。自然美是青山绿水、红花绿叶、石硬水柔、天高地阔、风动枝摇、花香蝶舞等等自然元素的搭配。但这结构不是平均分配，常会有主次，有个性。如我们说那个姑娘有一双漂亮的大眼睛，这正是她的个性、她的亮点。书法中的行书、草书就打破了楷书的平稳，追求结构变化个性化，常一笔出人不意，于是美就变化无穷。

内美，指人的修养，精神之美。这也是讲结构：文化结构，人的知识、思想、道德修养等精神方面的结构，由此可分出高尚与卑下、丰富与贫乏、高雅与粗俗等等。知识丰富的人有一种从容与幽默的雍容之美，思想敏锐而有个性的人有一种勇敢与坚强的阳刚之美。但如果有一方缺失，也会结构失衡而立马变丑。历史上曾有诺贝尔奖得主追随希特勒干坏事，好莱坞影星偷东西，都是内丑而不是外丑。

漂亮不一定美。漂亮经常是指表层的感觉，而不涉及深层结构。比如一个人穿一件粗麻布衣服，当然不如绸缎衣服漂亮，但是如果衣、裙、鞋、帽搭配恰到好处，仍然美。布衣荆钗，仍不失其美。如果她的知识、才艺、思想等内在结构更丰富合理呢，就有了风度美、精神美。经常有一些很漂亮的女人，如电影明星，却过单身生活。别人奇怪：怎么这样的人还没人要呢？如果男女找对象只是双方外表的结构搭配就最好办了。但人这种东西很复杂，他还有内在结构。不是美女不漂亮，是她的内在精神——知识、修养、脾气等——和对方形不成合理的结构，互相觉得不美。

（3）美在距离。

美既不解决实用（不会上去吃一口），也不解决研究（不去解剖实验）的问题，只是欣赏，于是就要有一定的距离。我们在画廊看大画总是要退后几步看。《爱莲说》里讲"可远观而不可亵玩焉"。上面举到的一女两男的故事，未结婚前看恋人，怎么看，怎么美，因为有距离。俩人结合后才发现问题不少，没有距离了。正因为有距离，审美才脱离了实用方便的庸俗的作用，而有了道德的、艺术的意义。道德是一种行为规范、一种自我约束。我们看见一朵漂亮的花，知道只能看，不可摘。虽然也有占为己有的欲望，但又有道德良心来克服这种欲望，于是就会保持一定的距离。这样才美。人和人的交往彼此保持一定的距离，会给对方留下美好的印象。有时亲密接触，知道了对方许多缺点，就不觉得美了。因为这时距离太近，如黑格尔所说，你们已不只是欣赏关系而有了实用关系或研究关系。看山水也是这样，"横看成岭侧成峰"，有许多朦胧变幻的美，你一旦走进山肚子里可能又不觉得美了。朦胧是一种美，而距离正是实现它的一个重要前提。

　　美只管形式，不管内容。但它可以和内容结合成更复杂的形式组合，达到更高层次的美：内外一致的美。在物品，如既实用又美观的设计；在人是外美加上内在的思想和能力，如居里夫人；在科学和思想研究则是深刻的哲理加上简洁优美的形式，如爱因斯坦的质能方程，如范仲淹表达忧国思想的"先天下之忧而忧，后天下之乐而乐"的名句。当然，还有更多的好诗、好画、好歌。

（《党建》2009 年第 2、第 3 期）

# 语言文字是民族生命的一部分

十五年前因拙作《晋祠》入选中学课本，讨论教学，我与《语文学习》有一段缘。缘结心里时时不忘，但因工作繁忙，行无定所，以后就再没有什么联系。近日杂志社的同志忽上门，说《语文学习》已满二百期，希望说几句话。真是岁月无痕暗自流，花开花落几多秋。十五年来最大的变化是改革开放和商品经济的大潮对语言文字的冲击和推动。检点思绪，和当年比，我现在最想说的不是语文的艺术，而是语文的责任。

前不久看到一则材料，在亚洲某国刚开完一个出版问题研讨会。这个国家曾长期受殖民统治，外来语几乎取代了本国的母语，西方的书刊在国内可以很方便地流行。这样国外一些积压滞销的、黄色的甚至有害于国家发展的等坏书刊就可以毫不费力地倾销进来，直接作用于读者，起到瓦解腐蚀的作用。所以在那个会上有学者提出：发展中国家必须以本土语言为市场屏障，这样才能弘扬传统文化，抵御文化入侵，否则将面临民族文化的毁灭。我当时心中不由一惊，语言文字问题竟这样重要，甚至关系到民族的生命。我们平常说有语言障碍不方便，但是当我们需要进行文化自卫时，这障碍就有了积极的意义。一次，我在亚运村门口碰到一个把门的"坏小子"，他对一位进门的外国人用客气的表情讲了一句骂人的话。这是恶作剧，要是中国人非跳起来不可。但这个外国人也客气地点了一下头，便进去了。"坏小子"以为占了便宜，其实他白费了唾沫。这个外国人头脑里有一道语言屏障。他不使用你的语言系统，你的语言武器就起不了作用。当然这是一件坏事，希望再不要发生。但它再次证明，语言可以筑起一道屏障，从而有效地进行自身保护。

一个国家和民族能够在世界上自立，是因为它由自身许多个体的东西组合、凝聚成一个牢固的整体。如民族文化、民族习俗、民族经济，还有一个更重要的，就是民族语言。这些都已成了民族生命的一部分。语言文字在这个组合中，对外是屏障，对内是血液，是黏合剂，就像一座大楼黏结各个板块之间的水泥。一次在国外旅行，同一个卧铺厢里，碰到一位黑发黑眼珠的青年，我很兴奋，但一张口，他神情木然，一句汉语也听不懂，原来他从小就移居国外。这个黏合剂已经不起作用了，我心里好生遗憾。中华民族这样强大统一，我们得感谢在秦朝时就统一了文字。新中国成立后全国又大力推广普通话，尽量做到语言统一。

语文既然是民族生命的一部分，我们就应该像保护眼睛一样保护它。语言文字是工具，但这工具在为民族政治、经济、文化服务的过程中已渗进了民族的个性，成了民族的财富、民族的标志，从而有了积极主动的作用。我们绝不能自毁长城，懈怠它，作践它，而是要纯洁它，发展它。可惜这一层意思并没有引起足够的注意。现在语言不规范的现象几乎到处可见：第一是洋文大量涌入，中西混杂；第二是随意编造，篡改词语；第三是繁简混用，有法不依；第四是文字粗糙，常有错字病句。这些与对外开放、电视普及、广告发展等有关，也正是新形势给我们提出的新问题。语言首先是一种工具；其次是一种艺术；最后，在发挥工具和艺术功能的过程中，它又远远超出本能而有了全局的、政治的价值。语言质量的下降，一是将影响人际关系和工作交流的质量；二是将影响文化的积累提高，如果听之任之，多少年后我们的子孙将无好书可读，无好文可诵；三是语言质量的下降，就像用低标号的水泥盖楼，将会影响民族的凝聚力，影响本民族的独立个性和在世界民族之林的竞争能力，就像前面提到的那个亚洲国家的教训。这不是耸人听闻。这么想来，我们语言文字工作者，实在是任重而道远。

时代的变革必然带来语言文字的变革。中华文明五千年，其间经历了大小无数次的社会变革和文字变革才有了我们今天这样丰富而优美的语言文字。远的不说，在"五四"那场伟大的新旧变革中，语言文字也曾出现过一定的混乱，但可喜的是，在那场运动中，一批思想解放的勇士同时也就是语言文字的大师，如鲁迅、叶圣陶、陈望道、刘半农、钱玄同，他们关注社会的进步，同样也关注语言的进步，致力于语言文字的改革，从而使我们的语文既保留了优秀的传统，又吸收了许多新的东西，建立了新的规范，有了一次大发展。

正是千百年来这种不懈的努力，才使我们的语言文字成了世界上最优秀的语言文字之一，以至于在计算机大量普及的现在，连外国人都奇怪汉字竟能这样惊人地适应这种现代工具。在当前这场空前的改革开放的高潮中，我们首先应该发扬民族语言文字的好传统，然后在此基础上吸收外来词语，创造新词语，并且严格遵守语言规律。语言是民族的生命，是民族的血液。当前语言文字是出现了一些混乱，但我们应满怀希望，抓住机遇。我们在经济、文化、社会等方面不是也都有一些转轨时期的混乱，但又同样有惊人的进步吗？相信只要唤起社会的广泛支持，经过语言文字工作者的不懈努力，我们的语言文字会更规范、更准确、更生动、更美丽。而语言文字质量的提高，将会进一步促进这场改革的胜利，提高我们民族的素质。

（《语文学习》1996 年第 2 期）

# 教材的力量

　　人民教育出版社建社 60 周年了，约我以课文作者的身份谈点感想。我首先想到的是教材的力量。

　　中小学教育就是要教学生怎么做人，而教材就是改变人生的杠杆，是奠定他一生事业的基础。记得我小学六年级时，姐姐已上高中，我偷看她的语文书，里面有李白的《静夜思》、白居易的《卖炭翁》，抒情、叙事都很迷人，特别是苏东坡的《前赤壁赋》，读到里面的句子"清风徐来，水波不兴"，"纵一苇之所如，凌万顷之茫然"，突然感到平平常常的汉字竟能这样的美。大概就是那一刻，如触动了一个开关，我就迷上了文学，决定了一生事业的走向，而且决定了我源于古典文学的文章风格。我高中时又遇到一位名师叫李光英，他对语文教材的诠释到了出神入化的境界。至今我还记得他讲《五人墓碑记》时扼腕而悲的神情，以及讲杜甫《客至》诗时喜不自禁，随手在黑板上几笔就勾出一幅客至图。他在讲韩愈文章时说的一句话，我终生难忘。他说："韩愈每为文时，必先读一段《史记》里的文字，为的是借一口司马迁的气。"后来在我的作品中，随时都能找见当年中学课堂上学过的教材的影子，都有这种借气的感觉。好的教材无论是给教者还是学者都能留出研究和发挥的空间，都有一种无穷的示范力。我对课文里的许多篇章都能熟背，直到上大学时还在背课文，包括一些数千字的现代散文，如魏巍的《依依惜别的深情》。这些理解并记住了的文字影响了我的一生。近几十年来，我也有多篇作品入选语文教材，与不少学生、教师及家长常有来往，这让我更深地感觉到教材是怎样影响着学生的一生的。

我的第一篇入选教材的作品是散文《晋祠》，1982 年选入初三课本。当时我是《光明日报》驻山西记者。某出版社要创办一种名为《图苑》的杂志，报社就代他们向我约稿，后来杂志中途下马，这稿子就留在报社，在 4 月 12 日的《光明日报》副刊发表了，当年就入选课文，算是阴差阳错。那年我 36 岁，这在"文革"之后青黄不接的年代算是年轻人了，我很有点受宠若惊。多年后我在人民日报社任副总编，一个记者初次见到我，兴奋地说："我第一次知道'璀璨'这个词就是学您的《晋祠》。"他还能背出文中"春日黄花满山，径幽而香远；秋来草木郁郁，天高而水清"的对仗句。这大大拉近了我与年轻人的距离。我一生中没有当过教师，却常被人叫老师，就因为课本里的那几篇文章。一次我在山西出差，碰到一位年轻的女公务员，是黑龙江人。我说："你怎么这么远来山西工作？"她说："上学时学了《晋祠》，觉得山西很美，就报考了山西大学，又嫁给了山西人，就留在这里工作。想不到一篇文章改变了我的人生。"那一年，我刚调新闻出版署工作，陪署长回山西出差去参观晋祠，晋祠文管所的所长把署长晾在一旁，却和我热情地攀谈，弄得我很不好意思。原来，他于中山大学毕业后在广州当教师，教了好几年的《晋祠》，终于心动，调回家乡，当了晋祠文管所的所长。他说，他得感谢我让他与晋祠结缘，又送我一张很珍贵的唐太宗《晋祠铭》的大型拓片。《晋祠》这篇课文一直到现在还使用，大约已送走了 30 届学生，这其中不知还有多少故事，可能以后还会改变一些人的人生轨迹。而我没有想到的另一个结果是，晋祠为此游客也大大增加了，有了更大的知名度和经济效益。常有北京的一些白领，想起小时的课文，假日里就自驾游，去山西游晋祠。有了这个先例，不少风景名胜点，都来找我写文章，说最好也能入选课文。最典型的是贵州黄果树瀑布旁的天星桥景区，我曾为之写过一篇《天星桥：桥那边有一个美丽的地方》，文章被印在画册里，刻成碑立在景区，印成传单散发，还不过瘾，一定要"活动"进课文。我说不大可能了，他们还是专门进了一趟北京，请人民教育出版社的同志吃了一顿饭，结果也没有下文。可见教材在人心目中的力量。

时隔21年后，2003年我的一篇写瞿秋白烈士的散文《觅渡，觅渡，渡何处?》被选入高中课本。对我来说，从山水散文到人物散文，是一次大的转换，这在读者中的反响则更为强烈。后来我母校的出版社中国人民大学出版社就以《觅渡》为书名出了一本我的散文集，发行很好，连续再版。瞿秋白是共产党的领袖，我的这篇文章却不是写政治，也不是写英雄，是写人格，写哲人。我本来以为这篇文章对中学生而言可能深了一些，但没有想到那样地为他们所喜爱。我们报社的一位编辑的朋友的孩子上高中，就转托他介绍来见我。想不到这个稚嫩的中学生跟我大谈党史，谈我写马克思的《特利尔的幽灵》。北京101中学的师生请我去与他们见面，他们兴奋地交流着对课文的理解。一个学生说："这是心灵的告白，是作者与笔下人物思想交汇撞出的火花，从而又点燃了我的心灵。"在小礼堂里，老师在台上问："同学们，谁手里有梁老师的书?"台下人手一本《觅渡》，高高举起，红红的一片。当时让我眼睛一热。原来这已形成惯例，一开学，学生先到对面的书店买一本《觅渡》。中国人民大学出版社的同志说："我们得感谢人民教育出版社，他们的一篇文章为我们的一本书打开了市场。"这篇课文还被制成有声读物发行，又被刻成一面12米长、两米高的大石碑，立在常州瞿秋白纪念馆门前，成了纪念馆的一个重要景观，因此也有了更多瞻仰者。胡锦涛等领导人也驻足细读，并索要碑文。研究人员说："宣传先烈，这一篇文章的作用超过了一本传记。"纪念馆旁有一所小学就名"觅渡小学"，常举行"觅渡"主题班会或讨论会，他们还聘我为名誉校长。因此还弄出笑话，因这所小学是名校，入学难。有人就给我写信，托我这个"校长"走后门，帮孩子入学。总之，这篇课文无论是对传播秋白精神，还是对附带提高当地的知名度，都起了很大的作用。

我还有其他一些文章入选从小学到大学的各种课本和师生读本，有山水题材的，如《苏州园林》、《清凉世界五台山》、《夏感》，但以写人物的为多，如《大无大有周恩来》、《读韩愈》、《读柳永》，还有写辛弃疾的《把栏杆拍遍》、写诸葛亮的《武侯祠》、写王洛宾的《追寻那遥远的美丽》、写一个普通植树老人的《青山不老》（见 1983 年 7 月 24 日《光明日报》）等等。而影响最大的是写居里夫人的《跨越百年的美丽》（首发 1998 年 10 月《光明日报》），分别被选进了 13 个不同的教材版本中。其次是《把栏杆拍遍》入选华东师大版高中语文课本等 7 个版本，上海一个出版社以此为契机，专为中学生出版了一本我的批注本散文集，就名为《把栏杆拍遍》，已印行到第 11 版。（我真的应该感谢《光明日报》，以上提到的 12 篇入选教材或读本的文章，其中有 5 篇是任《光明日报》记者时所写，或后来所写又发在该报上的。还有一篇获1980 年全国好新闻奖的作品入选大学新闻教科书。）这些文章主要是从精神、信念、人格养成方面指导学生，但读者面早已超出了学生而影响到教师、家长并走向社会。我的其他谈写作的文章被选入各种教师用书，有的老师从外地打长途来探讨教学。一个家长在陪女儿读书时看到课文，便到网上搜出我所有的文章，到书店里去买书，并激动地写了博客说："这是些充满阳光的、让孩子向上、让家长放心的文字。"有的家长把搜集到的我的文章寄给远涉重洋、在外留学的孩子，让他们正确对待困难、事业和人生。这也从另一方面反衬出目前社会上不利孩子成长、让家长不放心的文字实在不少，呼唤着作家、出版社的责任。

同样是一篇文章，为什么一放到教材里就有这么大的力量呢？这是因为：其一，教科书的正统性，人们对它有信任感；其二，课文的样板性，有示范放大作用；其三，课堂教育是制式教育，有强制性；其四，学生可塑，而且量大，我国在校中小学生年约两亿。教材对学生的直接作用是学习语言文字知识，但从长远来看，其在思想道德方面的间接作用更大。这是一种力量，它将思想基因植入青少年头脑中，将影响他的一生，进而影响一代人，影响一个国家、一个民族。

（《光明日报》2010 年 12 月 17 日）

# 影响中国历史的十篇政治美文

中国从古至今，以一篇文章而影响了中华民族政治文明、人格行为和文化思想的美文为数不多。我排了一下有十篇。

请注意，这里说的是"政治美文"，就是说既要有思想，还要文字美。要符合三个条件：（1）文章提出了一个影响中华民族政治文明、人格行为的思想；（2）文章中的一些名句熟词广为流传，成为格言、人们的座右铭，有的已载入词典，丰富了民族语言；（3）文章符合艺术规律，词、句、章，形、情、理都达到了美的要求。如果我们只是就文字"选美"，当然还会选出更多，如王勃的《滕王阁序》等，那是另一个范畴。

下面按这个标准一一分析。

贾谊的《过秦论》，探讨一个政权为什么会灭亡。为政必须施仁政，不能反人民。后来说到农民起义时常用的词"斩木为兵，揭竿为旗"，即出自本篇。

司马迁的《报任安书》，探讨生命的价值，提出一个做人的人格标准："人固有一死，或重于泰山，或轻于鸿毛，用之所趋异也。"成语"士为知己者死，女为悦己者容"亦出自本篇。

诸葛亮的《出师表》，提出忠心耿耿的为臣之道和勤恳不怠的敬业精神。名句"鞠躬尽瘁，死而后已"，"亲贤臣，远小人"，"受任于败军之际，奉命于危难之间"等广为流传。

陶渊明的《桃花源记》，以文学的手法描绘出一个理想社会的蓝图，从中可以看出老庄哲学与空想社会主义的影子。西方的政治名著《乌托邦》、《太阳城》与其相类。"桃花源中人"、"只知秦汉，不识魏晋"，已成后人常用的习语，而"桃花源"已经是理想社会和优美风景的代名词。

魏徵的《谏太宗十思疏》，探讨一个政权怎样才能巩固，并且塑造了一个较理想的君臣关系样板。文中提出"居安思危，戒奢以俭"、"载舟覆舟，所宜深慎"，提出"凡百元首，承天景命……有善始者实繁，能克终者盖寡"。这就是1942年黄炎培与毛泽东在延安谈的政权周期律。后人常说的"居安思危"、"水可载舟亦可覆舟"，即出于此。

范仲淹的《岳阳楼记》，提出"先天下之忧而忧，后天下之乐而乐"的为人、为政理念。这句名言成了范之后所有进步政治家的信条。范的这篇文章和陶渊明的《桃花源记》都做到了形美、情美、理美，是用文学来翻译政治的典范。

文天祥的《正气歌序》，提出为人要有正气的气节观，鼓舞了历代的民族英雄，成了中国人的做人标准。"天地有正气"成了战胜一切邪恶、腐败势力的旗帜。

梁启超的《少年中国说》，反对保守，提倡革新，提出抛弃老朽的中国，创造一个少年中国，振兴中华。几乎通篇都是美言美句。

林觉民的《与妻书》，呼唤共和，敲响了数千年封建王朝的丧钟。文中再次响亮地喊出"老吾老，以及人之老；幼吾幼，以及人之幼"，牺牲个人，报效祖国。

毛泽东的《为人民服务》，提出为人民服务思想，成了共产党人立党立国的宗旨。

这些文章已经成为中华文明的经典。

好文章是替时代立言，是一个人在一定的时代背景下全部知识和阅历的结晶，是他生命的写照。这其中不知要经历多少矛盾、冲突、坎坷、辛酸、成功与失败。这非主观意志可得，只可遇而不可求。因此，一篇好的文章就如一个天才人物、一个历史事件，甚或如一个太平盛世的出现一样，不是随便就能有的，它要综天时地利之和，得历史演变之机，靠作者的修炼之功，是积数十年甚或数百年才可能出现的一个思想和艺术的高峰。

千军易得，一将难求；千年易过，好文难有。

（2002 年 4 月）

《影响中国历史的十篇政治美文》书影

# 心中的桃花源

## ——《桃花源记》解读

　　每一个多少读过点书的人，都知道陶渊明的《桃花源记》。一篇只有320字的散文能流传1500年，家喻户晓，传唱不衰，其中必有它的道理。这篇文字连同作者最流行的诗作，大约是我在孩提时代，为习文识字，被父亲捉来读的。当时的印象也就是文字优美，故事奇特而已。直到年过花甲之后，才渐有所悟。一篇好文章原来是要用整整一生去阅读的。反过来，一篇文章也只有经过读者的检验、岁月的打磨，才能称得起是经典。凡是经典的散文总是说出了一种道理，蕴涵着一种美感，让你一开卷就沉浸在它的怀抱里。《桃花源记》就是这样的文字。

### 一、《桃花源记》想说什么?

　　一般人都将《桃花源记》看做一篇美文小品。它确实美，朴实无华，清秀似水，而又神韵无穷。但正是因为这美害了它，让人望美驻足，而忽略了它更深一层的含义。就如一个美女英雄或美女学者，人们总是惊叹她的容貌，而少谈她的业绩。《桃花源记》也是吃了这个亏，顶了"美文"的名，始终在文人圈子和文章堆里打转转，殊不知它的第一含义在于政治。

　　陶渊明所处的晋代距离秦统一天下已600年。在陶之前不是没有过政治家。你看，贾谊是政治家，他的《过秦论》剖析暴秦之灭亡何等精辟，但汉武帝召见他时"不问苍生问鬼神"，仍旧穷兵黩武；诸葛亮是政治家，是智者的化身，但他用尽脑汁，也不过为了帮刘备恢复汉家天下；曹操是政治家，雄才大略，横槊赋诗何其风光，但刚为曹家挣到一点江山底子，转瞬间就让司马氏篡权换成晋朝旗号。

陶渊明也不是没有参与过政治，读书人谁不想建功立业？况且他的曾祖陶侃（就是"陶侃惜分阴"说的那个陶侃）就曾是一个为晋王朝立有大功的政治家、军事家。陶渊明曾多次出入权贵的幕府，但是他所处的政治环境实在是太黑暗了。东晋王朝气数将尽，争权夺利，贪污腐败，军阀混战，民不聊生。以东晋的重臣刘裕为例，未发迹时是一无赖，好赌，借大族刁氏钱不还，刁氏将其绑在树上用皮鞭抽。有一叫王谧的富人可怜他，便代为还钱。刘发迹，就扶王为相，而将刁家数百人满门抄斩，后来干脆篡位灭晋，建宋。陶渊明曾四隐四出，因家里实在太穷，无力养活6个孩子，公元405年时他已41岁，不得已便又第五次出山当了彭泽令。这更让他近距离看透了政治。东晋从公元377年起实行"口税法"，即按人口收税，每人年缴米三斛。但有权有势的大户人家纷纷隐瞒人口，国家收不到税，就抬高收税标准，每人五斛，恶性循环的结果是小民的负担更重，纷纷逃亡藏匿，国库更穷。陶一上任，就在自己从政的小舞台上大刀阔斧地搞改革。他从清查户籍入手，先拿本县一户何姓大地主开刀。何家有成年男丁200人，却每年只缴20人的税。何家有人在郡里当官，历任县令都不敢动他一根毫毛。

陶是个知识分子，骨子里是心忧国家，要踏破不平救黎民，治天下。年轻时他就曾一人仗剑游四方。你看他的诗"刑天舞干戚，猛志固常在"，"君子死知己，提剑出燕京"，绝不只是一个东篱采菊人。所以鲁迅说陶渊明除了"静穆"之外，还有"金刚怒目"的一面。一时彭泽县里削富济贫、充实国库的政改实验搞得轰轰烈烈。正是：

> 莫谓我隐伴菊眠，半醉半醒酒半酣。
> 翻身一怒虎啸川，秀才出手乾坤转！

　　但是上层整整的一个利益集团已经形成，哪能容得他这个书生"刑天舞干戚"来撼动呢？邪恶对付光明自然有一套潜规则。这年干部考察时，何家买通督邮（监察和考核官员政绩的官）来找麻烦。部下告诉陶，按惯例这时都要行贿，给点好处。陶渊明大怒："我安能为五斗米折腰！"连夜弃官而去。回家之后便写了那篇著名的《归去来兮辞》："归去来兮，田园将芜胡不归！既自以心为形役，奚惆怅而独悲？……世与我而相违，复驾言兮焉求？"

　　这次出去为官对他刺激太大了，他对官府，对这个制度已经绝望。他向往尧舜时那种人与人之间平等、和谐的生活，向往《山海经》里的神仙世界，向往古代隐士的超尘绝世。从此，他就这样一直在乡下读书、思考、种地。终于在他弃彭泽令回家13年之后的54岁时写成了这篇320字的《桃花源记》。作者纵有万般忧伤压于心底，却化作千树桃花昭示未来，虽是政治文字却不焦不躁、不偏不激，于淡淡的写景叙事中，铺排出热烈的治国理想，这种用文学翻译政治的功夫真令人叫绝。但这时离他去世只剩下9年了，这篇政治美文可以说是他一生观察思考的结晶，是他思想和艺术的顶峰。历史竟会有这样的相似，陶渊明五仕五隐，范仲淹四起四落。范仲淹那篇著名的政治美文《岳阳楼记》是在58岁那年写成的，离去世只剩6年。这两篇政治美文都是作者在生命的末期总其一生之跌宕、积一生之情思，发出的灿烂之光。不过范文是正统的儒家治国之道，提出了一个政治家的个人行为准则；陶文却本老子的无为而治，给出了一个最佳幸福社会的蓝图。陶渊明是用文学来翻译政治的。在《桃花源记》中他塑造了这样一个理想的社会：土地平旷，屋舍俨然，良田美地，往来耕作，鸡犬相闻，黄发垂髫，怡然自乐。这是一个自自在在的社会，一种轻轻松松的生活，人人干着自己喜欢的工作。在这里没有阶级，没有欺诈，没有剥削，没有烦恼，没有污染。人与人和谐，人与自然和谐。这是什么？这简直就是共产主义。陶渊明是在晋太元年间（376—396）说这个话的，离《共产党宣言》（1848）还差1 400多年呢。只是有那么一点点影子，我们就算它是

"桃源主义"吧。但他确实是开了一条政治幻想的先河。当政治家们为怎样治国争论不休时,作为文学家的陶渊明却轻轻叹了一声:"不如不治。"然后就提笔濡墨,描绘了一幅桃花源图。这正如五祖门下的几个佛家大弟子为怎样克服人生烦恼争论不休时,当时还是个打杂小和尚的六祖却在一旁叹道:"菩提本无树,明镜亦非台。本来无一物,何处惹尘埃?"人性本自由,劳动最可爱,本来无阶级,平等最应该。不是政治家的陶渊明走的就是这种釜底抽薪的路子。

陶之后一千余年,欧洲出现了空想社会主义,而且巧得很,也是用文学作品来表达未来社会的蓝图,但不是散文,是两本小说,在社会发展史和世界文化史上影响极大。这就是 1516 年英国人莫尔出版的《乌托邦》和 1623 年意大利人康帕内拉出版的《太阳城》。所以《桃花源记》也可以归入政治文献,而不是只存在于文学史中。其实《桃花源记》又何尝不可以当成小说来读呢?甚至那两本书的构思手法与《桃花源记》也惊人地相似。陶渊明是假设打鱼人误入桃花源,而《乌托邦》是写一个探险家在南美,误登上一孤悬海中的小岛。岛上绿草如茵,四周波平浪静。街上灯火辉煌,家家门前有花园。每个街区都有公共食堂,供人免费取食。个人所用的物品都可到公共仓库任意领取,并无人借机多占。更奇的是,他被邀参加一个订婚仪式,男女新人都要脱光衣服,让对方检验身体有无毛病,然后订约。其道德清纯、诚实高尚若此。探险家在这里生活了 5 年,回来后将此事传予世人,就如武陵人讲桃花源中事。《乌托邦》成书后顷刻间风靡欧洲,被译成多国文字,传遍世界。中国近代翻译家严复也把它介绍到了中国。

1623 年意大利人康帕内拉又出版了一本书《太阳城》。很巧,还是陶渊明的手法。一个水手在印度洋遇险上岸,穿过森林进到一座城堡,内外七层,街道平整,宫殿华丽,居民身体健康,风度高雅,衣食无忧。在这个城市里没有私产,实行供给制。服装统一制作,按四季更换。每日晨起,一声长号,击鼓升旗,大家都到田里劳动。没有工农之分,没有商品交换,没有货币。孩子两岁后即离开父母交由公家培养。

总之一切都是公有，需求由政府实施公共分配。甚至婚姻也是政府考虑后代的优生来搭配，靓男配美女，胖男配瘦女。又是那个水手归来"海外谈瀛洲"，如同武陵人讲桃花源。这本书同样风靡全球，是空想社会主义的又一块里程碑。以幻想理想社会类的文学作品而论，有三大里程碑：《桃花源记》、《乌托邦》、《太阳城》。

"桃园三结义"，陶渊明是老大。

为了追求真实的桃花源，除出书外，还有人身体力行地去实验。1825 年 4 月，英国人欧文用 15 万美元在美国买了一块地，办起一个"新和谐公社"。这公社规划得十分理想，有农田、工场、住宅、学校、医院。公社成员一律平等。也是吹号起床，集体劳动，吃公共食堂。没有交换，没有货币。算是一个西洋版的"桃花源"。可惜这个公社来得实在太早，与当时的生产力水平、道德标准相差太远。墙内清贫而浪漫的生活，抵挡不住墙外资本主义金钱、名利的诱惑。试验维持了两年，宣告失败。

但是人们心中那盏理想的明灯总是在轻轻闪烁，在西方，这种试验一直顽强地延续着。今天，英国查尔斯王子在本国一个叫庞德里的小城，也搞了一个"小国寡民"的建设，400 户人家，全部环保建材，绿荫小街，各家一色的院落，无汽车之喧嚣，无贫富之悬殊。美国弗吉尼亚州双橡树合作社区试验从 1967 年坚持到现在已有 40 多年，450 英亩土地，百来人口，财产公有，自愿结合。这是北美共产社区中维持时间最长的一个。

桃花源在中国人的心里更是根深蒂固，那个美丽的梦也总是挥之不去。洪秀全就曾搞过太平天国版的空想共产主义，分男营、女营，不要家庭生活（当然这并不妨碍他妻妾成群）。而中华民国的立法院在 1930 年也讨论过要不要家庭。青年毛泽东在 1919 年，也有过一次乡村新社会的试验。他说："我数年来梦想新社会生活，而没有办法。七年（指民国七年，1918 年）春季，想邀数朋友在省城对岸岳麓山设工读同志会，从事半耕半读……今春回湘，再发生这种想像，乃有在岳麓山建设新村的计议，而先从办一实行社会说本位教育说的学校入手。此新村以新家庭新学校及旁的新社会连成一块为根本理想……"1958年，在这个全球人口最多的国度又开始了一场"人民公社"大试验，吃饭不要钱，一如《乌托邦》和"新和谐公社"里的情景，但又像欧文一样的失败了。可是试验并没有停止。20世纪80年代，"人民公社"体制在全国正式取消后，个别生产力（财富）和精神文明（觉悟）发达的集体仍在坚持着"共产"模式。如河南的南街村，到今天仍是吃饭不要钱。各家用多少米面，到库房里随便领取。那天参观时我奇怪地问："有人多领怎么办？""领多了，吃不了，也没用。""如果他送给外村的亲戚呢？""相信他的觉悟。"财富加觉悟，这真是一个现代版的"桃花源"，微型的空想"共产主义"。

空想虽然空洞一些，但思想解放就是力量。无论是一个人还是一个社会，如果没有幻想，就会静止，就会死亡。自陶渊明之后，这种对未来社会的想象从来没有停止过。到马克思那里终于产生了科学社会主义。《共产党宣言》预言未来的理想社会是"自由人联合体"。没有阶级，没有剥削，没有贫富差别，没有尔虞我诈，大家自由地联合在一起。恩格斯给出的蓝图是："这种制度将给所有的人提供健康而有益的工作，给所有的人提供充裕的物质生活和闲暇时间，给所有的人提供真正的充分的自由。"你看，这不就是桃花源中人吗？

就主体来说，陶渊明是诗人而不是政治家、思想家，他只是以憧憬的心情写了一篇短文。武陵人误入桃花源，陶渊明误入了政治思想界。他万万没有想到他的幻想竟引来了这么多的试验版本。相比于政治和哲学，文学更富有想象力，陶渊明的桃花源足够后人一代一代地去寻找、评说。

## 二、桃花源在哪里？

中国文学史上有许多的游记名篇，也造就了许多的山水品牌，成了今天旅游的新卖点。但让人吃惊的是，一个虚构的桃花源却盖过了所有的真山水，弄得国内只要是稍微有一点姿色的风景，就去打"桃花源"

的牌子，软贴硬靠，甚至争风吃醋，莫辨真伪。北至山西、河北，南到广西、台湾，处处自诩桃花源，人人争当武陵人。只我亲身游历过的"桃花源"就不下几十处，遍布大半个中国。似花还似非花，也无人去较真。但正是这似与不似之间，较哪一处真山水也比不上幻影中的桃花源，而那些著名游记又无论如何也不能与《桃花源记》等身。就连最有名的《小石潭记》所描写的小石潭，现在也只不过是柳州的一个废土坑而已，也未见有哪个地方去与之争版权、争冠名。桃花源成了风景的偶像。何方化作身千亿，一处山水一桃源。陶渊明用什么魔法将这桃花源的基因遍洒中华大地，遗传千年，繁衍不息？

凡偶像都代表一种精神，而精神这种东西既无形又可幻化为万形。陶渊明笔下的桃花源是一处风景，但绝不是单纯的风景。它是被审美的汁液所浸泡，又为理想的光环所笼罩着的山水。美好的事物谁不向往？正如地球上无论东西方都有空想社会主义的模式；在中国，无论东西南北，都能按图索骥找到"桃花源"。桃花源不是小石潭，不是滕王阁，不是月下赤壁，也不是雨中的西湖。它是神秘山口中放出的一束佛光，是这佛光幻化的海市蜃楼，这里桃林夹岸，中无杂树，芳草鲜美，落英缤纷。《桃花源记》是一个多棱镜，能折射出每一个人心中的桃花源，而每一个桃花源里都有陶渊明的影子，一处桃源一陶翁。

我见到的第一个桃花源是在福建武夷山区。从福州出发北上，过永安市，车停路边，有指路牌：桃花源。我说这柏油马路一条，石山一座，怎么是桃花源？主人说不急，先请下车。行几百米，果见一河，溯流而上，渐行渐深，林木葱茏，繁花似锦，两山夹岸，绿风荡漾，胸爽如洗。而半山腰庙宇民房，红墙绿瓦，飘于树梢之上，疑是仙境。折而右行，半壁之上突现一岩缝，竟容一人，曰"一线天"。我从缝中望去，山那边蓝天白云，往来如鹤。因为要赶路，我们不能如武陵人"舍船，从口入"了，但我相信穿过一线天，那边定有一个桃花源。

再沿路北上就是著名的武夷山。山之有名，因二：一是通体暗红，山崖如血，属典型的丹霞地貌；二是环山有溪水绕过，作九折之状，即著名的"武夷九曲"。想不到在这景区深处却还另藏着一个小"桃花源"。当游人气喘吁吁地翻过名为"天游"的石山顶，自天而降，或溯流而上，游完九曲，弃筏登岸时，身已累极，心乏神疲，忽眼前一亮见一竹篱小墙。穿过篱笆小门，地敞为坪，青草如茵，草坪尽处一泓碧水如镜，整座红色的山崖倒映其中，绿树四合，凉风拂衣，汗热顿消。正是陶诗"蔼蔼堂前林，中夏贮清阴。凯风因时来，回飙开我襟"的意境。这时席地而坐，仰望"天游"之顶，见人小如蚁，缘壁而行；俯视池水之中，蓝天白云，悠然自得。草坪上散摆着些茶桌，武夷山的"大红袍"茶海内知名。你在这里尽可细品杯中乾坤，把玩手中岁月。那天我正低头品茗，忽听有人呼唤，隔数桌之外走来一人，原来是十多年未见的一位南海边的朋友，不期在此相遇。我们相抱而呼，以茶代酒，痛饮一番。我一面感叹世界之小，一面更觉这桃花源之妙，它真是一个可暗通今昔的时光隧道。

光阴者，百代之过客，这武夷山里不知过往了多少名人，朱熹就是从这里走出去开创了他的哲学流派，我怀疑他"半亩方塘一鉴开，天光云影共徘徊。问渠那得清如许，为有源头活水来"的名句，就是取自这个意境。明代大将军戚继光在南方抗倭之后又被调到北方修长城，曾路过此地，在这里照影洗尘，竟激动地不想离去。他赋诗道："一剑横空星斗寒，甫随平虏复征蛮。他年觅取封侯印，愿向君王换此山。"而陆游、辛弃疾在不得志之时，甚至还在这里任过守山的官职。朱、戚、陆、辛都是中国历史上屈指可数的人物。他们在绚烂过后更想要一个平淡，要做陶渊明，做一个桃花源中人。辛词写道："今宵依旧醉中行。试寻残菊处，中路侯渊明。"

我看到的第二处桃花源是湖南桃源县的桃源洞。一般认为这处景观最接近正宗的桃花源，况且国内毕竟也就只有这一个以桃源命名的县。这里除山水幽静外更多了一分文化的积淀。史上多有文人来此凭吊，孟浩然、李白、韩愈、苏轼等人都留有诗作。由此可见桃花源早已不是一个风景概念，而是一种文化现象了。

我印象最深的是这里刻于石碑上的一首回文诗：

> 牛郎织女会佳期，月底弹琴又赋诗。
> 寺静惟闻钟鼓響（响），音停始觉星斗移。
> 多少黄冠归道观，见几而作尽忘机。
> 几时得到桃源洞，同彼仙人下象棋。

一般的回文诗是下句首字套用上句的末字，这在修辞学上叫"顶真"格。而这首诗是从上字中拆出半个字来起写下句，这样的"顶真"就更难。接着还有一个更难的动作，刻碑时第一字不从右上起，而是中心开花，向外旋转，到最后一字收尾，正好成方：

```
机→时→得→到→桃→源→洞
↑                       ↓
忘   钟→鼓→響→停→始   彼
↑   ↑                ↓
尽   闻   会→佳→期   觉   仙
↑   ↑   ↑           ↓   ↓   ↓
作   惟   女   牛   底   星   人
↑   ↑   ↑           ↓   ↓   ↓
而   静   织←郎   弹   斗   下
↑   ↑       ↑       ↓   ↓   ↓
几   诗←赋←又←琴   移   象
↑                   ↓   ↓
观←道←归←冠←黄   少   棋
```

这样的挖空心思说明后人对桃花源题材是多么喜爱。而小石潭、赤壁，就是现代朱自清笔下的荷花塘也没有这样的殊荣呀！陶渊明所创造的"桃花源"实在是一个忘却时空、成仙得道的境界，比《乌托邦》、《太阳城》多了几分审美，比《小石潭记》、《赤壁赋》又多了几分理想。

那天我不觉技痒，也仿其格填了一首回文诗（比原式更苛求一点，连首尾都半字相咬）：

> 因曾数读《桃花源》，原知诗人梦秦汉。
>
> 又来桃源寻旧梦，夕阳压山柳如烟。

我看到的第三处桃花源是在湖北恩施。这里是湘、鄂、黔交界的武陵山区。陶渊明是今江西九江人，其活动区域不会包括这一带。但阴差阳错，这山却名"武陵"，而《桃花源记》正好说的是武陵人的事。当地人以此附比桃花源也算言之有据，比别处更多一点骄傲。况且，这里地处偏远，至今还保有极浓的世外桃源的味道。

武陵山区多洞，洞大得让你不敢去想，一个洞就能开进一架直升机，而洞深几许到现在也没有探出个所以。这比陶渊明说的桃林夹岸、山有小口、豁然开朗更要神秘。那天我们就在山洞里的一个千人大剧场看了一台现代武陵人的歌舞演出，真是恍若隔世，不知梦在何处。

最动人的是情歌演唱。男女歌手分别站在舞台两侧的两个山头上（请注意，洞里又还有山）引吭高歌：

> 女：郎在高坡放早牛，
>
> 妹在院中梳早头。
>
> 郎在高坡招招手，
>
> 妹在院中点点头。
>
> 男：太阳一出红似火，
>
> 晒得小妹无处躲。
>
> 郎我心中实难过，
>
> 送顶草帽你戴着。

你看男子心疼他心爱的女子，恨不能立即送去一顶遮阳的草帽。楚人是善于歌颂爱情或者借爱情说事的，从屈原始，古今皆然。陶渊明的楚文化背景很深。这让我立即想起他的《闲情赋》中的意境：

> 我愿做她的衣领，以闻到她颈上的芳香；
>
> 可惜就寝时，衣服总要被弃置一旁。

我愿做她的衣带，终日系于她的腰间；

可惜换装时，衣带被解下，又有暂别的忧伤。

我愿做一滴发乳，涂在她的黑发上；

可她总要洗发，我又会受到冲洗的熬煎。

············

我愿做一把竹扇，让她握于手上，凉风送爽；

可秋天来临，还是难免有离去的凄凉。

我愿做一株桐木，制成一把她膝上的鸣琴；

可她也有悲伤的时候，会推开我不再奏弹。

（愿在衣而为领，承华首之余芳；悲罗襟之宵离，怨秋夜之未央。······）

还有哭嫁歌。婚嫁本是喜事，但女儿出嫁要哭，大哭，不舍爹娘，不舍闺友，大骂媒婆。哭，且能成歌，有腔有调，有情有韵。艺术这种东西真是无孔不入，喜怒哀乐都有美，悲欢离合都是歌。但是这歌和大城市里舞台上那些那些尖嗓子、哑喉咙、扭屁股、声光电的歌不一样，这是桃花源中的歌，是在武陵山中的时光隧道中听到的魏晋声、秦汉韵啊。

那天演的又有丧葬歌。人之大悲莫过于死，但这么悲伤的事却用唱歌来表达。当地风俗"谁家昨日添新鬼，一夜歌声到天明"。你看那个主唱的男子，击鼓为拍，踏歌而舞，众人起身而合，袖之飘兮，足之蹈兮，十分洒脱。生死由命，回归自然，一种多么伟大的达观。仿佛到了一个生死无界、喜乐无忧的神仙境界。这远胜于现代都市里作秀式的告别仪式、追悼大会。在歌声中我听到了 1 500 多年前陶渊明那首《拟挽歌辞》："千秋万岁后，谁知荣与辱。但恨在世时，饮酒不得足。""荒草何茫茫，白杨亦萧萧。严霜九月中，送我出远郊。"武陵人这洒脱的丧歌，那源头竟是陶公的《拟挽歌辞》啊，你不得不承认这山洞里的桃源世界确实还在继续着陶渊明所创造的那个生命境界和审美意境。还有一种原始的茅谷斯舞蹈，舞者全身紧裹稻草，男子两腿间挂着象征阳物的装饰，甩来摆去，癫狂起舞，表达的是自然崇拜与生殖崇拜。这种纯朴只有在这深幽的山洞里才能见到，这时你已完全忘了山外的高楼大厦、车水马龙、电脑网络、反恐战争、股票期货、跑官卖官，真的不知今宵何夕，身在何处了。

　　一连几天我就在这深山里转，感受这歌声、这舞蹈，还有米酒。这里喝酒也是桃花源式，是在别处从没有见过的。喝时要唱，要喊，要舞，喝到高兴处还要摔酒碗。双手过头，一饮而尽，然后"啪"的一声，满地瓷片，当然是那种很便宜的陶瓷碗。这正是陶渊明《杂诗》与《饮酒》诗的意境："得欢当作乐，斗酒聚比邻。""忽与一觞酒，日夕欢相持。""若复不快饮，空负头上巾。"历史越千年，风物依然。

　　一日，喝罢酒，我们去游一个叫"四洞峡"的地方，那又是一处桃花源了。离开公路，夹岸数步，人就落入一个大峡谷中。头上奇树蔽日，脚下湍流漱石。平时在城里花盆中才能见到的杜鹃花，在这里长成了合抱之粗的大树，花大如盘，洁白如雪。一种金色的不老兰，攀于岩上，遍洒峡中，灿若繁星。古藤缠树，树树翠帘倒挂；香茅牵衣，依依不叫人行。许多草木都见所未见，闻所未闻。一种铁匠树，木极硬，木工工具对付不了它，要用铁匠工具才能加工，因有此名。其木放入炉中，如炭一样一晚不灭。一种似草似灌木的植物，杆子肥肥胖胖，就名"胖婆娘的腿"。真是目不暇接。走着，走着，这一路风景突然没入一个悠长的石洞，瞬间一片幽暗，不见天日，唯闻流水潺潺，暗香浮动。我们扶杖踏石，缘壁而行，大气也不敢出一口，仿佛真的要走回到秦汉去，也不知这样如履薄冰行了几时，忽又见天日重回到了人间。这样忽明忽暗，穿峡过洞，如是者四次，是为"四洞峡"。到最后一个石洞的出口处，有巨石如人头，传说是远古时一将军在此守洞，慢慢石化。石壁上长有一株手腕粗的黄杨木，却言已生有八百年。据说这种树平时正常生长，而每逢有闰月就又往回缩，它竟能自由地挪动时空。现代物理学已有一种"虫洞"假说，人们可轻易穿越时空退回过去，而桃花源中的植物竟然早已有了这种本事。我回望洞口，看着这石将军，这黄杨树，浮想联翩。当年陶渊明由晋而返秦，我们现在莫不是返回到了东晋？

出峡之时已近黄昏，主人请我们参观他们的万亩桃林。这里乡民种桃已不知起于何年。近年来为了进一步富民，政府又请专家指导，搞了一项万亩桃园工程，好大的规模，放眼望去漫山遍野全是桃树。正是开花季节，晚照中红浪滚滚，一直铺向天边，只间或露出些道路、谷场，或农家的青瓦粉墙。我们随意选了一处半山腰的"农家乐"，在院子里摆桌吃饭。席间仍是要喝米酒，唱古老的歌，摔酒碗。主人对我们这些山外来人更是十分的亲热。有如《桃花源记》所言："见渔人，乃大惊，问所从来，具答之。便要还家，设酒杀鸡作食。"又如陶诗："落地为兄弟，何必骨肉亲！得欢便作乐，斗酒聚比邻。"他们也不知道什么戚继光曾经要用功名换山水，更不会去作什么回文诗。但他们知道这里就是桃花源，是他们的家，祖祖辈辈都这样自自然然地生活着。

桃花源不只是风景，还是一种生活符号、一种文化标记。

### 三、心中的桃花源

陶渊明为晋代柴桑人，即现在的江西的九江县、星子县一带。九江我是去过的，这次为写这篇文章又重去两地寻找感觉。结果这感觉真的让我大吃一惊。在陶渊明纪念馆，我看到了许多历代、各地甚至还有国外对他的研究资料，及出版的各种书刊。像东北鞍山这样远、这样小的地方都有陶学的研究团体，而今年的全国陶渊明学术研讨会是在内蒙古召开的。日本亦有专门的陶学社团。一本专刊上这样说："渊明文学在日本流传，不论时光如何流失，人们对他恬淡高洁的人格的憧憬，对其诗文的热爱从未中断。"而更未想到的是陶渊明的墓是在部队的一座营房里，官兵们用平时节约下来的经费将其修葺保护得十分完美。我们登上营房后的小山，香樟、桂花、茶树等江南名木掩映着一座青石古墓，墓的四角，四株合抱粗的油松皮红叶绿，直冲云天。只看这树就知这墓在数百年之上。陶卒于乱世，其墓本无可考，元代时大水在这附近冲出一块记载陶事的石碑，官民喜而存之，因碑起墓，代代飨祭。现在这个墓是部队在 2003 年重修的，并立碑记其事。一个诗人，一个逝去了 1 500多年的古人怎么会引起这么广泛、久远的共鸣呢？

陶渊明的《桃花源记》确是以艺术的魅力激起了我们千百年来对理想社会和美好山水的不断追求。但更有普世价值的是他设计出了一个人心理的最佳状态，这就是以不变应万变，永是平和自然，永葆一颗平常心。他以亲身的实践证明了这一点，接着又用自己的作品定格、升华、传达了这种感觉。他在我们每个人的心里都埋下了一粒桃花源的种子，无论如何斗转星移，岁月更换，后人只要一读陶诗、陶文，就心生桃花、暖意融融，悠然自悟，妙不可言。德国著名哲学家海德格尔认为，哲学家应该具有诗人的思维，哲学最好的表达方式是诗歌。陶渊明已经做到了这一点，他始终是用诗歌来表现人生。

人生在世有三样东西绕不过去。一是谁都有挫折坎坷；二是任你有多少辉煌也要消失，没有不散的宴席；三是人总要死去，总要离开这个世界。与这三样东西相对应的心境是灰心、失落与恐惧。对于怎样面对这个难题，克服人精神上的消极面，让每一天都过得快活一些，历来不知有多少思想家、宗教徒都在做着不尽的探索。过去关于奋斗、修养的书不知几多，现在"励志"类的书又满街满巷，而所谓"修养"，已经滑进了"厚黑"的死胡同。而你就是励志、奋斗、有所成就之后还是绕不开这三点。你看现实生活中有的人生活并没有到了谷底，甚至还有几分殷实小康，但还在没完没了地嫉妒、哭穷、诉苦、牢骚；有的人已身居高位，还在贪婪、虚荣、邀功；有的人已退出官场，还在回头、恋权、恋名，苦心安排身后事。陶渊明官也做过，民也当过；富也富过，穷也穷过；也曾顺利，也曾坎坷；但这些毛病他一点也没有。他学儒、学道、学佛，又非儒、非道、非佛，而求静、求真、求我，从思想到实践较好地回答了人生修养这个难题。

陶渊明生活在一个不幸的时代，军阀混战，政权更迭，民不聊生。他虽也做过几次官，但"不愿为五斗米折腰"，归隐回乡，日子过得紧巴巴。为避战乱他曾两次逃难，仇家一把火又将他可怜的家产烧了个精光。但在他的诗文中却找不到杜甫"亲朋无一字，老病有孤舟"式的哀叹，反倒常是一种"采菊东篱下，悠然见南山"的恬静。这是一种境界，一种回归，回归自然，回归自我，不为权、财、名、苦所累，永葆一颗平常心的境界。他为官时不为五斗米折腰，不丢人格；穷困时安贫知足，不发牢骚，不和自己过不去。这也就是《桃花源记》里说的"怡然自乐"。我们没有理由责备陶渊明为什么不像白居易那样去写《卖炭翁》，不像陆游那样去写"铁马秋风大散关"，不像辛弃疾那样"把栏杆拍遍"。陶所处的时代没有辛弃疾、岳飞那样尖锐的民族矛盾，他也未能像魏徵、范仲淹那样身处于高层政治的旋涡之中。存在决定意识，各人有各人的历史定位。陶渊明的背景就是一个"乱"字，世乱如倾，政乱如粥，心乱如麻。他的贡献是于乱世、乱政、乱象之中，在人的心灵深处开发出了一块恬静的心田。"结庐在人境，而无车马喧。问君何能尔？心远地自偏。采菊东篱下，悠然见南山。"

陶渊明一生大多身处逆境，但他却永是开朗。不是说这逆境不存在，而是他能精神变物质，逆来顺推，化烦躁为平和。他以太极手段，四两拨千斤，将愁苦从心头轻轻化去，让苦难不再发酵放大，或干脆就转而发酵为一坛美酒。马克思说：受难使人思考，思考使人受难。世上总有不平事，尤其是爱思考的知识分子，世有多大，心有多忧，忧便有苦，苦则要学会排解。陶渊明对辞官后的农耕生活要求并不高："岂期过满腹，但愿饱粳粮。御冬足大布，粗绨以应阳。"粗布淡饭而已。但他却从这种清苦中找到精神上的寄托和审美的享受。"耕种有时息，行者无问津。日入相与归，壶浆劳近邻。长吟掩柴门，聊为陇亩民。"

陶渊明也不是没有做过官，但他不把做官当饭吃，他一生五仕五隐，那官场的生活只不过是他的人生实验。他对朝廷也曾是有过一点忠心的，甚至还有对晋王朝的眷恋。自晋亡后，他写诗就从不署新朝的年号。但是他把人格看得比政治要重，不为五斗米折腰，不看人的脸色。

政治生活一旦妨碍了他的人性自由，就宁可回家。他高唱着："归去来兮，田园将芜胡不归！既自以心为形役，奚惆怅而独悲？悟已往之不谏，知来者之可追。实迷途其未远，觉今是而昨非。舟遥遥以轻飏，风飘飘而吹衣。"何等痛快。朱熹评陶渊明说："晋宋人物，虽曰尚清高，然个个要官职。这边一面清谈，那边一面招权纳货。陶渊明真个能不要，此所以高于晋宋人物。"他岂但只高于晋宋人物，也远高于现代的许多跑官要官、贪财受贿、争权夺利、图名好虚之人。

陶渊明对死亡的思考更是彻底，并有一种另类的美感。他说："有生必有死，早终非命促。……千秋万岁后，谁知荣与辱。""死去何所道，托体同山阿。""自古皆有没，何人得灵长？不死复不死，万岁如平常。"人总有一死，何必叹什么命长命短，操心什么死后的荣誉。如果一个人总是不死，那生和死又有什么区别？这种彻底的唯物主义真让我们吃惊。正因为有这种生死观，他从不要什么虚荣，没有一点浮躁。更不会如今人之非要生前争什么镜头、版面，死后留什么传记、文选。

龚自珍说："陶潜酷似卧龙豪，万古浔阳松菊高。莫信诗人竟平淡，二分《梁甫》一分《骚》。"梁启超说："这位先生身份太高了，原来用不着我恭维。"说是不用"恭维"，但历来研究、赞美他的人实在太多。他的思想确实影响了一代又一代的人，他的这种达观精神几乎成了后人处世的楷模。如果你抚摸着陶之后的历史画卷，就会听到无数伟人、名人与他的共鸣。而这些人都是中国历史上的群山高峰啊。于是我们就会发现一股从遥远的桃花源深处发出的雷鸣，在历史的大峡谷中，滚滚回荡，隐隐不绝。李白算是中国诗歌的高峰了，被尊为诗仙，但他对陶是何等的敬仰："梦见五柳枝，已堪挂马鞭。何时到彭泽，狂歌陶令前。"他梦见陶公门前的五柳树了，要到彭泽去与他狂歌。白居易曾被贬为江州司马，离陶的家乡不远，他在任上时陶诗不离手："亭上独吟罢，眼前无事时。数峰太白雪，一卷陶潜诗。"苏东坡曾被发配在偏远的海南，他身处逆境时，是靠把陶渊明当老师才渡过困境的："吾于诗人无所甚好，独好渊明之诗。渊明作诗不多，然其诗质而实绮，癯而实腴，自曹、刘、鲍、谢、李、杜诸人，皆莫及也。"他把陶放在曹植、李白、杜甫之上，而且居然把陶诗逐一和了一遍，这恐怕主要是精神上的相通。现代人中，毛泽东也有陶渊明情结。他一生轰轰烈烈是是非非，但晚年多次谈到想放浪形骸，寄情山水，去做徐霞客，或者去当一名教书先生。他上庐山，山下的九江就是陶渊明的家乡，于是赋诗道："陶令不知何处去，桃花源里可耕田？"

庄子说"内贤而外王"，事业是皮毛，心灵的自由才是人的终极追求。魏晋人追求的大概就是这个风度，所谓"居官无官官之事，处事无事事之心"。亦即陶渊明说的不要让心情为外形所役使（即"以心为形役"）。翻阅史书，我们发现凡真正建功立业、轰轰烈烈的大人物，其内心深处都有一个静谧的桃花源，能隐能出，能动能静，收放自如。诸葛亮舌战群儒，火烧赤壁，六出祁山，七擒孟获，一生何等忙碌，但留下的格言是"非淡泊无以明志，非宁静无以致远"。范仲淹"先天下之忧而忧，后天下之乐而乐"，其政治抱负多么强烈，但他的心理支柱是"不以物喜，不以己悲"。辛弃疾晚年写词："岁岁有黄菊，千载一东篱……都把轩窗写遍，更使儿童诵得，《归去来兮辞》。"邓小平是继毛之后的又一伟人。"文革"之难，他在江西被软禁三年。这个昔日指挥淮海战役的主帅，在一个绿树砖墙的小院里，养了几只鸡，种了几垅菜，挑粪担水，劈柴烧火，如陶渊明那样"带月荷锄"、"守拙归园"。后来毛要他出山，他说，我是桃花源中人，只知秦汉，不识魏晋。但正是这种能伸能屈的淡定，让他后来一出山就带来国家民族的中兴。而事成之后他却淡淡地说了一句："我这个人没有什么大志，就是希望中国的老百姓都富起来，我做一个富裕国家的公民就行。"他要归去。陶渊明不是政治家，却勾勒出一个理想社会，让人们不断地去追求；他不是专门的游记作家，却描绘了一幅最美的山水图，让人们不断地去寻找；他不是专门的哲学家，却给出了人生智慧，设计了一种最好的心态，让人们去解脱。如果真要说专业的话，陶渊明只是一个诗人，他开创了田园诗派，用美来净化人们的心灵。中外文学史上从来没有哪一位诗人能像他这样创造了一个社会模式、一种山水布景、一种人生哲学，并将这些深深地植根在后人的心中，让人不断地去追寻。

（2011 年 11 月 28 日）

（收入湖南人民出版社《梁衡评点中国历史人物》）

# 永恒的岳阳楼

## ——《岳阳楼记》解读

  毛泽东在《讲堂录》中谈到：在中国历史上，不乏建功立业的人，也不乏以思想品行影响后世的人，前者如诸葛亮、范仲淹，后者如孔孟等人。但二者兼有，即"办事而兼传教"之人，历史上只有两位，即宋代的范仲淹和清代的曾国藩。范仲淹正当北宋封建社会的成熟期，他"办事而兼传教"，是一个典型的封建官员知识分子。而他留给我们的政治财富和文化思考全部浓缩在一篇只有368字的短文中，这就是传唱千古的《岳阳楼记》。

  中国古代留下的文章不知有多少，如果让我在古今文章中选一篇最好的，只许忍痛选一篇，那就是范仲淹的《岳阳楼记》。千百年来，中国知识界流传一句话：不读《出师表》，不知何为忠；不读《陈情表》，不知何为孝。忠孝是封建道德标准。随着历史进入现代社会，这两"表"的影响力，已在逐渐减弱，特别是《陈情表》，已鲜为人知。但有一个奇怪的现象，同样产生于封建时代的《岳阳楼记》却丝毫没有因历史的变迁而被冷落、淘汰，相反，它如一棵千年古槐，经岁月的沧桑，愈显其旺盛的生命力。北宋之后，论朝代，已经南宋、元、明、清、民国等的更迭；论社会形态，也经封建社会、半殖民地半封建社会、社会主义社会三世的冲击。但它穿云破雾，历久弥新。呜呼，以一文之力能抗六代之易、三世之变，靠什么？靠它的思想含量——人格思想、政治思想和艺术思想。它以传统的文字，表达了一种跨越时空的思想，上下千年，唯此一文。

《岳阳楼记》已经成为一份独特的历史遗产，其中有无尽的文化思考和政治财富。从《古文观止》到新中国成立以后历届的中学课本，常选不衰；从政界要人、学者教授到中小学生，无人不读、不背。这说明它仍有现实意义。归纳起来有三条：一是教我们怎样做人；二是教我们怎样做官；三是教我们怎样做文章。

### 一、我们该怎样做人——独立、理性、牺牲的人格之美

人们都熟知范仲淹在《岳阳楼记》里的名言"先天下之忧而忧，后天下之乐而乐"，却常忽略了文中的另一句话："不以物喜，不以己悲。"前者是讲政治，怎样为政、为官，后者是讲人格，怎样做人。前者是讲政治观，后者是讲人生观。正因为讲出了政治和人生这两个基本道理，这篇文章才达到了不朽。其实，一个政治家政治行为的背后都有人格精神在支撑，而且其人格的力量会更长久地作用于后人，存在于历史。

"不以物喜，不以己悲"：物，指外部世界，不为利动；己，指内心世界，不为私惑。就是说：有信仰，有目标，有精神追求，有道德操守。结合范仲淹的人生实践，可从三个方面来解读他的人格思想。

一是独立精神——无奴气，有志气。

范仲淹有两句诗最能说明他的独立人格："心焉介如石，可裂不可夺。"范仲淹于太宗端拱二年（989）生于徐州，出生第二年父亲去世，29岁的母亲贫无所依，抱着襁褓中的他改嫁朱家，来到山东淄州（今山东邹平县附近）。他也改姓朱，名朱说。他少年时在附近的庙里借宿读书，每晚煮粥一小锅，次日用刀

范仲淹像

划为四块，早晚各取两块，拌一点咸菜为食。这就是成语"断齑画粥"的来历。这样苦读三年，直到附近的书已被他搜读得再无可读。但他的两个异父兄长却不好好读书，花钱如流水。一次他稍劝几句，对方反唇相讥："连你花的钱都是我们朱家的，有什么资格说话。"他才知道自己的身世，心灵大受刺激。真是未出家门便感知世态之炎凉。他发誓期以十年，恢复范姓，自立门户。

大中祥符四年（1011），23 岁的范仲淹开始外出游学，来到当时一所大书院应天书院（在今河南商丘），昼夜苦读。一次真宗皇帝巡幸这里，同学们都争先出去观瞻圣容，他却仍闭门读书，别人怪之，他说："日后再见，也不晚！"可知其志之大，其心之静。有富家子弟送他美食，他竟一口不吃，任其发霉。人家怪罪，他谢曰："我已安于喝粥的清苦，一旦吃了美味怕日后再吃不得苦。"真是天降大任于斯人，自觉自愿苦其心志，劳其筋骨。他在大中祥符八年（1015）中进士，在殿试时终于见到了真宗皇帝，并赴御宴。他不久调去安徽广德、亳州做官，立即把母亲接来赡养，并正式恢复范姓。这时离他发愤复姓五年。

范仲淹中了进士后被任命的第一个地方官职是安徽广德司理参军，就是审理案件的助理。当时地方官普遍贪赃爱财，人为制造冤案。他廉洁守身，秉公办案，常与上司发生争论，任其怎样以势压人，也不屈服。每结一案，就把争论内容记在屏风上，可见其性格的耿直。一年后离任时，屏风上已写满案情，这就是"屏风记案"的故事。他两袖清风，走时无路费，只好把老马卖掉。

对历史上有骨气的人，范仲淹非常敬重。1037 年，范在第三次贬谪中抵润州（今江苏镇江）任上时，途中经彭泽，拜谒唐代名相狄仁杰的祠堂。狄刚正不阿，不畏武则天的权势，被陷入狱，又贬为县令。范当即为其写一碑文，歌颂他：

> 呜呼，武暴如火，李寒如灰，何心不随，何力可回！我公哀伤，拯天之亡。逆长风而孤骞，愬（sù，向）大川以独航。金可革，公不可革，孰为乎刚！地可动，公不可动，孰为乎方！

文字掷地有声。而当时作者也正冒着朝中的"暴火寒灰",独行在被贬的路上。而他所描写的刚不可摧、方不可变,也正是自己的形象。

二是理性精神——实事求是,按原则行事。

范仲淹的独立精神绝不是桀骜不驯的自我标榜和逞一时之快的匹夫之勇。他是按自己的信仰办事,是知识分子的那种理性的勇敢。我在写瞿秋白的《觅渡,觅渡,渡何处?》一文中曾谈到,这是一种像铁轨延伸一样的坚定。

亚里士多德说:"吾爱吾师,吾更爱真理。"范仲淹是晏殊推荐入朝为官的。他一入朝就上奏章给朝廷提意见。这吓坏了推荐人晏殊,他说:"你刚入朝就这样轻狂,就不怕连累到我这个举荐人吗?"范听后半晌没有反应过来,过了一会儿,难受地说:"我一入朝就总想着奉公直言,万万不敢辜负您的举荐,没想到尽忠尽职反而会得罪于您。"回到家他又给晏写了一封近3 000字的长信说:"当公之知,惟惧忠不如金石之坚,直不如药石之良,才不为天下之奇,名不及泰山之高,未足副大贤人之清举。今乃一变为尤,能不自疑而惊乎!且当公之知,为公之悔,傥默默不辨,则恐搢绅先生诮公之失举也。"晏殊是他的恩师、入朝的引路人。这件事充分体现了范爱吾师更爱真理的品格。

宋仁宗时,西北强敌西夏不断侵扰,范被任为前线副帅抗敌。当时朝野上下出于报仇心理和抗战激情,都高喊出兵。主帅命令出兵,皇上不断催问,左右不停地劝说。但他认为备战还不成熟,坚持不出兵。主帅韩琦说:"大凡用兵,先得置胜负于度外。"他说:"大军一动就是千万人的性命,怎敢置之度外?"朝廷严词催促出兵,他反复申诉:"臣非不知不从众议则得罪必速,奈何成败安危之机,国家大事,臣岂敢避罪于其间哉!"结果,上面不听他的意见,1041年好水川一战,宋军损失10 300余人。此后宋军再不敢盲动,最终按范仲淹的策略取得了胜利。这种独立思考的理性精神类似的一例,就是900多年后的粟裕将军。在淮海战役前,中央三次下令要他率师渡江,他三次向中央上书,建议战场摆在江北，终于为中央所接受，这一决策使得解放战争提前胜利三年。①

在人性中，独立和奴气，是基本的两大分野。一般来讲，人格上有独立精神的人，在政治上就不大容易被收买。我们不要小看人格的独立。就整个社会来讲，这种道德的进步经历了一个漫长的过程。奴隶制度造成人的奴性，封建制度下虽有"士可杀不可辱"的说法，但还是强调等级、服从。进入资产阶级民主社会，才响亮地提出平等、自由，人性的独立才成为一种普遍的社会标准和道德意识。这一点西方比我们好一些，民主革命彻底，封建残留较少。②中国封建社会长，又没有经过彻底的资本主义民主革命，人格中的奴性残留就多。③现在许多人也在变着法子媚上。对照现实我们更感到范仲淹在近千年前坚持的独立精神的可贵。正是这一点，使他在政治上能经得起风浪。做人就应该"宠而不惊，弃而不伤，丈夫立世，独对八荒"。鲁迅就曾痛斥中国人的奴性。一个人先得骨头硬，才能成事，如果他总是看别人的脸色，那除了当奴才还能干什么？纵观范仲淹一生为官，无论在朝、在野、打仗、理政，从不人云亦云，就是对上级，对皇帝，他也实事求是，敢于坚持。这里固然有负责精神，但不改信仰、按规律办事，却是他的为人标准。

"不以物喜，不以己悲"，就是不随波逐流。那么以什么为立身根据呢？以实际情况，以国家利益为根据。用现在的话说就是实事求是，无

---

① 1948年1月中央决定分10万兵南渡长江，由粟裕统率。1月12日粟电中央，过江后无后方，不利，建议不过，在中原打大仗。1月27日，中央再令粟最迟5月渡江。1月31日，粟以2000字长电二次电中央，建议三个野战军联合在中原打大仗，将敌主力消灭在江北。2月1日，中央再电令3月渡江，后又令5月渡江。4月18日，粟面见陈毅，重申己见。4月29日又赶赴城南庄，直接向五大书记汇报，终于说动中央，搞淮海大决战，保证歼敌50万到60万，结果歼敌80万。

② 英国布莱尔任首相时，苏格兰北部落后地区一女学生考上牛津大学，这在当地百年一遇。但她面试未通过。地方政府请教育大臣出面说情，学校未许。大臣又托副首相去学校说情，未许。副首相找到布莱尔，学校对布莱尔说："任何人都无权改变教授面试的结论。"布莱尔只好同意，但背后发了一句牢骚，说这个学校也太古板了。学校大怒，宣布取消原定授予布莱尔荣誉博士称号的计划。

③ 2009年7月1日《新京报》消息：北京市建成第一批廉租房，市委领导为住户发钥匙，住户代表跪地而接，向领导表恩。

私奉献。陈云同志讲："不唯上，不唯书，只唯实。"人能超然物外，克服私心，就是一个大写的人，就是君子，不是小人。可惜，千年来人性虽已大有进步，但社会仍然没有能摆脱这种公与私的羁绊。这个问题恐怕要到共产主义社会才能解决。你看我们的周围，有多少光明磊落，又有多少虚伪龌龊。凡成大事者，首先在人格上要能独立思考，理性处事，敢于牺牲。而那些人格上不独立的人，政治上必然得软骨病，一入官场，就阿谀奉承，明哲保身，甚而阳奉阴违，贪赃枉法，卖身投靠，紧要关头投敌叛变。我在官场几十年，目之所及，已数不清有多少的事例，让你落泪，又让你失望。有的官员，专研究上司所好，媚态献尽，唯命是从。上发一言，必弯腰尽十倍之诚，而不惜耗部下百倍之力，费公家千倍之财，以博领导一喜。这种对上为奴、对下为虎的劣根人格实在可悲。我每次读《岳阳楼记》就会立即联想到周围的现实。"不以物喜，不以己悲"，这种对独立人格的追求，仍然是我们现在所需要的。

三是牺牲精神——为官不滑，为人不私。

"不以己悲"就是抛却个人利益，敢于牺牲，不患得患失。

怎样处理公与私关系，是判断一个人的道德高下的最基本标准。我们熟悉的林则徐的两句诗，"苟利国家生死以，岂因祸福避趋之"，讲的就是这个道理。范仲淹一生为官不滑，为人不奸。他的道德标准是只要为国家，为百姓，为正义，都可牺牲自己。兹举两例。

1038年宋西北的西夏建国，赵元昊称帝。宋夏战事不断。边防主帅范雍无能，1040年仁宗不得不重组一线指挥机构，任命范仲淹为陕西经略安抚招讨副使（副总指挥）赶赴前线，这年他已52岁，在这之前他从未带过兵。范仲淹一路兼程，赶到延州（今延安）。延州经兵火之后，前面36寨都被荡平，孤悬于敌阵前。朝廷曾先后任命数人，都畏敌而找借口不去就任。范说，形势危机，延州不能无守，就挺身而出，自请兼知延州。范仲淹虽是一介书生，但文韬武略，胆识过人。他见敌势坐大，又以骑兵见长，便取守势，并加紧部队的整肃改编，提拔了一批战将，在当地边民中招募了一批新兵。庆历二年（1042），范仲淹密令 19 岁的长子纯祐偷袭西夏，夺回战略要地"马铺寨"。他引大军带筑城工具随后跟进。部队一接近对方营地，他便令就地筑城，十天，一座新城平地而起。这就是后来发挥了重要战略作用的像一个楔子一样打入西夏界的孤城——大顺城。①城与附近的寨堡相呼应，西夏再也撼不动宋界。西夏军中传说着，现在带兵的这个范小老子（西夏人称官为老子）胸中自有数万甲兵，不像原先那个范大老子（指前任范雍）好对付。西夏见无机可乘，随即开始议和。范以一书生领兵获胜，除其智慧之外，最主要的是这种为国牺牲的精神。

范仲淹与滕宗谅（字子京）的关系，是他为国惜才、为朋友牺牲的例证。滕与范是同年的进士，也是一个热血报国的忠臣。西北战事吃紧时滕也在边防效力，知泾州。当时正值好水川一役大败之后，形势危机。滕招兵买马，犒赏将士，重振旗鼓。范又让他兼知庆州，亦治理得井井有条。但正因为他干事太多，就总被人挑毛病，有人告他挪用公款 15 万贯。仁宗大怒，要查办。但很快查明，这 15 万贯钱，犒赏用了3 000 贯，其他皆是用于军饷。而这 3 000 贯的使用也没有超出地方官的权力规定范围，但是朝中的守旧派，咬住不放，乘机大做文章，宰相等也默不作声。范这时已回京，他激愤地说，朝廷看不到边防将士的辛苦和功劳，一任某些人在这些小问题上捕风捉影，加以陷害，这必让将士寒心，边防不稳。他力保滕宗谅无大过，如有事甘愿同受处分。这样滕才没有被撤职，而在庆历四年（1044）贬到了岳阳，才有后来《岳阳楼记》这一段佳话。如果没有当年范对滕的冒死一保，政治史和文学史都将缺少精彩的一笔。可知范后来为他写《岳阳楼记》，本身就是一种对朋友、对正义事业的支持，而这是要冒风险、付代价的。他在文章中叹道："微斯人，吾谁与归！"他愿意和志同道合的战友一起去为事业牺牲。

———————————

① 范仲淹词《渔家傲》："塞下秋来风景异，衡阳雁去无留意。四面边声连角起。千嶂里，长烟落日孤城闭。　　浊酒一杯家万里，燕然未勒归无计。羌管悠悠霜满地。人不寐，将军白发征夫泪。"

任何革命的、进步的团体和事业，都是以肝胆相照的人格精神为基础凝聚力量、团结队伍的。不要奸猾，只要忠诚。"文化大革命"中"四人帮"制造了"61人叛徒集团"，诬刘少奇为内奸、叛徒。周恩来1966年11月22日致信毛泽东："当时确为少奇同志代表中央所决定，七大、八大又均审查过，故中央必须承认知道此事。""红卫兵"要揪斗陈毅，周站在大会堂门口厉声说："谁要揪陈毅，就从我身上踏过去。"而康生对借"伍豪事件"整周恩来却装聋作哑。

## 二、我们该怎样做官——忧民、忧君、忧政的为官之道

范仲淹对政治文明的贡献，主要体现在一个"忧"字上。《岳阳楼记》产生于我国封建社会成熟期之宋代，作者生于忧患，长于忧患，倾其一生和一个时代来解读这个"忧"字。好像是中国封建社会发展到转折时期，专门要找一个这样的解读人。

范仲淹的忧国思想，最忧之处有三，即忧民、忧君、忧政。也可以说这是留给我们的政治财富。这是每一个政治家都要面对的问题。

第一，忧民。

他在文章中写道，"居庙堂之高则忧其民"，就是说当官千万不要忘了百姓，官位越高，越要注意这一点。

政治就是管理，就是民心。官和民的关系是政治运作中最基本的内容。忧民的本质是官员的公心、服务心，是怎样处理个人与群众的关系。人民永远是第一位的，任何政权都是靠人民来支撑的。一些进步的封建政治家也看到了这一点，强调"民为邦本"，唐太宗甚至说"水可载舟，亦可覆舟"。范仲淹继承了这一思想并努力在实践中贯彻。他认为君要"爱民"、"养民"，就像调养自己的身体，要十分小心，要轻徭役、重农耕。特别是地方官，如果压榨百姓，就是自毁邦本。

范仲淹从1015年27岁中进士到1028年40岁进京任职前，已在基层为官13年。这期间，他先后转任广德（今安徽广德）、亳州（今安徽亳州）、泰州（今江苏泰州）、兴化（今江苏南通一带）、楚州（今江苏

淮安）五地，任过一些掌管刑狱的幕僚小职，最后一任是管盐仓的小吏。他表现出一个典型的有知识、有理想，又时时想着报国安民的青年官吏的所作所为。他按儒家经典的要求"达则兼济天下"，但是却扬弃了"穷则独善其身"，只要有一点机会，就去用手中的权力为老百姓办事，并时刻思考着只有百姓安康，政治才能稳定。

范仲淹的忧民思想体现在三个方面，即为民请命、为民办实事和为民除弊。

一是为民请命。用现在的话说就是"情为民所系"。

关心民情，是中国古代清官的一种好品质、好传统。就是说先得从思想上解决问题，要有一颗为民的心。郑板桥就有一首名诗："衙斋卧听萧萧竹，疑是民间疾苦声。些小吾曹州县吏，一枝一叶总关情。"出身贫寒、起于基层的范仲淹一生不管地位怎么变，忧民之心始终不变。1033年，全国蝗、旱灾害流行，山东、江淮地区尤甚。时范已调回朝中，他上书希望朝廷派员视察，却迟迟得不到答复，他又忍不住了，冒杀头之祸，去当面质问仁宗："我们在上面要时刻想着下面的百姓。要是您这宫里的人半天没有饭吃会是什么样子？今饿殍遍野，为君的怎能熟视无睹？"皇帝被他问得无言以对，就顺水推舟说："那就派你去赈灾吧。"当年他以一个盐吏上书自讨了一个修堤的苦差事；这次他这个谏官，又因言得差，自讨了一份棘手难办的赈灾之事。但从这件事情上倒让我们看到了他的办事才干。他一到灾区就开仓济民，组织生产自救。灾后必有大疫，他遍设诊所，甚至还亲自研制出一种防疫的白药丸。赈灾结束回京后他还特意带回灾民吃的一种"乌味草"，送给仁宗，并请传示后宫，以戒宫中的奢侈浪费。他的这个举动肯定又引起宫中人的反感。你去赈灾，完成任务回来交差就是，何苦又要借机为宫里人上一堂课呢？就你最爱表现，这怎能不招惹人嫉妒？他还给仁宗讲了他调查访问的一件实事。途中，他碰到6个从长沙到安徽的漕运兵，他们出来时30人，现连死带逃，还剩6人，路途遥远，还不知能不能活着回到家。他深感百姓粮饷和运输负担太重。他对皇帝说："知之生物有时，而国家用度无度，天下安得不困！"

二是为民办实事。用现在的话说就是"利为民所谋"。

思想上爱民还不算，还得办实事。他较突出的一件政绩是修海堤。1021年，范仲淹调泰州，任一个管理盐仓的小官。当时泰州、楚州、通州（今南通）位于淮水之南，东临黄海，海堤年久失修，海水倒灌，冲毁盐场，淹没良田，不但政府盐利受损，百姓亦流离失所，逃荒他乡。范仲淹只是一个看盐场的小吏，这些地方上的政务经济上的事本不归他管，但他见民受其苦，国损其利，便一再建议复修海堤，政府就干脆任他为灾区中心兴化县的县令。他制订规划，亲率几万民工日夜劳作在筑堤工地。一次大浪掩来，百多人顿时被卷入海底。一时各种非议四起，要求停工罢修，范力排众议，身先民工，亲自督战，前后三年，终使大堤告成。地方经济恢复，国家增收盐利，流离的百姓又回到故乡。人们感谢范仲淹，将此堤称为"范堤"，甚至有不少人改姓范，以之为荣。历代，就是直到今天，能为范仲淹之后仍是一种光荣。明朝朱元璋一次审查犯人名单，见一叫范从文的人，疑是仲淹之后，一问，果是其12世孙，便特赦了他。有一土匪绑票，见苦主名范希荣，再问是仲淹之后，立即放掉。可见范在民间的影响之大之远。现在全国为纪念他而建的"景范希望小学"就有39所。

三是为民除弊。用现在的话说，就是敢于改革。

范仲淹是一位行政能力极强的政要。他的忧民，绝不像其他官僚那样空发议论，装装样子。他能将思想和具体的行动进一步上升到制度的改革，每治一地，必有创造性的惠民政策。他在西北前线积极改革用兵制度。当时因战事紧张，政府在陕西征农民当兵，士兵不愿背井离乡，便有逃兵。政府就规定在兵的脸上刺字，谓之"黥面"。一旦黥面，他永世，甚至子孙后代都不得脱离军籍。范经调查后体恤民情，认为这"岂徒星霜之苦，极伤骨肉之恩"，就进行改革，边寨大办营田，将士可以带家，又改刺面为刺手，罢兵后还可为民。这些措施，深得百姓拥护。

范仲淹是 64 岁去世的。他在生命的最后三年，积劳成疾，病体难支，但愈迸发出为民请命、大胆改革的热情。1049 年，他 61 岁时，知杭州，遇大旱，流民遍地。他不只用传统的调粮、赈济之法，而是以工代赈，大兴土木，特别是让寺院参加进来，用平时节余搞基建，增加就业；同时，大办西湖的龙舟赛事，让富人捐助，繁荣贸易，扩大内需；此外，高价收粮，使粮商无法囤粮抬价。这些举措看似不当，也受到非议，但却挖掘了民间财力，杭州平安度荒。

宋代税收常以实物缴纳，以余补缺，移此输彼，谓之支移，但运输费要纳税人出。1051 年，范去世前一年，知青州，这是他生命旅途的最后一站。他见百姓往 200 里外的博州纳税，往返经月，路途劳苦，还误农时，运费又多出税额的二到三成。农民之苦，上面长期熟视无睹，范心里十分不安。他就改革征税方法，命将粮赋折成现金，派人到博州高于市价购粮，不出五天即完成任务，免了百姓运输之苦，还有余钱。一般地方官都是尽量超征，讨好朝廷。他却多一斤不要，将余钱退给青州百姓。

诚如他言："求民疾于一方，分国忧于千里。"可以看出他的忧民是真忧，决不沽名，不作秀，甚至还要顶着上面的压力，冒被处分的危险。像上面所举之例，都是问题早就在那里明摆着，为什么前任那么多官都不去解决呢？为什么朝廷不管呢？关键是心中没有装着老百姓。所以"忧民"实际上是检验一个官好坏的试金石，也成了千百年来永远的政治话题。这种以民为上的思想延续到共产党就是彻底地为人民服务。毛泽东专门写过一篇《为人民服务》的文章。2004 年，邓小平诞辰一百周年纪念，我受命写一篇纪念文章，在收集资料时，我问研究邓的专家："有哪一句话最能体现邓的思想？"对方思考片刻，答曰，邓对家人说过的一句话可作代表，他说："我这个人没有什么大志，就是希望中国的老百姓都富起来，我做一个富裕国家的公民就行。"

第二，忧君。

范仲淹的第二忧是忧君。他说："处江湖之远则忧其君。"不管在朝在野都不忘君。封建社会"君"即是国,他的"忧君"就是忧国。不管在朝还是在野,他时时处处都在忧国。

无论过去的皇帝还是现在的总统、主席,虽位高权重,但却身系一国之安危。于是,以"君"为核心的君民关系、君政关系、君臣关系,便构成了一国政治的核心部分。而君臣关系,直接涉及领导集团的团结,是核心中的核心。综观历史,历代的君大致有明君、能君、庸君、昏君四个档次,臣也有贤臣、忠臣、庸臣、奸臣四种。于是明君贤臣、昏君奸臣,抑或庸君庸臣就决定了一朝政府的工作质量。而又以君臣关系最为具体,君臣故事成了中国政治史上最生动的内容。(比如,史上最典型的明君贤臣配——唐太宗与魏徵,昏君贤臣配——阿斗与诸葛亮,昏君奸臣配——宋高宗与秦桧等。)

范仲淹是贤臣,属臣中最高一档;仁宗不庸不昏,基本上算是能君,属于第二档。他们的君臣矛盾,是比较典型的能君与贤臣的关系。在专制和权力高度集中的制度下,君既有代表国家的一面,又有权力私有的一面;臣子既要忠君,又要报国。这就带来了"君"的两重性和"臣"的两重性。君有明、昏之分,臣有忠、奸之别。臣遇明君则宵衣旰食,如履薄冰,勤恳为国;遇昏君,则独断专行,为所欲为,玩忽国事。"忧君"的实质是忧君所代表的国事,而不是忧君个人的私事。忠臣忧君不媚君,总是想着怎么劝君谏君,抑其私心而扬其公责,把国家治好。奸臣媚君不忧国,总在琢磨怎么满足君的私欲,把他拍得舒服一些。当然,奸臣这种行为总能得到个人的好处,而忠臣的行为则可能招来杀身之祸。范仲淹行的是忠臣之道,是通过忧君而忧国、忧民,所以,当这个"君"与国、与民矛盾时,他就左右为难。这是一种矛盾、一种悲剧,但正是这种矛盾和悲剧考验出忠臣、贤臣的人格。

这种"四重奏"和"两重性"的矛盾关系决定了一个忠心忧国的臣子必然要实事求是,敢说真话,对国家负责。用范仲淹的话说:"士不死不为忠,言不逆不为谏。"欧阳修评价他:"直辞正色,面争庭论","敢与天子争是非"。仁宗属于能君,他有他的主意,对范是既不全信任，又离不开，时用时弃，即信即离。而范仲淹既有独立见解，又有个性，这就构成范仲淹的悲剧人生。封建社会伴君如伴虎，真正的忧君，敢说真话是要以生命作抵押的。范仲淹不是不知道这一点，他说："臣非不知逆龙鳞者，掇齑粉之患；忤天威者，负雷霆之诛。理或当言，死无所避。"他将一切置之度外，一生四起四落，前后四次被贬出京城。他从 27 岁中进士，到 64 岁去世，一生为官 37 年，在京城工作却总共不到 4 年。

1028 年，范仲淹经晏殊推荐到京任秘阁校理——皇家图书馆的工作人员。这是一个可以常见到皇帝的近水楼台。如果他会钻营奉承，很快就可以飞黄腾达。中国历史上有多少近臣、宦官如高逑、魏忠贤等都是这样爬上高位的。但是范仲淹的"忧君"，却招来了他京官生涯中的第一次谪贬。

原来，这时仁宗皇帝虽已近 20 岁，但刘太后还在垂帘听政。朝中实际上是两个"君"。一个名分上的君仁宗皇帝，一个实权之君刘太后。这个刘太后可不是一般人等，她本是仁宗的父亲真宗的一位普通后宫中人，只有"修仪"名分，但她很会讨真宗欢心。皇后去世，真宗无子，嫔妃们都争着能为真宗生一个孩子，好荣登后位。刘修仪自己无能，便想出一计，将身边的一位李姓侍女送给皇帝"侍寝"，果然生下一子，但她立即抱入宫中，作为己子，就是后来的宋仁宗。刘随即因此封后，真宗死后她又当上太后，长期干预朝政，满朝没有一人敢有异议。范新入朝就赶上太后过生日，要皇帝率百官为之跪拜祝寿。范仲淹认为这有损君的尊严，君代表国家，朝廷是治理国家大事的地方，怎么能在这里玩起家庭游戏。皇家虽然也有家庭私事，但家礼、国礼不能混淆，便上书劝阻："天子有事亲之道，无为臣之礼；有南面之位，无北面之仪。"干脆再上一章，请太后还政于帝。这一举动震动了朝廷。那太后在当修仪时先夺人子，后挟子封后，又扶帝登位，从皇帝在襁褓之中到现在已 20 年，满朝有谁敢置一喙？今天突然杀出了个程咬金，一个刚来的图书校勘员就敢问帝后之间的事。封建王朝是家天下、私天下，大臣就是家奴，哪能容得下这种不懂家规的臣子？他即刻被贬到河中府（今山西永济）任副长官——通判。范仲淹百思不得其解，十三年身处江湖之远，时时想着能伴君左右，为国分忧，第一次进京却一张嘴就获罪，在最方便接近皇帝的秘阁只待了一年，就砸了自己的饭碗。

范仲淹第二次进京为官是三年之后，皇太后去世。也许是皇帝看中他敢说真话的长处，就召他回朝做评议朝事的言官——右司谏。我国封建社会的政府监察体制分两部分，一是谏官，专门给皇帝提意见，二是台官，专门弹劾百官，合称台谏。到宋真宗时，谏官权已扩大到可议论朝政，弹劾百官。中国封建社会长期稳定，台谏制度有其一功，它强调权力制约，是中国封建制度中的积极部分。便是皇帝也要有人来监督，勿使放任而误国事。在推行制度的同时又在道德上提倡"文死谏，武死战"，使之成为一种风气。据统计，在中国历史上从秦始皇到溥仪共334位皇帝，就曾有79位皇帝下罪己诏260次，作自我批评。这种对最高权力的监督和皇帝的自我批评是中国封建政治中积极的一面。范二次进京所授右司谏官的级别并不高，七品，但权大、责大、影响大。范仲淹的正直当时已很有名，他一上任立即受到朝野的欢迎。这时的当朝宰相是吕夷简。吕靠太后起家，太后一死他就说太后坏话。郭皇后揭穿其伎，相位被罢。吕也不是一般人等，他一面收买内侍，一面默而不言，等待时机。时皇帝与杨、尚两位美人热恋。一日，杨自恃得宠，对郭皇后出言不逊，郭挥手一掌向她打去，仁宗一旁急忙拉架，这一掌正打在皇帝脖颈上。吕和内侍便乘机鼓动皇帝废后。

后与帝都是稳定封建政权的重要因素，看似家事，常关国运。就是现代社会，第一夫人也会影响政治，影响国事。范仲淹知道后一旦被废，将会引起一场政治混乱。这种家事纠纷的背后是正邪之争，皇后易位的结果是奸相专权。他联合负责纠察的御史台官数人上殿前求见仁宗。半日无人答理，司门官又出来将大门砰的一声闭上。他的犟劲又上来了，就手执铜门环，敲击大门，并高呼："皇后被废，何不听听谏官的意见！"这真是有点不知高低，要舍命与皇帝辩论了。看看没有人理，他们议定明天上朝当面再奏。

第二天，天不亮范仲淹就穿好朝服准备出门。妻子牵着他的衣服哭着说："你已经被贬过一次了，不为别的，就为孩子着想，你也再不敢多说了。"他就把九岁的长子叫到面前正色说道："我今天上朝，如果回不来，你和弟弟好好读书，一生不要做官。"说罢，头也不回地向待漏院走去。"漏"是古代计时之器，待漏院是设在皇城门外，供百官暂歇等候皇帝召见的地方。范仲淹这次上朝是在 1033 年，比这早 44 年，公元 989 年，宋太宗朝的大臣王禹偁曾写过一篇很有名的《待漏院记》，分析忠臣、奸臣在见皇帝前的不同心理。他说，当大臣在这个地方静等上朝时，心里却在各打各的算盘。贤相"忧心忡忡"。忧什么？有 8 个方面：安民、来夷、息兵、辟田、进贤、斥佞、禳灾、措刑。等到宫门一开就向上直言，君王采纳，"皇风于是乎清夷，苍生以之而富庶"。而奸相则"私心慆慆，假寐而坐"，想的是怎样报私仇，搜钱财，提拔党羽，媚惑君王，"政柄于是乎隳哉，帝位以之而危矣"。他说，既然为官就要担起责任，那种"无毁无誉，旅进旅退，窃位而苟禄，备员而全身"的态度最不可取。他在这里惟妙惟肖地描述和揭示了贤相与明君、奸相与昏君的两个组合，还要求把这篇文章刻在待漏院的墙上，以诫后人。

不知范仲淹上朝时壁上是否真的刻有这篇文章，但范仲淹此时的确是忧心忡忡。他忧皇上不明事理，以私害公，因小乱大。这种家务之事，你要是一般百姓，爱谁、娶谁、休妻、纳妾也没有人管。你是一国之君啊，君行无私，君行无小。枕边人的好坏，常关政事国运。历史上因后贤而国安、后劣而国乱的事太多太多。同是一个唐朝，长孙皇后帮李世民出了不少好主意，甚至纠正他欲杀魏徵这样的坏念头；杨贵妃却引进家族势力，招来安史之乱。

范仲淹正盘算着怎样进一步劝谏皇上，忽然传他接旨，只听宣旨官朗朗念道，贬他到睦州（今浙江桐庐附近），接着朝中就派人赶到他家，催他当天动身离京。这果然不幸为妻子所言中，顿时全家老小，哭作一团。显然这吕夷简玩起权术来比他高明，事前已做过认真准备，三下五除二就干净利落地将他赶出京城。他 1033 年 4 月回京，第二年被贬出京，第二次进京做官只有一年时间。

如果说范仲淹第一次遭贬，是性格使然，还有几分书生气，这第二次遭贬，确是他更自觉地心忧君王，心忧国事。平心而论，仁宗不是昏君，更不是暴君，也曾想有所作为，君臣关系也曾出现过短时蜜月，但随即就如肥皂泡一样地破灭。范仲淹不明白，几乎所有的忠臣都如诸葛亮那样希望君王"亲贤臣远小人"，但几乎所有的君王都离不开小人，喜欢用小人。

犯颜直谏的政治品德是超地域、超时代的，是一种可以继承的政治文明。后世千年历史中，这种事例并不鲜见，从中我们也可以看出忧君思想在中国政治长河中的影响。

第三，忧政。

忠臣总是一片忠心，借君之力为国家办大事；奸臣总是要尽手段投君所好，为君办私事。范仲淹一生心忧天下，总是在和政治腐败，特别是吏治腐败作斗争，并进行了中国封建社会成熟期的第一场大改革——"庆历新政"。

一个政权的腐败总是先从吏治腐败开始。当一个新政权诞生后，第一件事就是安排干部。通常，官位成了胜利者的最高回报，和掌权者对亲信、子女的最好赏赐。官吏既是这个政权的代表和既得利益者，也就成了最易被腐蚀的对象和最不情愿改革的阶层。只有其中的少数清醒者，能抛却个人利益，看到历史规律而想到改革。

1035 年，范仲淹因知苏州治水有功又被调回京，任尚书礼部员外郎，知京城开封府。他已两次遭贬，这次能够回京，对一般人来说定要接受教训慎言敏行，明哲保身。但这却让范仲淹更深刻地看到国家的政治危机。他又浑身热血沸腾，要指陈时弊了。

这次，范仲淹没有像前两次那样挑"君"的毛病，他这次主要针对的是干部制度问题。也就是由尽"谏官"之责，转而要尽"台官"之责了。

原来这宋朝的老祖宗，太祖赵匡胤得天下是利用带兵之权，阴谋篡位当的皇帝。他怕部下也学这一招来夺其子孙的皇位，就收买人心，凡高官的子孙后代都可荫封官职。这样累积到仁宗朝时，已官多为患，甚至骑竹马的孩子都有官在身。凡一个新政权到 50 年左右是一道坎，这就是当年黄炎培与毛泽东在延安讨论的"周期率"。到范仲淹在朝时，宋朝开国已 80 年，吏治腐败，积重难返。再加上当朝宰相培植党羽，各种关系盘根错节。皇帝要保护官僚，官僚要巩固个人的势力，拼命扩大关系网，百姓养官越来越多，官的质量越来越低。这之前，范两次遭贬，三次在地方为官，深知百姓赋税之重、政府行政能力之低、民间冤狱之多，根子都在朝中吏治腐败。他经调查研究，就将朝中官员的关系网绘了一张"百官图"。1036 年他拿着这图去面见仁宗，说宰相统领百官，不替君分忧，不为国尽忠，反广开后门，大用私人，买官卖官，这样的干部路线，政府还能有什么效率，朝廷还有什么威信，百姓怎么会拥护我们。范又连上四章，要求整顿吏治。你想，拔起一株苗，连起百条根，这一整顿要伤到多少人的利益，如欧阳修所说："如此等事，皆外招小人之怨怒，不免浮议之纷纭。"皇帝虽有改革之意，但他决不敢把这官僚班底兜翻，范仲淹在朝中就成了一个讨嫌的人。吕夷简对他更是恨得牙根痒，就反诬他"越职言事，荐引朋党，离间君臣"。那个仁宗是最怕大臣结党的，吕很聪明，一下就说到了皇上的痒处，于是就把范贬到饶州（今江西鄱阳）。从他 1035 年 3 月进京，第三次被起用，到第二年 5 月被贬出京，又只有一年多一点。这是他第一次试图碰一碰腐败的吏治。

这次，许多正直有为的臣子也都被划入范党，分别发配到边远僻地。朝中已彻底没有人再敢就干部问题说三道四了。范仲淹离京，几乎没有人再敢为他送行。只有一个叫王质的人扶病载酒而来，他举杯道："范君坚守自己的立场，此行比之前两次更加光彩！"范笑道："我已经前后'三光'了。你看，来送行的人也越来越少。下次如再送我，请准备一只整羊，祭祀我吧。"他坚守自己的信仰"不以物喜，不以己悲"，虽三次被贬而不改初衷。

从京城开封出来到饶州要经过十几个州，除扬州外，一路上竟无一人出门接待范仲淹。他对这些都不介意，到饶州任后吟诗道："三出青城鬓如丝，斋中潇洒过禅师。""潇洒过禅师"，这是无奈地自我解嘲，是一种无法排解的苦闷。翻读中国历史，我们经常会听到这种怀才不遇、报国无门者的自嘲之声。柳永屡试不中，就去为歌女写歌词，说自己是"奉旨填词"；辛弃疾被免职闲居，说是"君恩重，且教种芙蓉"；林则徐被谪贬新疆，说是"谪居正是君恩厚，养拙刚于戍卒宜"。现在范仲淹也是：君恩厚重，让你到湖边去休息！饶州在鄱阳湖边，风大浪高，范自幼多病，这时又肺病复发。不久，那成天担惊受怕，随他四处奔波的妻子也病死在饶州。未几，他又连调润州、越州（今浙江绍兴）。四年换了三个地方。他想起楚国被流放的屈原、汉代被放逐的贾谊，报国无门，不知路在何方。他说："仲淹草莱经生，服习古训，所学者惟修身治民而已。一日登朝，辄不知忌讳，效贾生'恸哭'、'太息'之说，为报国安危之计。情既龃龉，词乃睽戾……天下指之为狂士。"范仲淹已三进三出京城，来回调动已不下 20 次。他想，看来这一生他只有在人们讨嫌的目光中度过了。

但忠臣注定不得休闲。自范仲淹 1036 年被贬外地 4 年后，西北战事吃紧，皇帝又想起了范仲淹。1040 年他被派往延州前线指挥抗战。1043 年宋夏正秘密议和，战事稍缓，国内矛盾又尖锐起来。赋税增加，吏治黑暗，地方上暴动四起，仁宗束手无策。庆历三年（1043）4 月仁宗又将他调回京城任为副相，且免了吕夷简的官，请范主持改革，史称"庆历新政"。这是他第四次进京为官了。

这次，他指出的要害仍然是吏治。前面说过，范仲淹第三次被贬就是因为上了一个"百官图"，揭露吏治的腐败。七年过去了，他连任了四任地方官，又和西夏打了一仗，但朝中的吏治腐败不但没有解决，反愈演愈烈。他立即上书《答手诏条陈十事》。

他说，第一条，先要明确罢免升迁。现在无论功过，不问好坏，文官三年一升，武将五年一提，人人都在混日子。假如同僚中有一个忧国忧民，"思兴利去害而有为"的，"众皆指为生事，必嫉之沮之，非之笑之，稍有差失，随而挤陷。故不肖者素餐尸禄，安然而莫有为也。虽愚暗鄙猥，人莫齿之，而三年一迁，坐至卿、监、丞、郎者，历历皆是。谁肯为陛下兴公家之利，救生民之病，去政事之弊，葺纲纪之坏哉？利而不兴则国虚，病而不救则民怨，弊而不去则小人得志，坏而不葺则王者失"。你看"国虚"、"民怨"、"小人得志"、"王者失"，现在我们读这篇《答手诏条陈十事》，仍能感受到范仲淹那种深深的忧国忧民之心和急切的除弊救政之志。

他条陈的第二条是抑制大官子弟世袭为官。就是说不能靠出身好当官。现在朝中的大官每年都可自荐子弟当官，"每岁奏荐，积成冗官"，甚至有"一家兄弟子孙京官二十人"。大官子弟"充塞铨曹（官署），与孤寒争路"。范仲淹是"孤寒"出身，深深痛恨这种排斥人才的门阀观念和世袭制度。

他条陈的第三条是贡举选人。第四条是选好的地方官，"一方舒惨，百姓休戚，实系其人"。第五条是公田养廉。十条倒有五条有关吏治。后面还有厚农桑、修武备、减徭役等。我们听着这些连珠炮似的言词和条分缕析的陈述，仿佛看到了一个痛心疾首、泪流满面的臣子，上忧其君，下忧其民，恨不得国家一夜之间扭转乾坤，来一个河清海晏，政通人和。

毛泽东认为：政治路线确定之后，干部就是决定的因素。干部制度向来是政权的核心问题。治国先治吏，历来的政治改革都把吏治作为重点。不管是忧君、忧国、忧民，最后总要落实在"忧政"上，即谁来施政，怎样施政。

庆历新政之初，仁宗皇帝对范仲淹还是很信任的，改革的决心也很大。仁宗甚至让他搬到自己的殿旁办公。范仲淹派许多按察使到地方考察官员的政绩，调查材料一到，他就从官名册上勾掉一批赃官。仁宗即刻批准。这是一段君臣难得的合作蜜月。有人劝道："你这一勾，就有一家人要哭！"范说："一家人哭总比一州县的百姓哭好吧。"短短几个月，朝廷上下风气为之一新。贪官收敛，行政效率提高。但是，由于新政首先对腐败的干部制度开刀，先得罪朝中的既得利益者，必然会有强大的阻力。他的朋友欧阳修就最担心这一点，专门向仁宗上书，希望能放心用范仲淹，并能保护他，不要听信谗言。"凡小人怨怒，仲淹等自以身当浮议奸谗，陛下亦须力拒。"但是皇帝在小人之怨和纷纭的浮议面前渐渐开始动摇了。他一次又一次地无法"自以身当"，终于在朝中难以立足。庆历四年（1044），保守派制造了一起谋逆大案，将改革派一网囊括进去。这回还是利用了仁宗疑心重、怕臣子结党的弱点，把改革派打成"朋党"。庆历五年（1045）初，失去了皇帝支持的改革已彻底失败，范仲淹被调出京到邠州（今陕西彬县）任职，这是他第四次被贬出京了，这之后就再也没有回京城工作。

　　庆历六年（1046），范仲淹因肺病不堪北地的风寒，要求调邓州（今河南南阳）。这年他已 58 岁，生命已进入最后 6 年的倒计时。他自 27 岁中进士为官，四处奔波，四起四落，已 31 年。自庆历改革失败后，他已没有重回京城的打算。现在他可以静静地回顾一生的阅历，思考为官为人的哲理。一天，他的老朋友滕子京从岳阳送来一信，并一图，画得新落成的岳阳楼，希望他能为之写一篇记。这滕子京与他是同年进士，又在泰州任上和西北前线共过事，是庆历新政的积极推行者。滕的一生也很坎坷，他敢作敢为，总想干一番事，却常招人忌，甚至被陷害。那一次在西北遭人陷害，亏得范力保，虽没有下狱却被贬岳阳，但仍怀忧国之心，才两年就政绩显著，又重修名楼。范仲淹看罢信，将图挂在堂前，只见一楼高耸，万顷碧波，胸中不由翻江倒海：那西北的风沙，东海的波涛，朝中的争斗，饥民的眼泪，金戈铁马，阁中书卷，狄仁杰的祠堂，楔入西夏的孤城，仁宗皇帝的忽而手诏亲见，忽而挥袖逐他出京，还有妻子牵衣滴泪的阻劝，长子随他在西北前线的冲杀……一起浮到眼前。他心中万分激动，喊一声："研墨！"挑灯对图，凝神静思，片刻一篇 368 字的《岳阳楼记》就如珠落玉盘，风舒岫云，标新立异，墨透纸背。他把自己奋斗一生的做人标准和政治理想提炼为"不以物喜，不以己悲"、"先天下之忧而忧，后天下之乐而乐"。震大千而醒人智，承千古而启后人。文章熔山水、政治、情感、理想、人格于一炉，用纯青的火候为我们铸炼了一面照史、照人的铜镜。文章说是写岳阳楼，实在是写他自己的一生。现在我们来看一下范仲淹怎样做文章。

### 三、我们该怎样做文章——文章达到的"三境之美"

第一，一文、二为、三境、五诀。

在中国古代，文章是官员政治素质的一部分。"立功、立德、立言"三者缺一不可。古今有三种文章，一是官场应景之文，空话、套话，人们很快忘记；二是有一点思想内容，但行文不美（如大量的奏折、记、表等），人们也已经忘记；三就是以《岳阳楼记》为代表的既有思想内容，又有艺术高度的一种思想美文。

《岳阳楼记》到底好在什么地方？在下评语前，我们不妨先探究一下好文章的标准。概括地说可以叫做"一文、二为、三境、五诀"。

"一文"是指文采。首先你要明白，你是在做文章，不是写应用文、写公文。文者，纹也，花纹之谓；章者，章法。文章是一门以文字为对象的形式艺术，它要遵循形式美的法则，并通过这个法则表达作者的精神美。中国古代文、言相分，说话可以随便点，既要落成文字，就要讲究美。诏书、奏折、书信等文件、应用文字也一样求美。古代是把文件写成美文，而我们现在是把美文改成了文件，都一个面孔。

"二为"是写文章的目的，一为思想而写，二为美而写。既要有思想，又要有美感。文章有"思"无美则枯，有美无"思"则浮。

"三境"是指文章要达到三个层次的美，或曰三个境界。古人论诗词就有境界之说。我现在把文章的境界细分为三个层次。一是景物之美，即描绘出逼真的形象，让人如临其境，谓之"形境"，类似绘画的写生；二是情感之美，即创造一种精神氛围叫人留恋体味，谓之"意境"，类似绘画的写意，如徐渭；三是哲理之美，即说出一个你不得不信的道理，让你口服心服，谓之"理境"，类似绘画的抽象，如毕加索。这三个境界一个比一个高。

"五诀"是指要达到这三境的方法，我把它叫做"文章五诀"，即"形、事、情、理、典"。文中必有具体形象，有可叙之事，有真挚的情感，有深刻的道理，还有可借用的典故知识。这一切，又都得用优美的文字来表达。这就是"一文、二为、三境、五诀"之法。

以这个标准来分析《岳阳楼记》，我们就会惊喜地发现它原来暗合作文和审美的规律，所以成了一篇千古不朽的范文。

请看全文：

庆历四年春，滕子京谪守巴陵郡。越明年，政通人和，百废俱兴，乃重修岳阳楼，增其旧制，刻唐贤今人诗赋于其上，属予作文以记之。

予观夫巴陵胜状，在洞庭一湖。衔远山，吞长江，浩浩汤汤，横无际涯；朝晖夕阴，气象万千。此则岳阳楼之大观也，前人之述备矣。

然则北通巫峡，南极潇湘，迁客骚人，多会于此，览物之情，得无异乎？若夫霪雨霏霏，连月不开；阴风怒号，浊浪排空；日星隐曜，山岳潜形；商旅不行，樯倾楫摧；薄暮冥冥，虎啸猿啼；登斯楼也，则有去国怀乡，忧谗畏讥，满目萧然，感极而悲者矣。

至若春和景明，波澜不惊，上下天光，一碧万顷；沙鸥翔集，锦鳞游泳；岸芷汀兰，郁郁青青。而或长烟一空，皓月千里，浮光跃金，静影沉璧，渔歌互答，此乐何极！登斯楼也，则有心旷神怡，宠辱偕忘，把酒临风，其喜洋洋者矣。

嗟夫！予尝求古仁人之心，或异二者之为，何哉？不以物喜，不以己悲，居庙堂之高则忧其民，处江湖之远则忧其君。是进亦忧，退亦忧；然则何时而乐耶？其必曰：先天下之忧而忧，后天下之乐而乐乎！噫！微斯人，吾谁与归！

时六年九月十五日。

全文共有六个自然段。

第一段叙写这件事的缘起。以事起兴，作一个引子，用"事"字诀。

第二段描写洞庭湖的气象，铺垫出一个宏大的背景。借山川豪气写忠臣志士之志，用"形"字诀。

第三、四段作者借景抒情，设想了两种"览物之情"，创造出一悲一喜的意境。通过景物描写营造气氛，水到渠成，即用"形"字诀和"情"字诀，由"形境"过渡到"意境"。连用霪雨、阴风、浊浪、星隐、山潜、商断、船翻、日暮、虎啸、猿啼等十个恐怖的形象，然后推出"去国怀乡，忧谗畏讥，满目萧然，感极而悲"的伤感情境。连用春风、丽日、微波、碧浪、鸟飞、鱼游、芷草、兰花、月色、渔歌等十个美好的形象，推出"心旷神怡，宠辱偕忘，把酒临风，其喜洋洋"的快乐情境。

第五段，导出哲理，作者将"形"和"情"有意推向"理"的高度，设问：有没有超出上面那两种的情况呢？有，那就不是一般人，而是"古仁人之心"了。这种人超出物质利益的诱惑，超出个人的私念：在朝为官，不忘百姓；被贬江湖，不忘其君。太平时忧天下，危难时担天下。进也忧，退也忧，那么，什么时候才乐呢？到文章快结束时才推出一声绝响，一个响亮的哲理式结论——"先天下之忧而忧，后天下之乐而乐"。做官要做这样的官，做人要做这样的人！用我们现在的话说，就是无私奉献，全心全意为人民服务。用的是"理"字诀。这个道理一下讲透了，这个标准一下管了近千年，而且还要永远管下去！这是文章的高潮，全文的主题，是作者一生悟出的真理，也是他的信念。不管哪个时代，哪个国家的官员都有忠奸、公私、贤愚、勤庸之分。而公而忘私、"先忧后乐"是超时代、超阶级的道德文明、政治文明，是人类共同的、永远的精神财富。范仲淹道出了这种为人、为臣的本质的理性的大美，文章就千古不朽了。作者讲完这个结论后，文章又从"理"回转到"情"："噫！微斯人，吾谁与归！"前不见古人，后不见来者，写出了一种超时空的向往和惆怅。

第六段，不经意间再轻带一笔转回到记"事"："时六年九月十五日。"照应文章的开头，像一个绕梁的余音。至此文章形、事、情、理都有（注意本文没有用典），形美、意美、理美三个层次皆具，已达到了一个完美的艺术境界。

这篇文章的核心是阐述"先天下之忧而忧，后天下之乐而乐"的道理。但如果作者只说出这一句话，这一个理，就不会有多大的感染效果，那不是文学艺术，是口号，是社论。好就好在它有形、有景、有情、有人、有物的铺垫，而且全都用优美的文字来表述，用了许多修辞手法。在"理境"之美出现之前，已先收"形境"、"意境"之效，再加上贯穿始终的文字之美，形美、意美、理美、文美，算是"四美"了，在内容和形式两方面都分别达到了很难得的高度，借用王勃在《滕王阁序》里的一句话，就是"四美具，二难并"了，是一种高难度的美。

第二，两类作者，两类文章。

虽然我们给出了一个"一文"的要求、"二为"的宗旨、"三境"的标准、"五诀"的方法，但并不是谁人拿去一套，就可以写出好一篇好文章。就像数学课上，不是老师教给一个公式，就人人都能得一百分。这还得有一个艰苦的修炼过程。

凡古今文章，从作者角度分有两大类。一类是文人、专业作家。如古代的司马相如、王勃、李白，现代的许多专业作家。作者先从文章形式入手，已娴熟地掌握了艺术技巧，然后再努力去修炼思想，充实内容，但无论如何，由于阅历所限，其思想总难拔到多高的境界。就像一个美人，已得先天之美，又想再成就一番英雄业绩，其难也哉！第二类是政治家、思想家。如古代的贾谊、诸葛亮、魏徵、韩愈、范仲淹，近代的林觉民、梁启超，现代的毛泽东等人。这类作者是从思想内容入手。他并不想以文为业，只是由于环境、经历使然，内心积累甚多，如火山之待喷，不吐不快，就借文章的形式表达出来。当然，大部分政治家是写不出好文章的，他们忙于事务，长于公文、讲话、指示等应用文字而不善美文，或者根本就没有修炼到思想的美，很难做到"四美具，二难并"。但也有少数政治家、思想家，或因小时就有文章阅读或写作训练的童子功（如人外表的先天之美），或政务之余不忘治学（如人形体的后天训练），于是便挟思想之深又借艺术之美，登上了文章的顶峰。就像一个美女后来又成就了伟功大业，既天生丽质，又惊天动地，百里挑一。

有两类作家，也就有两类文章，即"文人文章"和"道德文章"。中国文学传统很重视政治家的"道德文章"。政治家为文是用个性的话说出共性的思想（如诸葛亮说的"鞠躬尽瘁，死而后已"，毛泽东说的"帝国主义和一切反动派都是纸老虎"）。如果只会用共性的语言说共性的思想，就是官话、套话，有理而无美，这不叫文章，也不可能流传。"文人文章"，求"美"而不求"理"，是以个性的语言说出共性的美感。常"美"有余而理不足（如王勃的"落霞与孤鹜齐飞，秋水共长天一色"）。因为文章第一位是表达思想，"理境"为"三境"中最高之境，所以相对来讲，先入艺术之门，再求深造思想难；先登思想之峰，再入艺术之门易。所以真正的大文章家，由政治家、思想家出身的多，而专攻文章，以文为业的反倒少。历史上的范仲淹是一个政治家、军事家、学者，也许他从来也没有把自己当做一个作家。后人在排唐宋八大家之类的排行榜时，他也无缘入列。但这恰恰是他胜过一般文人之处。或者历史根本就不忍心将他排入文人之列。这倒给我们一个启示，每一个政治家都有条件写出大文章，都应该写出大文章。

这篇文章是对我国封建政治文明的高度总结。中国封建社会两千余年，政界人物多得数不清，历朝皇帝334个（按理，他们是当然的大政治家），大臣官员更不知几多。但能写出《岳阳楼记》，并被后人所记住、学习和研究的只有范仲淹一人。现在我们知道要出一篇好文章是多么不容易了。要做文，先做人。金代学者元好问评价范仲淹说："范文正公，在布衣为名士，在州县为能吏，在边境为名将。其材、其量、其忠，一身而备数器。"我们还可以再加上一句：在文坛为大家。其思想、其文采，光照千年。①

中国从古至今，内容形式都好，以一篇文章而影响了中华民族政治文明、人格行为和文化思想的文章为数不多。我排了一下有9篇。它们是汉代贾谊《过秦论》、司马迁《报任安书》，三国时期诸葛亮《出师表》，唐代魏徵《谏太宗十思疏》，宋代范仲淹《岳阳楼记》、文天祥《正气歌序》，近现代时期梁启超《少年中国说》、林觉民《与妻书》、毛泽东《为人民服务》。这些文章已经成为中华经典。什么是经典？第一，经典是一个时代的标志，空前绝后，比如我们现在不可能再写出唐诗、宋词；第二，已上升到理性，有长远的指导意义；第三，能经得起重复，即实践的检验，会常读常新。人们每重复一次都能从中开发出有用的东西。这就是经典与平凡的区别。一块黄土，雨一打就碎，而一块钻石，岁月的打磨，只能使它愈见光亮。怎么才能达到经典的高度呢？这又回到我们开头讲的"一文、二为、三境、五诀"的标准。简要来说，你得有很高的政治修养和文学修养，而且还要能有机地结合。而这不是每一个人都能做到的，用美学大师黑格尔的话说这种人是天才，"一般来说有这种才能的人一遇到心中有什么观念，有什么在感发他，鼓动他，他就会马上把它化为一个形象，一幅素描，一曲乐调或一首诗"。艺术史上这样的例子很多，如王羲之的《兰亭集序》、徐悲鸿的马、冼星海的《黄河大合唱》等。范仲淹在这里是把他的政治理念化作了一篇《岳阳楼记》。

我曾讲过，好文章是一个人在一定的时代背景下全部知识和阅历的结晶，是他生命的写照。其中不知要经历多少矛盾、冲突、坎坷、辛酸、成功与失败。这非主观意志可得，只可遇而不可求。因此一篇好的

---

① 冯玉祥曾有一联号召人学习范仲淹："兵甲富胸中，纵叫他房骑横飞，也怕那范小老子；忧乐观天下，愿今人砥砺振奋，都学这秀才先生。"

文章就如一个天才人物、一个历史事件，甚或如一个太平盛世的出现，不是随便就有的，它要综天时地利之和，得历史演变之机，靠作者修炼之功，是积数十年甚或数百年才可能出现的一个思想和艺术的高峰。千军易得，一将难求；千年易过，好文难有。

范仲淹为我们写了一篇千古美文，留下了一笔重要的文化遗产和政治财富，同时他也作为不朽的政治家、思想家和文学家被载入史册。

(2009 年 7 月 18 日于部级领导干部历史文化讲座的讲演)

# 乱世中的美神

## ——李清照解读

李清照是因为那首著名的《声声慢》被人们记住的。那是一种凄冷的美，特别是那句"寻寻觅觅，冷冷清清，凄凄惨惨戚戚"，简直成了她个人的专有品牌，彪炳于文学史，空前绝后，没有任何人敢于企及。于是，她便被当作了愁的化身。当我们穿过历史的尘烟咀嚼她的愁情时，才发现在中国三千年的古代文学史中，特立独行、登峰造极的女性也就只有她一人。而对她的解读又"怎一个愁字了得"。

其实李清照在写这首词前，曾经有过太多太多的欢乐。

李清照于宋神宗元丰七年（1084）出生于一个官宦人家。父亲李格非进士出身，在朝为官，地位并不算低，是学者兼文学家，又是苏东坡的学生。母亲也是名门闺秀，善文学。这样的出身，在当时对一个女子来说是很可贵的。官宦门第及政治活动的濡染，使她视界开阔，气质高贵。而文学艺术的熏陶，又让她能更深切细微地感知生活，体验美感。因为不可能有当时的画像传世，我们现在无从知道她的相貌。但据这出身的推测，再参考她以后诗词所流露的神韵，她该天生就是一个美人胚子。李清照几乎一懂事，就开始接受中国传统文化的审美训练。又几乎是同时，她一边创作，一边评判他人，研究文艺理论。她不但会享受美，还能驾驭美，一下就跃上一个很高的起点，而这时她还是一个待字闺中的少女。

请看下面这三首词：

> 绣面芙蓉一笑开。斜飞宝鸭衬香腮。眼波才动被人猜。　　一面风情深有韵，半笺娇恨寄幽怀。月移花影约重来。（宝鸭，发型）（《浣溪沙》）

> 淡荡春光寒食天。玉炉沉水袅残烟。梦回山枕隐花钿。　　海燕未来人斗草，江梅已过柳生绵。黄昏疏雨湿秋千。（沉水，香名；斗草，一种游戏）（《浣溪沙》）

> 蹴罢秋千，起来慵整纤纤手。露浓花瘦。薄汗轻衣透。　　见客入来，袜刬金钗溜。和羞走，倚门回首，却把青梅嗅。（袜刬，来不及穿鞋）（《点绛唇》）

一个天真无邪的少女，秀发香腮，面如花玉，情窦初开，春心萌动，难以按捺。她躺在闺房中，或者傻傻地看着沉香袅袅，或者起身写一封情书，然后又到后园里去与女伴斗一会儿草。

官宦人家的千金小姐，享受着舒适的生活，并能得到一定的文化教育，这在数千年封建社会中并不奇怪。令人惊奇的是，李清照并没有按常规初识文字，娴熟针绣，然后就等待出嫁。她饱览了父亲的所有藏书，文化的汁液将她浇灌得不但外美如花，而且内秀如竹。她在驾驭诗词格律方面已经如斗草、荡秋千般随意自如。而品评史实人物，却胸有块垒，大气如虹。

唐开元天宝间的安史之乱及其被平定是中国历史上的一个大事件，后人多有评论。唐代诗人元结作有著名的《大唐中兴颂》，并请大书法家颜真卿书刻于碑，被称为双绝。与李清照同时的张文潜，是"苏门四学士"之一，诗名已盛，也算个大人物，曾就这道碑写了一首诗，感叹："天遣二子传将来，高山十丈磨苍崖。谁持此碑入我室，使我一见昏眸开。"这诗转闺阁，入绣户，传到李清照的耳朵里，她随即和一首道："五十年功如电扫，华清花柳咸阳草。五坊供奉斗鸡儿，酒肉堆中不知老。胡兵忽自天上来，逆胡亦是奸雄才。勤政楼前走胡马，珠翠踏尽香尘埃。何为出战辄披靡，传置荔枝多马死。尧功舜德本如天，安用区区纪文字。著碑铭德真陋哉，乃令神鬼磨山崖。"你看这诗的气势哪像是出自一个闺中女子之手。铺叙场面，品评功过，慨叹世事，不让浪漫豪放派的李白、辛弃疾。李父格非初见此诗不觉一惊。这诗传到外面，更是引起文人堆里好一阵躁动。李家有女初长成，笔走龙蛇起雷声。少女李清照静静地享受着娇宠和才气编织的美丽光环。

爱情是人生最美好的一章。它是一个渡口，一个人将从这里出发，从少年走向青年，从父母温暖的翅膀下走向独立的人生，包括再延续新的生命。因此，它充满着期待的焦虑、碰撞的火花、沁人的温馨，也有失败的悲凉。它能奏出最复杂、最震撼人心的交响。许多伟人的生命都是在这一刻放出奇光异彩的。

当李清照满载着闺中少女所能得到的一切幸福步入爱河时，她的美好人生又更上层楼，为我们留下了一部爱情经典。她的爱情不像西方的罗密欧与朱丽叶，也不像东方的梁山伯与祝英台，不是那种经历千难万阻、要死要活之后才享受到的甜蜜，而是起步甚高，一开始就跌在蜜罐里，就站在山顶上，就住进了水晶宫里。夫婿赵明诚是一位翩翩少年，两人又是文学知己，情投意合。赵明诚的父亲也在朝为官，两家门当户对。更难得的是他们二人除一般文人诗词琴棋的雅兴外，还有更相投的事业结合点——金石研究。在不准自由恋爱，要靠媒妁之言、父母之命的封建时代，他俩能有这样的爱情结局，真是天赐良缘，百里挑一了。就像陆游的《钗头凤》为我们留下爱的悲伤一样，李清照为我们留下了爱情的另一端——爱的甜美。这个爱情故事，经李清照妙笔的深情润色，成了中国人千余年来的精神享受。

请看这首《减字木兰花》：

卖花担上，买得一枝春欲放。泪染轻匀，犹带彤霞晓露痕。

怕郎猜道，奴面不如花面好。云鬓斜簪，徒要教郎比并看。

这是婚后的甜蜜，是对丈夫的撒娇，从中也透出她对自己美丽的自信。

再看这首送别之作《一剪梅》：

> 红藕香残玉簟秋。轻解罗裳，独上兰舟。云中谁寄锦书来？雁字回时，月满西楼。　花自飘零水自流。一种相思，两处闲愁。此情无计可消除，才下眉头，却上心头。

离愁别绪，难舍难分，爱之愈深，思之愈切。另是一种甜蜜的偷偷地咀嚼。

更重要的是，李清照绝不是一般的只会叹息几句"贱妾守空房"的小妇人，她在空房里修炼着文学，直将这门艺术炼得炉火纯青，于是这种最普通的爱情表达竟变成了夫妻间的命题创作比赛，成了他们向艺术高峰攀登的记录。

请看这首《醉花阴·重阳》：

> 薄雾浓云愁永昼，瑞脑消金兽。佳节又重阳，玉枕纱厨，半夜凉初透。　东篱把酒黄昏后，有暗香盈袖。莫道不消魂，帘卷西风，人比黄花瘦。

这是赵明诚在外地时，李清照寄给他的一首相思词。彻骨的爱恋，痴痴的思念，借秋风黄花表现得淋漓尽致。史载赵明诚收到这首词后，先为情所感，后更为词的艺术力所激，发誓要写一首超过妻子的词。他闭门谢客，三日得词五十首，将李词杂于其间，请友人评点，不料友人说只有三句最好："莫道不消魂，帘卷西风，人比黄花瘦。"赵自叹不如。这个故事流传极广，可想他们夫妻二人是怎样在相互爱慕中享受着琴瑟相和的甜蜜的。这也令后世一切有才有貌却得不到相应质量爱情的男女感到一丝悲凉。李清照自己在《金石录后序》里追忆那段生活时说："余性偶强记，每饭罢，坐归来堂烹茶，指堆积书史，言某事在某书某卷第几叶第几行，以中否角胜负，为饮茶先后。中即举杯大笑，至茶倾覆怀中，反不得饮而起。"这是何等的幸福，何等的欢乐，怎一个

"甜"字了得。这蜜一样的生活，滋养着她绰约的风姿和旺盛的艺术创造。

但上天早就发现了李清照更博大的艺术才华。如果只让她这样去轻松地写一点闺怨闲愁，中国历史、文学史将会从她的身边白白走过。于是宇宙爆炸，时空激荡，新的人格考验、新的命题创作一起推到了李清照的面前。

宋王朝经过 167 年"清明上河图"式的和平繁荣之后，天降煞星，北方崛起了一个游牧民族。金人一锤砸烂了都城汴京（开封）的琼楼玉苑，还掠走了徽、钦二帝，赵宋王朝于公元 1127 年匆匆南逃，开始了中国历史上国家民族极屈辱的一页。李清照在山东青州的爱巢也树倒窝散，一家人开始过漂泊无定的生活。南渡第二年，赵明诚被任为江宁知府，不想就在这时发生了一件国耻又蒙家羞的事。一天深夜，城里发生叛乱，身为地方长官的赵明诚不是身先士卒指挥戡乱，而是偷偷用绳子缒城逃走。事定之后，他被朝廷撤职。李清照这个柔弱女子，在这件事上却表现出大节大义，很为丈夫临阵脱逃而羞愧。赵被撤职后，夫妇二人继续沿长江而上向江西方向流亡，一路难免有点别扭，略失往昔的鱼水之和。当行至乌江镇时，李清照得知这就是当年项羽兵败自刎之处，不觉心潮起伏，面对浩浩江面，吟下了这首千古绝唱：

> 生当作人杰，死亦为鬼雄。
> 至今思项羽，不肯过江东。

丈夫在其身后听着这一字一句的金石之声，面有愧色，心中泛起深深的自责。第二年（1129）赵明诚被召回京复职，但随即急病而亡。

人不能没有爱，如花的女人不能没有爱，感情丰富的女诗人就更不能没有爱。正当她的艺术之树在爱的汁液浇灌下茁壮成长时，上帝无情地斩断了她的爱河。李清照是一懂得爱就被爱所宠、被家所捧的人，现在一下被困在了干涸的河床上，她怎么能不犯愁呢？

失家之后的李清照开始了她后半生的三大磨难：第一大磨难就是再

婚又离婚，遭遇感情生活的痛苦。

赵明诚死后，李清照行无定所，身心憔悴。不久嫁给了一个叫张汝舟的人。对于李清照为什么改嫁，史说不一，但一个人生活的艰辛恐怕是主要原因。这个张汝舟，初一接触也是个彬彬有礼的君子，刚结婚之时张对她照顾得也还不错，但很快就露出原形，原来他是想占有李清照身边尚存的文物。这些东西李视之如命，而且《金石录》也还没有整理成书，当然不能失去。在张看来，你既嫁我，你的身体连同你的一切都归我所有，为我所支配，你还会有什么独立的追求？两人先是在文物支配权上闹矛盾，渐渐发现志向情趣大异，真正是同床异梦。张汝舟先是以占有这样一个美妇名词人自豪，后渐因不能俘获她的心、不能支配她的行为而恼羞成怒，最后完全撕下文人的面纱，拳脚相加，大打出手。华帐前，红烛下，李清照看着这个小白脸，真是怒火中烧。曾经沧海难为水，心存高洁不低头。李清照视人格比生命更珍贵，哪里受得这种窝囊气，便决定与他分手。但在封建社会，女人要离婚谈何容易。无奈之中，李清照走上一条绝路，鱼死网破，告发张汝舟的欺君之罪。

原来，张汝舟在将李清照娶到手后十分得意，就将自己科举考试作弊过关的事拿来夸耀。这当然是大逆不道。李清照知道，只有将张汝舟告倒治罪，自己才能脱离这张罗网。但依宋朝法律，女人告丈夫，无论对错输赢，都要坐牢两年。李清照是一个在感情生活上绝不凑合的人，她宁肯受皮肉之苦，也不受精神的奴役。一旦看穿对方的灵魂，她便表现出无情的鄙视和深切的懊悔。她在给友人的信中说："猥以桑榆之晚景，配兹驵侩之下材。"她是何等刚烈之人，宁可坐牢下狱也不肯与"驵侩"之人为伴。这场官司的结果是张汝舟被发配到柳州，李清照也随之入狱。我们现在想象李清照为了婚姻的自由，在大堂之上，扬首挺胸，将纤细柔弱的双手伸进枷锁中的一瞬，其坚毅安详之态真不亚于项羽引颈向剑时那勇敢的一刎。可能是李清照的名声太大，当时又有许多人关注此事，再加上朝中友人帮忙，李只坐了九天牢便被释放了。但这在她心灵深处留下了重重的一道伤痕。

今天男女之间分离结合是合法合情的平常事，但在宋代，一个女人，尤其是一个读书女人的再婚又离婚就要引起社会舆论的极大歧视。当时和事后的许多记载李清照的史书都是一面肯定她的才华，同时又无不以"不终晚节"、"无检操"、"晚节流荡无归"记之。节是什么？就是不管好坏，女人都得跟着这个男人过，就是你不许有个性的追求。可见我们的女诗人当时是承受了多么大的心理压力。但是她不怕，她坚持独立的人格，坚持高质量的爱情，她以两个月的时间快刀斩乱麻，甩掉了张汝舟这个"驵侩"包袱，便全身心地投入到《金石录》的编写中去了。现在我们读这段史料，真不敢相信是发生在近千年以前宋代的事，倒像是一个"五四"时代反封建的新女性。

生命对人来说只有一次，那么爱情对一个人来说有几次呢？大概最美好的、最揪心彻骨的也只有一次。爱情是在生命之舟上做着的一种极危险的实验，是把青春、才华、时间、事业都要赌进去的实验。只有极少的人第一次便告成功，他们像中了头彩的幸运者一样，一边窃喜着自己的侥幸，美其名曰"缘"，一边又用同情、怜悯的目光审视着其余芸芸众生的失败，或者半失败。李清照本来是属于这一类型的，但上苍欲成其名，必先夺其情，苦其心。于是就把她赶出这幸福一族，先是让赵明诚离她而去，再派一个张汝舟来试其心志。她驾着一叶生命的孤舟迎着世俗的恶浪，以破釜沉舟的胆力做了好一场恶斗。本来爱情一次失败，再试成功，甚而更加风光者大有人在，司马相如与卓文君就是。李清照也是准备再攀爱峰的，但可惜没有翻过这道山梁。这是一个悲剧。一个女人心中爱的火花就这样永远地熄灭了，这怎么能不令她沮丧，叫她犯愁呢？

李清照的第二大磨难是，颠沛流离，四处逃亡。

1129 年 8 月，丈夫赵明诚刚去世，9 月就有金兵南犯。李清照带着沉重的书籍文物开始逃难。她基本上追随着皇帝逃亡的路线，国君是国家的代表啊。但是这个可怜可恨的高宗赵构并没有这个觉悟，他不代表国家，就代表他自己的那条小命。他从建康出逃，经越州、明州、奉化、宁海、台州，一路逃下去，一直漂泊到海上，又过海到温州。李清照一介妇人眼巴巴地追寻着国君远去的方向，自己雇船、求人、投亲靠友，带着她和赵明诚一生搜集的书籍文物，这样苦苦地坚持着。赵明诚生前有托，这些文物是舍命也不能丢的，而且《金石录》也还没有出版，这是她一生的精神寄托。她还有一个想法，就是这些文物在战火中靠她个人实在难以保全，希望追上去送给朝廷，但是她始终没能追上皇帝。她在当年11月流浪到衢州，第二年3月又到越州。这期间，她寄存在洪州的两万卷书、两千卷金石拓片被南侵的金兵焚掠一空，而到越州时，随身带着的五大箱文物又被贼人破墙盗走。1130年11月，皇帝看到身后跟随的人太多不利逃跑，干脆就下令遣散百官。李清照望着龙旗龙舟消失在茫茫大海中，更感到无限的失望。按封建社会的观念，国家者，国土、国君、百姓。今国土让人家占去一半，国君让人家撵得抱头鼠窜，百姓四处流离。国已不国，君已不君，她这个无处立身的亡国之民怎么能不犯大愁呢？李清照的身心在历史的油锅里忍受着痛苦的煎熬。

大约是在避难温州时，她写下这首《添字丑奴儿》：

> 窗前谁种芭蕉树？阴满中庭。阴满中庭，叶叶心心，舒卷有余情。　伤心枕上三更雨，点滴霖霪。点滴霖霪，愁损北人，不惯起来听。

北人是什么样人呢？就是流浪之人，是亡国之民，李清照正是这其中的一个。中国历史上的异族入侵多是由北而南，所以北人逃难就成了一种历史现象，也成了一种文学现象。"愁损北人，不惯起来听"，我们听到了什么呢？听到了祖逖中流击水的呼喊，听到了陆游"遗民泪尽胡尘里，南望王师又一年"的叹息，听到了辛弃疾"可堪回首，佛狸祠下，一片神鸦社鼓"的无奈，更又仿佛听到了"我的家在松花江上"那悲凉的歌声。

1134年，金人又一次南侵，赵构又弃都再逃。李清照第二次流亡到了金华。国运维艰，愁压心头。有人请她去游附近的双溪名胜，她长叹一声，无心出游：

> 风住尘香花已尽，日晚倦梳头。物是人非事事休，欲语泪先流。　　闻说双溪春尚好，也拟泛轻舟。只恐双溪舴艋舟，载不动、许多愁。
>
> （《武陵春》）

李清照在流亡途中行无定所，国家支离破碎，到处物是人非，这愁就是一条船也载不动啊。这使我们想起杜甫在逃难中的诗句"感时花溅泪，恨别鸟惊心"。李清照这时的愁早已不是"一种相思，两处闲愁"的家愁、情愁，现在国已破，家已亡，就是真有旧愁，想觅也难寻了。她这时是《诗经》的《黍离》之愁，是辛弃疾"而今识尽愁滋味"的愁，是国家民族的大愁，她是在替天发愁啊。

李清照是恪守"诗言志，歌永言"古训的。她在词中所歌唱的主要是一种情绪，而在诗中直抒的才是自己的胸怀、志向、好恶。因为她的词名太甚，所以人们大多只看到她愁绪满怀的一面。我们如果参读她的诗文，就能更好地理解她的词背后所蕴含的苦闷、挣扎和追求，就知道她到底愁为哪般了。

1133年，高宗忽然想起应派人到金国去探视一下徽、钦二帝，顺便打探有无求和的可能。但听说要入虎狼之域，一时朝中无人敢应命。大臣韩肖胄见状自告奋勇，愿冒险一去。李清照日夜关心国事，闻此十分激动，满腹愁绪顿然化作希望与豪情，便作了一首长诗相赠。她在序中说："有易安室者，父祖皆出韩公门下，今家世沦替，子姓寒微，不敢望公之车尘。又贫病，但神明未衰弱。见此大号令，不能忘言，作古、律诗各一章，以寄区区之意。"当时她是一个贫病交加、身心憔悴、独身寡居的妇道人家，却还这样关心国事。不用说她在朝中没有地位，就是在社会上也轮不到她来议论这些事啊。但是她站了出来，大声歌颂韩肖胄此举的凛然大义："愿奉天地灵，愿奉宗庙威。径持紫泥诏，直入黄龙城。""脱衣已被汉恩暖，离歌不道易水寒。"她愿以一个民间寡妇的身份临别赠几句话："闾阎嫠妇亦何如，沥血投书干记室。""不乞隋珠与和璧，只乞乡关新信息。""子孙南渡今几年，飘零遂与流人伍。欲将血泪寄山河，去洒东山一抔土。"

浙江金华有一座"八咏楼"，因南北朝时沈约曾题《八咏诗》而得名。李避难于此，登楼遥望这残存的南国半壁江山，不禁临风感慨：

> 千古风流八咏楼，江山留与后人愁。
>
> 水通南国三千里，气压江城十四州。　　　　　（《题八咏楼》）

我们单看这诗的气势，这哪里像一个流浪中的女子所写啊，倒像一个急待收复失地的将军或一个忧国伤时的臣子。有一年我到金华，特地去凭吊这座名楼。时日推移，楼已被后起的民房拥挤在一处深巷里，但依然鹤立鸡群，风骨不减当年。一位看楼的老人也是个李清照迷，他向我讲了几个李清照故事的民间版本，又拿出几页新搜集的手抄的李词送给我。我仰望危楼，俯察巷陌，深感词人英魂不去，长在人间。李清照在金华避难期间，还写了一篇《打马赋》。"打马"本是当时的一种赌博游戏，李却借题发挥，在文中大量引用历史上名臣良将的典故，壮写金戈铁马、挥师疆场的气势，谴责宋室的无能。文末直抒自己烈士暮年的壮志：

> 木兰横戈好女子，老矣不复志千里。但愿相将过淮水！

从这些诗文中可以看出，她真是"位卑不敢忘忧国"，何等地心忧天下、心忧国家啊。"但愿相将过淮水"，这使我们想起祖逖闻鸡起舞，想起北宋抗金名臣宗泽病危之时仍拥被而坐大喊：过河！这是一个女诗人，一个"闾阎嫠妇"发出的呼喊啊！与她早期的闲愁闲悲真是相差十万八千里。这愁中又多了多少政治之忧、民族之痛啊。

后人评李清照常常观止于她的一怀愁绪，殊不知她的心灵深处，总是冒着抗争的火花和对理想的呼喊。她是为看不到出路而愁啊！她不依奉权贵，不违心做事。她和当朝权臣秦桧本是亲戚，秦桧的夫人是她二舅的女儿，亲表姐。但是李清照与他们概不来往，就是在她的婚事最困难的时候，她宁可去求远亲也不上秦家的门。秦府落成，大宴亲朋，她也拒不参加。她不满足于自己"学诗漫有惊人句"，而"欲将血泪寄山河"，她希望收复失地，"径持紫泥诏，直入黄龙城"。但是她看到了什么呢？是偏安都城的虚假繁荣，是朝廷打击抗金、迫害忠良的怪事，是主战派和民族义士们血泪的呼喊。1141 年，也就是李清照 58 岁这一年，岳飞被秦桧下狱害死。这件案子惊动京城，震动全国，乌云压城，愁结广宇。李清照心绪难宁，我们的女诗人又陷入更深的忧伤之中。

李清照遇到的第三大磨难是超越时空的孤独。

感情生活的痛苦和对国家民族的忧心，已将她推入深深的苦海，她像一叶孤舟在风浪中无助地飘摇。但如果只是这两点，还不算最伤最痛，最孤最寒。本来生活中婚变情离者，时时难免，忠臣遭弃，也是代代不绝，更何况她一柔弱女子又生于乱世呢？问题在于她除了遭遇国难、情愁，就连想实现一个普通人的价值，竟也是这样的难。已渐入暮年的李清照没有孩子，守着一孤清的小院落，身边没有一个亲人，国事已难问，家事怕再提，只有秋风扫着黄叶在门前盘旋，偶尔有一两个旧友来访。她有一孙姓朋友，其小女十岁，极为聪颖。一日孩子来玩时，李清照对她说："你该学点东西，我老了，愿将平生所学相授。"不想这孩子脱口说道："才藻非女子事也。"李清照不由得倒抽一口凉气，她觉得一阵眩晕，手扶门框，才使自己勉强没有摔倒。童言无忌，原来在这个社会上，有才有情的女子是真正多余的啊，而她却一直还奢想什么关心国事、著书立说、传道授业。她收集的文物汗牛充栋，她学富五车，词动京华，到头来却落得个报国无门，情无所托，学无所传，别人看她如同怪异。李清照感到她像是落在四面不着边际的深渊里，一种可怕的孤独向她袭来，这个世界上没有一个人能读懂她的心。她像祥林嫂一样茫然地行走在杭州深秋的落叶黄花中，吟出这首浓缩了她一生和全身心痛楚的，也确立了她在中国文学史上的地位的《声声慢》：

> 寻寻觅觅，冷冷清清，凄凄惨惨戚戚。乍暖还寒时候，最难将息。三杯两盏淡酒，怎敌他、晚来风急。雁过也，正伤心，却是旧

时相识。　　　满地黄花堆积。憔悴损，如今有谁堪摘。守着窗儿，独自怎生得黑。梧桐更兼细雨，到黄昏、点点滴滴。这次第，怎一个愁字了得！

是的，她的国愁、家愁、情愁，还有学业之愁，怎一个愁字了得！李清照所寻寻觅觅的是什么呢？从她的身世和诗词文章中，我们至少可以看出，她在寻觅三样东西。一是寻觅国家民族的前途。她不愿看到山河破碎，不愿"飘零遂与流人伍"，"欲将血泪寄山河"。在这点上她与同时代的岳飞、陆游及稍后的辛弃疾是相通的。但身为女人，她既不能像岳飞那样驰骋疆场，也不能像辛弃疾那样上朝议事，甚至不能像陆、辛那样有政界、文坛朋友可以痛痛快快地使酒骂座，痛拍栏杆。她甚至没有机会和他们交往，只能独自一人愁。二是寻觅幸福的爱情。她曾有过美满的家庭，有过幸福的爱情，但转瞬就破碎了。她也做过再寻真爱的梦，但又碎得更惨，甚至身负枷锁，锒铛入狱，还以"不终晚节"载入史书，生前身后受此奇辱。她能说什么呢？也只有独自一人愁。三是寻觅自身的价值。她以非凡的才华和勤奋，又借着爱情的力量，在学术上完成了《金石录》巨著，在词艺上达到了空前的高度。但是，那个社会不以为奇，不以为功，连那十岁的小女孩都说"才藻非女子事"，甚至后来陆游为这个孙姓女子写墓志时都认为这话说得好。以陆游这样热血的爱国诗人，也认为"才藻非女子事"，李清照还有什么话可说呢？她只好一人咀嚼自己的凄凉，又是只有一个愁。

李是研究金石学、文化史的，她当然知道从夏商到宋，女人有才藻、有著作的寥若晨星，而词艺绝高的也只有她一人。都说物以稀为贵，而她却被看作是异类，是叛逆，是多余。她环顾上下两千年，长夜如磐，风雨如晦，相知有谁？鲁迅有一首为歌女立照的诗："华灯照宴敞豪门，娇女严装侍玉樽。忽忆情亲焦土下，佯看罗袜掩啼痕。"李清照是一个被封建社会役使的歌者，她本在严妆靓容地侍奉着这个社会，但忽然想到她所有的追求都已失落，她所歌唱的无一实现，不由得一阵心酸，只好"佯说黄花与秋风"。

　　李清照的悲剧就在于她是生在封建时代的一个有文化的女人。作为女人，她处在封建社会的底层；作为一个知识分子，她又处在社会思想的制高点。她看到了许多别人看不到的事情，追求着许多别人不追求的境界，这就难免有孤独的悲哀。本来，三千年封建社会，来来往往有多少人都在心安理得、随波逐流地生活。你看，宋室仓皇南渡后不是又夹风夹雨、称臣称儿地苟延了152年吗！尽管与李清照同时代的陆游忿怒地喊道："公卿有党排宗泽，帷幄无人用岳飞。"但朝中的大人们不是照样做官，照样花天酒地吗？你看，虽生乱世，但多少文人不是照样手摇折扇，歌咏风月，琴棋书画了一生吗？你看，有多少女性，就像那个孙姓女子一般，不学什么词藻，不追求什么爱情，不是照样生活吗？但是李清照却不。她以平民之身，思公卿之责，念国家大事；以女人之身，求人格平等，爱情之尊。无论对待政事、学业还是爱情、婚姻，她决不随波，决不凑合，这就难免有了超越时空的孤独和无法解脱的悲哀。她背着沉重的十字架，集国难、家难、婚难和学业之难于一身，凡封建专制制度所造成的政治、文化、道德、婚姻、人格方面的冲突、磨难都折射在她那如黄花般瘦弱的身子上。有一本书叫《百年孤独》，李清照是千年孤独，环顾女界无同类，再看左右无相知，所以她才上溯千年到英雄霸王那里去求相通，"至今思项羽，不肯过江东"。还有，她不可能知道，近千年之后，到封建社会气数将尽时，才又出了一个与她相知相通的女性——秋瑾回首长夜三千年，长叹了一声："秋雨秋风愁煞人！"

　　如果李清照像那个孙姓女子或者鲁迅笔下的祥林嫂一样，是一个已经麻木的人，也就算了；如果李清照是以死抗争的杜十娘，也就算了。她偏偏是以心抗世，以笔唤天。她凭着极高的艺术天赋，将这漫天愁绪又抽丝剥茧般地进行了细细的纺织，化愁为美，创造了让人们永远享受无穷的词作珍品。李词的特殊魅力就在于它一如作者的人品，于哀怨缠绵之中有执着坚韧的阳刚之气，虽为说愁，实为写真情大志，所以才耐得人百年千年地读下去。郑振铎在《中国文学史》中评价说："她是独创一格的，她是独立于一群词人之中的。她不受别的词人的什么影响，别的词人也似乎受不到她的影响。她是太高绝一时了，庸才的作家是绝不能追得上的。无数的词人诗人，写着无数的离情闺怨的诗词；他们一大半是代女主人公立言的，这一切的诗词，在清照之前，直如粪土似的无可评价。"于是，她一生的故事和心底的怨愁就转化为凄清的悲剧之美，她和她的词也就永远高悬在历史的星空。

随着时代的进步，李清照当年许多痛苦着的事和情都已有了答案，可是当我们偶然再回望一下千年前的风雨时，总能看见那个立于秋风黄花中的寻寻觅觅的美神。

（2003 年 2 月定稿，5 月发表）

# 梁思成落户大同

　　当北京正在为拆掉梁思成、林徽因故居而弄得沸沸扬扬满城风雨时，山西大同却悄悄地落成了一座梁思成纪念馆。这是我知道的国内第一座关于他的纪念馆，没有出现在他拼死保护的古都北京，也没有出现在他的祖籍广东，却坐落在塞外古城大同。我当时听到这件事不觉大奇。主持城建的耿彦波市长却静静地回答说："这有两个原因，一是20世纪30年代梁先生即来大同考察，为古城留下许多宝贵资料，这次古城重建全赖他当年的文字和图录；二是解放初梁先生提出将北京新旧城分开建设以保护古都的方案，惜未能实现。60多年后，大同重建正是用的这个思路。"大同人厚道，古城重建工程还未完工，便先在东城墙下为先生安了一座住宅。开馆半年，参观者已超过3万人。

　　梁思成是古建专家，但更不如说他是古城专家、古城墙专家。他后半生的命运是与古城、古城墙连在一起的。1949年年初解放军攻城的炮声传到了清华园，他不为食忧，不为命忧，却为身边的这座古城北平担忧。一夜有两位神秘人物来访，是解放军派来的，手持一张北平城区图，诚意相求，请他将城内的文物古迹标出，以免为炮火所伤。从来改朝换代一把火啊，项羽烧阿房，黄巢烧长安，哪有未攻城先保城的呢？仁者之师啊！他激动得说不出话来，标图的手在颤抖。这是他一生最难忘的一幕。

中国是世界上最早出现房子的国家之一，却没有留下怎么盖房的文字。一代一代，匠人们口手相传地盖着宏伟的宫殿和辉煌的庙宇，诗人们笔墨相续，歌颂着雕栏玉砌，却不知道祖先留下的这些宝贝是怎么样造就的。梁思成说："独是建筑，数千年来，完全在技工匠师之手。其艺术表现大多数是不自觉的师承及演变之结果。这个同欧洲文艺复兴以前的建筑情形相似。这些无名匠师，虽在实物上为世界留下许多伟大奇迹，在理论上却未为自己或其创造留下解析或夸耀。"发扬光大我民族建筑技艺之特点，在以往都是无名匠师不自觉的贡献，今后却要成为近代建筑师的责任了。直到20世纪20年代末，国内发现了一本宋版的《营造法式》，但人们不懂它在说些什么。大学者梁启超隐约觉得这是一把开启古建之门的钥匙，便把它寄给在美国学建筑的儿子梁思成，希望他能向洪荒中开出一片新天地。梁思成像读天书、破密码一样，终于弄懂这是一本古代讲建筑结构和方法的图书。纸上得来终觉浅，他从欧美留学回来即一头扎进实地考察之中。那时的中国兵荒马乱，梁带着他美丽的妻子林徽因和几个助手跑遍了河北、山西的古城和古庙。山西的北部为佛教西来传入中原时的驻足之地，庙宇建筑、雕塑壁画等保存丰富，又是北方游牧民族定居、建都之地，城建规模宏大。20世纪30年代，西方科学研究的"田野调查"之法刚刚引进，这里就成为中国第一代古建研究人的理想实验田。1933年9月6日，梁思成、林徽因一行来到大同，下午即开始调查测量华严寺，接着又对云冈、善化寺进行详细考察，17日后又往附近的应县木塔、恒山悬空寺调查。再后来，梁、林又专门去了一次五台山，直到卢沟桥的炮声响起，他们才撤回北平。因为有梁思成的到来，这些上千年的殿堂才首次有现代照相机、经纬仪等设备为其量身造影。在纪念馆里，我们看到了梁思成满面风尘爬在大梁上的情景，也看到了秀发披肩，系着一条大工作围裙的林徽因正双手叉腰，专注地仰望着一尊有她三倍之高的彩塑大佛。这就是他们当时的工作。幸亏抢在日本人占领之前，这次测量留下了许多宝贵资料。后来许多文物即毁在侵略者的炮火下。抗战八年，他们到处流浪，丢钱丢物也不肯丢掉这批宝贵资料，终于在四川长江边一个叫李庄的小镇上完成了中国古建研究的重要成果，也成就了梁、林在中国建筑史上的地位。

现在纪念馆的墙上和橱窗里还有梁、林当年为大同所绘的古建图，严格的尺寸、详尽的数据、漂亮的线条，还有石窟中那许多婀娜灵动的飞天。真不知道当时在蛛网如织、蝙蝠横飞、积土盈寸的大殿里，在昏暗的油灯下，在简陋的旅舍里，他们是怎样完成这些开山之作的。这些资料不只是为大同留下了记录，也为研究中国建筑艺术提供了依据。

1949 年新中国成立，饱受战乱之苦又饱览古建之学的梁思成极为兴奋。他想得很远，9 月开国前夕，他即上书北平市市长聂荣臻，说自己"对于整个北平建设及其对于今后数十百年影响之极度关心"，"人民的首都在开始建设时必须'慎始'"，要严格规划，不要"铸成难以矫正的错误"。他头脑里想得最多的是怎样保存北京这座古城。当时保护文物的概念已有，但是，把整座城完好保存，不破坏它的结构布局，不损失城墙、城楼、民居这些基本元素，这却是梁思成首次提出的。他曾经设想为完整保留北京古城，在其西边再另辟新城以应首都的工作和生活之需。他又设想在城墙上开辟遗址公园。"城墙上面，平均宽度约 10 米以上，可以砌花池，栽植丁香、蔷薇一类的灌木，或铺些草地，种植草花，再安放些园椅。夏季黄昏，可供数十万人的纳凉游息。秋高气爽的时节，登高远眺，俯视全城，西北苍苍的西山，东南无际的平原，居住于城市的人民可以这样接近大自然，胸襟壮阔。还有城楼角楼等可以辟为陈列馆、阅览室、茶点铺。这样一带环城的文娱圈、环城立体公园，是全世界独一无二的。"你看，这是他的论文和建议，也这样富有文采，可知其人是多么纯真浪漫，这就是民国一代学人的遗风。现在我们在纪念馆里还可以看到他当年手绘的城头公园效果图。但是他的这个思想太超前了，不但与新中国人民翻身后建设的狂热格格不入，就是当时比较发达，正亟待从战火中复苏的伦敦、莫斯科、华沙等都市也无法接受。

其时世界各国都在忙于清理战争垃圾，重建新城。刚解放的北京竟清理出 34.9 万吨垃圾，61 万吨大粪。人们恨不能将这座旧城一锹挖去。他的这些理想也就只能停留在建议中和图纸上了。新中国成立后的十多年间，北京今天拆一座城楼，明天拆一段城墙。每当他听到轰然倒塌的声响，或者锹镐拆墙的咔嚓声，他就痛苦得无处可逃。他说拆一座门楼是挖他的心，拆一层城墙是剥他的皮。诚如他在给聂荣臻的信里所言，他想的是"今后数十百年"的事啊。向来，知识分子的工作就不是处置现实，而是探寻规律，预示未来。他们是先知先觉，先人之忧，先国之忧，所以也就有了超出众人、超出时代的孤独，有了心忧天下而不为人识的悲伤。

1965 年，他率中国建筑代表团赴巴黎出席世界建筑师大会，这时许多名城如伦敦、莫斯科、罗马在战后重建中都有了拆毁古迹的教训，法国也正在热烈争论巴黎古城的毁与存。会议期间，法国终于通过了保护巴黎古城、另建新区的方案。而这时比巴黎更古老的北京却开始大规模地拆毁城墙。消息传来，他当即病倒。回国途中他神志恍惚，如有所失，过莫斯科时在中国大使馆小住，他找到一本《矛盾论》，把自己关在房子里苦读数遍，在字里行间寻找着，希望能排解心中的矛盾。一年后，"文革"爆发，北京开始修地铁，而地铁选线就正在古城墙之下，好像专门要矫枉过正，要惩罚保护，要给梁思成这些"城墙保皇派"一点颜色看，硬是推其墙、毁其城、刨其根，再入地百米，铺上铁轨，拉进机车，终日让隆隆的火车去震扰那千年的古城之根。这正合了"文革"中最流行的一句革命口号——"打翻在地，再踏上一只脚"，算是挖了古城北京的祖坟。记得那几年我正在北京西郊读书，每次进出城都是在西直门城楼下的公交车站换车，总要不由仰望一会儿那巍峨的城楼和翘动的飞檐。如果赶在黄昏时刻，那夕阳中的剪影，总叫你心中升起一阵莫名的感动。但到毕业那年，楼去墙毁，沟壑纵横，黄土漫天。而这时梁思成早已被赶出清华园，经过无数次的批斗，然后被塞进旧城一个胡同的阴暗小屋里，忍受着冬日的寒风和疾病的折磨，直到 1972 年去世。辛弃疾晚年怀才不遇，报国无门，他曾自嘲自己的姓氏不好，"艰辛做就，悲辛滋味，总是辛酸、辛苦"。梁先生是熟悉宋词的，他晚年在这间房子里一定也联想到了自己的姓氏，真是凄凉做就，悲凉滋味，凉得叫他彻心彻骨。这是他在这个生活、工作，并拼命所保护的城市里的最后一个住所，就是这样一间旧房也还是租来的。我们伟大的建筑学家，研究了中国古往今来所有的房子，终身以他的智慧和生命来保护整座北京城，但是他一生从没有一间属于自己的房子。

今天我站在新落成的大同古城墙上，想起林徽因当年劝北京市领导人的一句话：你们现在可以拆毁古城，将来觉悟了也可以重修古城，但真城永去，留下的只不过是一件人造古董。我们现在就正处在这种无奈和尴尬之中。但是重修总是比抛弃好，毕竟我们还没有忘记历史，在经历了痛苦的反思后可重续文明。现在的城市早已没有城墙，有城墙的城市是古代社会的缩影，城墙上的每一块砖都保留着那个时代的信息和文化的基因。每一个有文化的民族都懂得爱护自己的古城，犹如爱护自己身上的皮肤。我看过南京的明城墙，墙缝里长着百年老树，城砖上刻有当年制砖人的名字，而缘砖缝生长的小树根竟将这个我们不相识的古人拓印下来，他生命的信息融入了这棵绿树，就这样一直伴随着改朝换代的风雨走到我们的面前。我想当初如果听了梁先生的话，北京那40公里长的古城墙，还有十多座巍峨的城楼，至今还会完好保存。我们爬上北京的城楼，能从中读出多少感人的故事，听到多少历史的回声。现在我只能在大同城头发思古之幽情和表示对梁先生的敬意了。我手抚城墙，城内的华严寺、善化寺近在咫尺，那不是假古董，而是真正的辽、宋古建文物，是《营造法式》中的实物。寺内的佛像至今还保存完整，栩栩如生。他们见证了当年梁先生的考察，也见证了近年来这座古城的新生。抚着大同的城墙，我又想起在日本参观过的奈良古城。梁思成是在日本出生的，其时他的父亲梁启超正流亡日本。日本人民也世代不会忘记他的大恩。二战后期同盟国开始对日本本土大规模轰炸，有199座城市遭到破坏，很多建筑物被夷为平地，这时梁先生以古建专家的身份挺身而出，劝美军轰炸机"机下留情"，终于保住了最具有日本文化特色的奈良古城。30 年后这座城市被联合国宣布为世界文化遗产，她保有了全日本十分之一的文物。

梁思成是为全人类的文化而生的，他超越民族、超越时空。这样想来，他的纪念馆无论是在古都北京还是在塞外大同都是一样的，人们对他的爱、对他的纪念也是超越地域、超越时空的。

我手抚这似古而新的城墙垛口，远眺古城之外，在心中吟哦着这样的句子：大同之城，世界大同。哲人之爱，无复西东。古城巍巍，朔风阵阵。先生安矣！在天之魂。

（《人民日报》2012 年 7 月 4 日）

# 追寻那遥远的美丽

　　快 20 年了，总有一个强烈的向往，到青海去一趟。这不只是因为小学地理上就学到的柴达木、青海湖的神秘，也不只是因为近年来西北开发的热闹。另有一个埋藏于心底的秘密，是因为一首歌——那首《在那遥远的地方》，还有它的作者——像一个幽灵似的王洛宾。

　　大概是上天有意折磨，我几乎走遍了神州的每一个省，每一处名山大川，就是青海远不可及，机不可得。直到去年，才有缘去"朝圣"。当汽车翻过日月山口的一刹间，我像一条终于跳过龙门的鲤鱼。山下是一马平川，绿草如烟，起起伏伏地一直漫到天边，我不由想起了"天似穹庐，笼盖四野"的古老民歌。远处有一汪明亮的水，那就是青海湖，是配来映照这蓝天白云的镜子。

　　这里的草不像新疆的草场那样高大茂密，也不像内蒙古的草场那样在风沙中透出顽强。它细密而柔软，伏在地上，如毯如毡，将大地包裹得密密实实，不见黄沙不见土，除了水就是浓浓的绿。而这绿底子上又不时钻出一束束金色的柴胡和白绒绒的香茅草，远望金银相错，如繁星在空。这真是金银一般的草场。当年 26 岁的王洛宾云游到这里，只因那个 17 岁的卓玛姑娘用鞭子轻轻地抽了他一下，含羞拍马远去，他就痴望着天边那一团火苗似的红裙，脑际闪过一个美丽的旋律——在那遥远的地方。

卓玛确有其人，是一个牧主的女儿，当时王洛宾在草原上采风，无意间捕捉到这个美丽的倩影，这倩影绕心三日，挥之不去，终于幻化为一首美丽的歌，就永远定格在世界文化史上。试想，王洛宾生活在大都市北平，走过全国许多地方，天下何处无美人，何独于此生灵感？是这绿油油的草，草地上的金花银花，草香花香，还有这湖水，这牧歌，这山风，这牛羊，万种风物万般情全在美人一鞭中。卓玛一辈子也没有想到她那轻轻的一鞭会抽出一首世界名曲。

当后人听着这首歌时，总想为它注释一个具体的爱情故事，殊不知这里不但没有具体的爱，就是在作者的实际生活中也永没有找到过歌唱中的甜蜜。王洛宾好像生来就有一种使命，总是去追寻美丽。美丽的旋律，美丽的女人，还有美丽的情感。王洛宾是美令智昏，乐令智昏，他认为生活甚至生命就是美丽的音乐。他一入社会就直取美的内核，而不知这核外还有许多坚硬的甚至丑陋的外壳。所以他一生屡屡受挫，直到1981年68岁时，才正式平反，恢复正常人的生活；1992年79岁时，中央电视台首次向社会介绍他的作品。这时，全社会才知道那许多传唱了半个世纪的名曲原来就是出自这个白胡子老头。国内许多媒体，还有我国香港、新加坡纷纷为他举办各种晚会。我曾看过一次盛大的演出，在名曲《掀起你的盖头来》的伴奏下，两位漂亮的姑娘牵着一位遮着红盖头的"新娘"慢慢踱到舞台中央，她们突然揭去"新娘"的盖头，水银灯下站着一个老人，精神矍铄，满面红光。他那把特别醒目的胡须银白如雪，而手里捏着的盖头殷红似血。全场响起有节奏的掌声。人们唱着他的歌，许多观众的眼眶里已噙满泪花。这时，离他的生命终点只剩下两三年的时间。

王洛宾的生命是以歌为主线的，信仰、工作，甚至生活中的衣食住行都成了歌的附属，就像一棵树干上的柔枝绿叶。1937年，他到西北，这本是一次采风，但他被那里的民歌所迷，就留下不走了。他在马步芳和共产党的军队里都服过役，为马步芳写过歌，也为王震将军的词配过曲。他只知音乐而不知其余。甚至他已成了一名解放军军人，却突发奇想要回北京，就不辞而别。正当他在北京的课堂上兴奋地教学生唱歌时，西北来人将这个开小差的逃兵捉拿归案。我们现在读这段史料，真是哭笑不得。甚至在劳改服刑时，他宁可用维持生命的一个小窝头，去换取人家唱一曲民间小调。他也曾灰心过，有一次他仰望厚墙上的铁窗，抛上一根绳，挽成一个黑洞似的套圈，就要迈向另一个世界时，一声悠扬的牧歌，轻轻地飘过铁窗，他分明看到了铁窗外的白云红日，嗅到了原野上湿润的草香。他终于没有舍得钻进那个死亡隧道，三两下扯掉了死神递过来的接引之绳。音乐，民间音乐才真正是他生命的守护神。我们至今不知道这是哪一位牧人的哪一首无名的歌，这也是一根"卓玛的鞭子"，又一回轻轻地抽在了王洛宾的心上。这一鞭，为我们抽回来一只会唱歌的老山羊，一个伟大的音乐家。

为了寻找那种遥远的感觉，我们进入金银滩后选了一块最典型的草场，大家席地而坐，在初秋的艳阳中享受这草与花的温软。不知为什么，一坐到这草毯上，就人人想唱歌。我说，只许唱民歌，要原汁原味的。当地的同志说，那就只有唱情歌。青海的"花儿"简直就是一座民歌库，分许多"令"（曲牌），但内容几乎清一色歌唱爱情。一人当即唱道：

> 尕妹送哥石头坡，
> 石头坡上石头多。
> 不小心拐了妹的脚，
> 这么大的冤枉对谁说。

这是少女心中的甜蜜。又一人唱道：

> 黄河沿上牛吃水，
> 牛影子倒在水里。
> 我端起饭碗想起你，
> 面条捞不到嘴里。

这是阿哥对尕妹急不可耐的思念。又一人唱道：

菜花儿黄了，
风吹到山那边去了。
这两天把你想死了，
不知道你到哪儿去了。

黄河里的水干了，
河里的鱼娃见了。
不见的阿哥又见了，
心里的疙瘩又散了。

　　一个多情少女正为爱情所折磨，忽而愁云满面，忽而眉开眼笑。秦时明月汉时关。卓玛的草原，卓玛的牛羊，卓玛的歌声就在我的眼前。现在我才明白，我像王洛宾一样鬼使神差般来到这里，是因为这遥远的地方仍然保存着的清纯和美丽。64年前，王洛宾发现了它，64年后它仍然这样保存完好，像一块闪着荧光不停放射着能量的元素，像一座巍然耸立，为大地输送着溶溶乳汁的雪山。青海湖边向来是传说中仙乐缈缈，西王母仙居的地方，现在看来这传说其实是人们对这块圣洁大地的歌颂和留恋，就像西方人心中的香格里拉。我耳听笔录，尽情地享受着这一份纯真。我们盘坐草地，手持鲜花，遥对湖山，放浪形骸，击节高唱，不觉红日压山。当我记了一本子，灌了满脑子，准备踏上归途时，突然想到一个问题，怎么这么多歌声里倾诉的全是一种急切的盼望、憧憬，甚至是望而不得的忧伤，为什么就没有一首来歌唱爱情结果之后的甜蜜呢？

　　晚上青海湖边淅淅沥沥下起当年的第一场秋雨。我独卧旅舍，静对孤灯，仔细地翻阅着有关王洛宾的资料，咀嚼着他甜蜜的歌和他那并不甜蜜的爱。

　　闯入王洛宾一生的有四个女人。第一位是他最初的恋人罗珊，俩人都是留学生。一开始，他们从北平出来，卿卿我我，甜甜蜜蜜，但一经风雨就时聚时散，若即若离，最终没能结合。王洛宾承认她很美，但又感到抓不住，或者不愿抓牢。他成家后，剪掉了贴在日记本上的罗珊的玉照，但随即又写上"缺难补"三个字。可想他心中是怎样的剪不断，理还乱。直到 1946 年，王洛宾已是妻儿满堂，还为罗珊写了一首歌：

> 你是我黑夜的太阳，
> 永远看不到你的光亮。
> 偶尔有些微光呃，
> 也是我自己的想象。
>
> 你是我梦中的海棠，
> 永远吻不到我的唇上。
> 偶尔有些微香呃，
> 也是我自己的想象。
>
> 你是我自杀的刺刀，
> 永远插不进我的胸膛。
> 偶尔有些微疼呃，
> 也是我自己的想象。
>
> 你是我灵魂的翅膀，
> 永远飘不到天上。
> 偶尔有些微风呃，
> 也是我自己的想象。

意大利名曲《我的太阳》中的那位女郎是一个灿烂的太阳，而王洛宾的这个太阳却朦朦胧胧只是偶尔有些微光，有时又变成了梦中的海棠，留在心中的只是飘忽不定、彩色肥皂泡似的想象。

第二位便是那位轻轻抽了他一鞭的卓玛，他们相处只有三天，王洛宾就为她写了那首著名的歌。回眸一笑甜彻心，瞬间美好成永远。卓玛不但是他的太阳，还是他的月亮。她那粉红的笑脸好像红太阳，她那美丽动人的眼睛好像晚上明媚的月亮。为了那"一鞭情"，他甚至愿意变作一只小羊，永远跟在她的身旁。但是也只跟了三天，此情此景就成了遥远的回忆。

第三位是他的正式妻子，比他小 16 岁的黄静，结婚后 6 年就不幸去世。

第四位，是他晚年出名后，前来寻找他的台湾女作家三毛。三毛的性格是有点执着和癫狂的。他们相处了一段后三毛突然离去，当时在社会上曾引起一阵轰动、一阵猜测。我们现在看到的是王洛宾在三毛去世之后为她写的一首歌《等待》：

> 你曾在橄榄树下等待又等待，
> 我在遥远的地方徘徊再徘徊。
> 人生本是一场迷藏的梦，
> 为把遗憾赎回来，
> 每当月圆时，
> 我对着那橄榄树独自膜拜。
> 你永远不再来，
> 我永远在等待，
> 越等待，
> 我心中越爱。

四个人中，只有黄静与他实实在在地结合，但他却偏偏为三个遥远处的人儿各写了一首动情的歌。

第二天我们驰车续行。雨还在下，飘飘洒洒，若有若无，草地被洗得油光嫩绿。我透过车窗看远处的草原全然是一个童话世界。雨雾中不时闪出一条条金色的飘带，那是黄花盛开的油菜；一方方红的积木，那是牧民的新居；还有许多白色的大蘑菇，那是毡房。这一切都被洇浸得如水彩，如倒影，如童年记忆中的炊烟，如黄昏古寺里的钟声。我一次次地抬头远望，一次次地捕捉那似有似无的蜃楼。脑际又隐隐闪过五彩的鲜花、美妙的歌声还有卓玛的羊群。

我突然想到这自然世界和人的内心世界在审美上是多么相通。你看遥远的东西是美丽的，因为长距离为人们留下了想象的空间，如悠悠的远山，如沉沉的夜空；朦胧的东西是美丽的，因为它舍去了事物粗糙的外形而抽象出一个美的轮廓，如月光下的凤尾竹，如灯影中的美人；短暂的东西是美丽的，因为它只截取最美的一瞬，如盛开的鲜花，如偶然的邂逅；逝去的东西也是美丽的，因为它留给我们永不能再的惆怅，也就有了永远的回味，如童年的欢乐，如初恋的心跳，如破灭的理想。王洛宾真不愧为音乐大师，对于天地间和人心深处的美丽，"提笔撮其神，一曲皆留住"。他偶至一个遥远的地方，轻轻哼出一首歌，一下子就幻化成一个叫我们永远无法逃脱的光环，美似穹庐，直到永远。

（2001 年 8 月记于青海，2002 年 5 月 1 日发表）

# 百年明镜季羡老

　　98岁的季羡林先生离我们而去了。

　　初识先生是在20世纪90年代的一次颁奖会上。那时我在新闻出版署工作，全国每两年评选一次优秀图书，季老是评委，坐第一排，我在台上干一点宣布谁谁讲话之类的"主持"之事。他大概看过我哪一篇文章，托助手李玉洁女士来对号，我赶忙上前向他致敬。会后又带上我的几本书到北大他的住处去拜访求教。他对家中的保姆也指导读书，还教她写点小文章。先生的住处是在校园北边的一座很旧的老式楼房里，朗润园13号楼。那天我穿树林，过小桥，找到楼下，一位司机正在擦车，说正是这里，刚才老人还出来看客人来了没有。

　　房共两层，先生住一层，有两套房间。左边一套是他的会客室，有客厅和卧室兼书房，不过这只能叫书房之一，主要是用来写散文随笔的。我在心里给它取一个名字叫"散文书屋"。著名的《牛棚杂忆》就产生在这里。书房里有一张睡了几十年的铁皮旧床，甚至还铺着粗布草垫，环墙满架是文学方面的书，还有朋友、学生的赠书。他很认真，凡别人送的书，都让助手仔细登记、编号、上架。到书多得放不下时，就送到学校为他准备的专门图书室去。他每天四时即起，就在床边的一张不大的书桌上写作。这是多年的习惯，学校里都知道他是"北大一盏灯"。有时会客室里客人较多，就先把熟一点的朋友避让到这间房里。

有一年春节我去看他，碰到教育部部长来拜年，一会儿市委副书记又来，他就很耐心地让我到书房等一会儿，并没有一些大人物乘机借新客来就逐旧客走的手段。我尽情地仰观满架的藏书，还可低头细读他写了一半的手稿。他用钢笔，总是那样整齐的略显扁一点的小楷。学校考虑到他年高，尽量减少打扰，就在门上贴了不会客之类的小告示，助手也常出面挡驾。但先生很随和，听到动静，常主动出来请客人进屋。助手李玉洁女士说："没办法，你看我们倒成了恶人。"

这套房子的对面还有一套东屋，我暗叫它"学术书房"。共两间，全部摆满语言、佛教等方面的专业书，人要在书架的夹道中侧身穿行。和"散文书屋"不同，这里是先生专著学术文章的地方，向南临窗也有一书桌。我曾带我的搞摄影的孩子，在这里为先生照过一次相。他就很慷慨地为一个孙辈小儿写了一幅勉励的字，是韩愈的那句"业精于勤荒于嬉，行成于思毁于随"，还要写上"某某小友惠存"。他每有新书出版，送我时，还要写上"老友或兄指正"之类，弄得我很紧张。他却总是慈祥地笑一笑问："还有一本什么新书送过你没有？"有许多书我是没有的，但这份情太重，我不敢多受，受之一二本已很满足，就连忙说有了，有了。

先生年事已高，一般我是不带人或任务去看他的。有一次，我在中央党校学习，党校离北大不远，党校办的《学习时报》大约正逢几周年，要我向季老求字。我就带了一个年轻记者去采访他。采访中记者很为他的平易近人和居家生活的简朴所感动。那天助手李玉洁女士讲了一件事。季老常为目前社会上的奢费之风担忧，特别是水资源的浪费，他是多次呼吁的，但没有效果。他就从自家做起，在马桶水箱里放了两块砖，这样来减少水箱的排水量。这位年轻的女记者当时就笑弯了腰，她不可理解，先生生活起居都有国家操心，自己何至于这样认真？以后过了几年，她每次见到我都提起那件事，说季老可亲可爱，就像她家乡农村里的一位老爷爷。后来季老住进301医院，为了整理先生的谈话，我还带过我的一位学生去看他，这位年轻人回来后也说，总觉得先生就像是隔壁邻居的一位老大爷。我就只有这两次带外人去见他，不忍心加重他的负担。但是后来过了两年，我又一次住党校时，有一位学员认识他，居然带了同班十多个人去他的病房里问这问那、合影留念。他们回来向我兴奋地炫耀，我却心里戚戚然，十分不安，老人也实在太厚道了。

先生永远是一身中山装，每日三餐粗茶淡饭。他是在 24 岁那一年，人生可塑可造的年龄留洋的啊，一去十年。后来又一生都在搞外国文学、外语教学和中外文化交流的研究，怎么就没有一点"洋"味呢？近几年基因之说盛行，我就想大概是他身上农民子弟的基因使然。有一次他在病房里给我讲，小时候穷得吃不饱饭，给一个亲戚家割牛草，送完草后磨蹭着不走，直等到中午，只为能给一口玉米饼子吃。他现在仍极为节俭，害怕浪费，厌恶虚荣。每到春节，总有各级官场上的人去看他，送许多大小花篮。他病房门口的走廊上就摆起一条花篮的长龙。到医院去找他，这是一个最好的标志。他对这总是暗自摇头。我知道先生是最怕虚应故事的，有一年老同学胡乔木邀他同去敦煌，他是研究古西域文化的，当然想去，但一想沿途的官场迎送，便婉言谢绝。

自从知道他心里的所好，我再去看他时，就专送最土最实用的东西。一次从香山下来，见到山脚下地摊上卖红薯，很干净漂亮的红薯，我就买了一些直接送到病房，他极高兴，说很久没有见到这样好的红薯了。先生睡眠不好，已经吃了 40 年的安眠药，但他仍好喝茶。杭州的"龙井"当然是名茶，有一年我从浙江开化县的一次环保现场会上带回一种"龙顶"茶。我告他这"龙顶"在"龙井"上游 300 公里处，少了许多污染，最好喝。他大奇，说从未听说过，目光里竟有一点孩子似的天真。我立即联想到他写的一篇《神奇的丝瓜》，文中他仰头观察房上的丝瓜，也是这个神态。这一刻我一下读懂了一个大学者的童心和他对自然的关怀。季老为读者所喜爱，实在不关什么学术，至少不全因学术。他很喜欢我的家乡出的一种"沁州黄"小米，这米只能在一小片特定的土地上生长，过去是专供皇上的。现在人们有了经营头脑，就打起贡品的招牌，用一种肚大嘴小的青花瓷罐包装。先生吃过米后，却舍不得扔掉罐子，在窗台上摆着，说插花很好看。以后我就摸着他的脾气，送土不送洋，鲜花之类的是绝不带的。后来，聊得多了，我又发现了一丝微妙，虽是同一辈的大学者，但他对洋派一些的人物，总是所言不多。

我到先生处聊天，一般是我说得多些，考虑先生年高，出门不便，就尽量通报一点社会上的信息。有时政、社会新闻，也有近期学术动态，或说到新出的哪一本书、哪一本杂志。有时出差回来，就说一说外地见闻，有时也汇报一下自己的创作。他都很认真地听。助手李玉洁说先生希望你们多来，他还给常来的人都起个"雅号"，我的"雅号"是"政治散文"。他还就这个意思为我的散文集写过一篇序。如时间长了我未去，他会问助手，"政治散文"怎么没有来。一次我从新疆回来，正在创作《最后一位戴罪的功臣》，我谈到在伊犁采访林则徐的旧事。虎门销烟之后林被清政府发配伊犁，家人和朋友要依清律出银为他赎罪，林坚决不肯，不愿认这个罪。在纪念馆里有他就此事给夫人的信稿。还有发配入疆时，过险地"果子沟"，大雪拥谷，车不能走，林家父子只好下车趟雪而行，其子跪地向天祷告："父若能早日得救召还，孩儿愿赤脚趟过此沟。"先生眼角已经饱含泪水。他对爱国和孝敬老人这两种道德观念是看得很重的。他说，爱国，世界各国都爱，但中国人爱国观念更重些。欧洲许多小国，历史变化很大，唯有中国有自己一以继之的历史，爱国情感也就更浓。他对孝道也很看重，说"孝"这个词是汉语里特有的，外语里没有相应的单词。我因在报社分管教育方面的报道，一次到病房里看他，聊天时就说到儿童教育，他说："我主张小学生的德育标准是：热爱祖国、孝顺父母、尊重师长、同伴和睦。"他当即提笔写下这四句话，后来发表在《人民日报》上。

先生原住在北大，房子虽旧，环境却好。门口有一水塘，夏天开满荷花。是他的学生从南方带了一把莲子，他随手扬入池中，一年、两年、三年，就渐渐荷叶连连，红花映日，他有一文专记此事。于是，北

2004年4月8日 星期四 第十三版

热爱祖国 孝顺父母 尊敬师长 同伴和睦

## 季羡林先生
## 给中小学生写了四句话

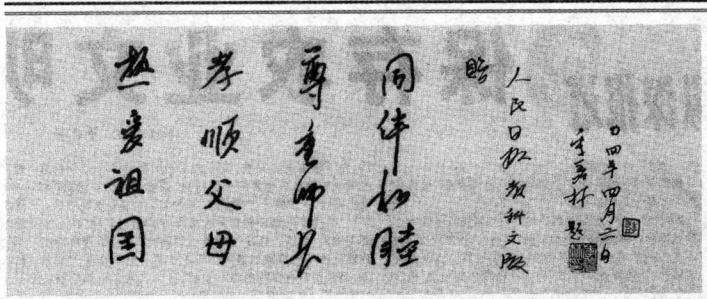

4月6日上午，我去看望正在住院的季羡林先生。先生已93岁，仍关心国事。我提到最近公布的《中共中央国务院关于进一步加强和改进未成年人思想道德建设的若干意见》，报纸正组织力量宣传。教育部最近又专门通过一个《中小学开展弘扬和培育民族精神教育实施纲要》。

一说到爱国主义教育和青少年教育，季先生就很激动，他说，爱国是我们中华民族的传统。一是，我国统一的历史长，比欧洲那些国家长得多，文化悠久；二是，历史上我国总是边患不断，爱国就显得更迫切。我过去一再提议要居安思危，包括平时就要培养青少年的爱国心，将来好当大任。我小时上学就有一门课叫《公民》，比季老约小20岁的季玉洁教授插话说，到她上学时叫《修身》，这是一门品德课，里面讲爱国、爱乡，尊老爱幼，这都是人生起码的品德，永远不能丢。

他说："我历来主张对中小学生要讲四句话：热爱祖国，孝顺父母，尊重师长，同伴和睦。"我知道先生年轻时出国，在二战动乱的年代，困居国外11年，他又学贯古今，致力于中西文化比较研究，这四句话该是他全身心的体会。

季玉洁教授说，先生曾专门把这四句话写在一张大宣纸上，她可以抽空回北大给我取来。我说："不要再取了，现在就请先生再写一幅吧。"季老欣然命笔，为我报教科文版重题了这四句话(上图)，表达一个老学者、老教育家对全国中小学生健康成长的期望。

梁衡附记
2004年4月6日

季羡林刊发于《人民日报》的手迹

大这处荷花水景就叫"季荷"。但2003年，就是中国大地"非典"流行那一年，先生病了，年初住进了301医院，开始，治疗一段时间还回家去住一两次，后来就只好以院为家了。"留得枯荷听雨声"，季荷再也没见到它的主人，我也无缘季荷池了。以后就只有在医院里见面。刚去时，常碰到护士换药。是腿疾，要用夹子伸到伤口里洗脓涂药，近百岁老人受此折磨，令人心中不是滋味，他却说不痛。助手说，哪能不痛？先生从不言痛。医院都说他是最好伺候的、配合得最好的模范病人。他很坦然地对我说，自己已老朽，对他用药已无价值。他郑重建议医院千万不要用贵药，实在是浪费。医院就骗他说，药不贵。一次护士说漏了嘴："季老，给你用的是最好的药。"这一下坏了，倒叫他心里长时间不安。不过他的腿疾却神奇地好了。

先生在医院享受国家领导人待遇，刚进来时住在聂荣臻元帅曾住过的病房里。我和家人去看他，一切条件都好，但有两条不便。一是病房没有电话（为安静，有意不装），二是没有一个方便的可移动的小书桌。先生是因腿疾住院的，不能行走站立，而他看书、写作的习惯却不能丢。我即开车到医院南面的玉泉营商场，买了一个有四个小轮的可移动小桌，下可盛书，上可写字。先生笑呵呵地说，这就好了，这就好了。我再去时，小桌上总是堆满书，还有笔和放大镜。后来先生又搬到 301 南院，条件更好一些。许多重要的文章，如悼念巴金、臧克家的文章都是在小桌板上，如小学生那样伏案写成的。他住院四年，竟又写了一本《病榻杂记》。

我去看季老时大部分是问病，或聊天，从不敢谈学问。在我看来他的学问高深莫测，他大学时候受教于王国维、陈寅恪这些国学大师，留德十年，回国后与胡适、傅斯年共事，朋友中有朱光潜、冯友兰、吴晗、任继愈、臧克家，还有胡乔木、乔冠华等。"文革"前他创办并主持北大东语系 20 年。他研究佛教，研究佛经翻译，研究古代印度和西域的各种方言，又和英、德、法、俄等国语言进行比较。试想我们现在读古汉语已是多么的吃力费解，他却去读人家印度还有西域的古语言，还要理出规律。我们平常听和尚念经，嗡嗡然，不知何意，就是看翻译过来的佛经"揭谛揭谛波罗揭谛"也不知所云，而先生却要去研究、分辨、对比这些经文是梵文的还是那些已经消失的西域古国文字，又研究法显、玄奘如何到西天取经，这经到汉地以后如何翻译，只一个"佛"就有佛陀、浮陀、浮图、勃陀、母陀、步他、浮屠、香勃陀等 20 多种译法。不只是佛经、佛教，他还研究印度古代文学，翻译剧本《沙恭达罗》、史诗《罗摩衍那》。他不像专攻古诗词、古汉语、古代史的学者，可直接在自己的领地上打天下，享受成果和荣誉，他是在依稀可辨的古文字中研究东方古文学的遗存，在浩渺的史料中寻找中印交流与东西方交流的轨迹及思想、文化的源流。比如他从对梵文与其他多国文的"糖"字的考证中，竟如茧抽丝，写出一本近 80 万字的《糖史》，真让人不敢相信。这些东西在我们看来像一片茫茫的原始森林，稍一涉足就会迷路而不得返。我对这些实在心存恐惧，所以很长时间没敢问及。但是就像一个孩子觉得糖好吃就忍不住要打听与糖有关的事，以后见面多了，我还是从旁观的角度提了许多可笑的问题。

我说："您研究佛教，信不信佛？"他很干脆地说："不信。"这让我很吃一惊，中国知识分子从苏东坡到梁漱溟，都把佛学当做自己立身处世规则的一部分，先生却是这样的坚决。他说："我是无神论，佛、天主、耶稣、真主都不信。假如研究一个宗教，结果又信这个教，说明他不是真研究，或者没有研究通。"

我还有一个更外行的问题："季老，您研究吐火罗文，研究那些外国古代的学问，总是让人觉得很遥远，对现实有什么用？"他没有正面回答，说："学问，不能拿有用还是无用的标准来衡量，只要精深就行。当年牛顿研究万有引力时知道有什么用？"是的，我从来没有考虑过这个问题，牛顿当时如果只想有用无用，可能早经商发财去了。事实上，所有的科学家在开始研究一个原理时，都没有功利地问它有何用，只要是未知，他就去探寻，不问结果。至于有没有用，那是后人的事。而许多时候，科学家、学者都是在世时没有看到自己的研究结果。先生在回答这个问题时的那一份平静，深深地印在我的脑子里。

有一次我带一本新出的梁漱溟的书去见他。他说："我崇拜梁漱溟。"我就乘势问："您还崇拜谁？"他说："并世之人，还有彭德怀。"这又让我吃一惊。一个学者崇拜的怎么会是一个将军！他说："彭德怀在庐山会议上敢说真话，这一点不简单，很可贵。"我又问："还有可崇拜的人吗？""没有了。"他又想了一会儿，"如果有的话，马寅初算一个。"我没有再问。我知道希望说真话一直是他心中隐隐的痛。在骨子里，他是一个忧时忧政的人。巴金去世时，他在病中写了《悼巴老》，特别提到巴老的《真话集》。"文革"结束十年后他又出版了一本《牛棚杂忆》。

我每去医院，总看见老人端坐在小桌后面的沙发里，挺胸，目光看着窗户一侧的明亮处，两道长长的寿眉从眼睛上方垂下来，那样深沉慈

作者在医院看望季老

祥。前额深刻着的皱纹、嘴角处的棱线，连同身上那件特有的病袍，显出几分威严。我想起先生对自己概括的一个字"犟"，这一点他和彭总、马老是相通的。不知怎么，我脑子里又飞快地联想到先生的另一个形象。一次人民大会堂开一个关于古籍整理的座谈会，我正好在场。任继愈老先生讲了一个故事，说北京图书馆的善本限定只有具备一定资格的学者才能借阅。季先生带的研究生写论文需要查阅，但无资格。先生就陪着他到北图，借出书来让学生读，他端坐一旁等着，好一幅寿者课童图。渐渐地，这与眼前他端坐病室的身影叠加起来，历史就这样洗磨出一位百岁老人，一个经历了由中华民国至中华人民共和国，其间又经历了"文革"和改革开放的中国知识分子。

近几年先生的眼睛也不大好了，后来近乎失明，他题字时几乎是靠惯性，笔一停就连不上了。我越来越觉得应该为先生做点事，便开始整理一点与先生的谈话。我又想到先生不只是一个很专业的学者，他的思想、精神和文采应该普及和传播。于是去年建议帮他选一本面对青少年的文集，他欣然应允，并自定题目，自题书名。又为其中的一本图集写了书名《风风雨雨一百年》。在定编辑思想时，他一再说："我这一生就是一面镜子。"我就写了一篇短跋，表达我对先生的尊敬和他的社会意义。去年这套"季羡林自选集"终于出版，想不到这竟是我为先生做的最后一件事。而谈话整理，总因各种打扰，惜未做完。

现在我翻着先生的著作，回忆着与他无数次的见面。先生确是一面镜子，一面为时代风雨所打磨的百年明镜。在这面镜子里可以照出百年来国家民族的命运、思想学术的兴替，也可以照见我们自己的人生。

（2009 年 7 月 12 日季老仙逝第二日）

（《人民日报》2009 年 7 月 14 日）

不忘前贤

# 百年革命  三封家书

今年是辛亥革命 100 周年，中国共产党成立 90 周年。纪念活动少不了拜谒故地，披览文物。

3 月，我有事去福州，公余又去拜谒了一次林觉民故居。林觉民的《与妻书》是辛亥革命的重要文物。黄花岗 72 烈士，其事迹大多湮灭，幸有这篇美文让我们能窥见他们的心灵。广州黄花岗烈士碑上 72 人名

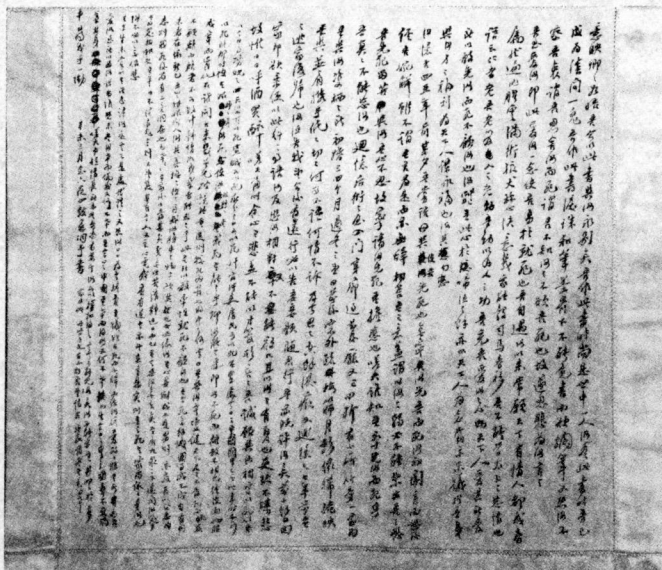

林觉民《与妻书》

158

单（随着后来的发掘，实际上已超过 72 人）中，林觉民三字人们抚摸最多，色亦最重。《与妻书》早已被选入中学课本和各种文学的、政治的读本，我亦不知读了多少遍。印象最深的是"即此爱汝一念，使吾勇于就死"，"当亦乐牺牲吾身与汝身之福利，为天下人谋永福"。他反复给妻子解释：我很愿与你相守到老，但今日中国，百姓水深火热，我能眼睁睁看他们受苦、等死吗？我要把对你的爱扩展到对所有人的爱，所以才敢去你而死。林家福州故居我过去也是去过的。这次去新增的印象有二。一是书信的原物。在广州起义前三天，1911 年 4 月 24 日，林知自己必死，就随手扯来一方白布，给妻子陈意映写下这封信，竖书，29行。其笔墨酣畅淋漓，点画如电闪雷劈，走笔时有偏移，可知其时"泪珠和笔墨齐下"，心情激动，不能自已。其挥墨泣血之境，完全可与颜真卿的《祭侄稿》相媲美。二是牺牲前后之事。起义失败，林受伤被捕。审讯时，林不想说广东话，就用英语回答，痛斥清廷腐败，慷慨陈词，宣传革命，说到激动处撕去上衣，挺胸赴死。敌审讯官都不由敬畏，下令去其镣铐，给以座位。两广总督张鸣岐，不得已下令枪决，后惋惜道："惜哉，林觉民！面貌如玉，肝肠如铁，心地光明如雪，真算得奇男子。"某日晨，家人在门缝里发现有人塞进来的《与妻书》，同时还有给父亲的一封信，只有几十个字："不孝儿叩禀父亲大人：儿死矣，惟累大人吃苦，弟妹缺衣食耳，然大有补于全国同胞也。大罪乞恕之。"其壮烈而平静之举概如此。

福州之后又两月，有事去重庆之江津，才知道这是聂荣臻元帅的家乡，便去拜谒纪念馆并故居。聂帅抗日时主持晋察冀根据地建设，被中央称为"模范根据地"，新中国成立后主持"两弹一星"研究，为国防建设立了大功。总其一生都是在默默地干大事。他在 20 岁那年离开家乡去法国勤工俭学，开始了探求真理、苦学报国的革命生涯。与周恩来、朱德、邓小平、陈毅等同为我党领导集体中的早期留欧人员。聂帅留法时期的家书保存完好，现在收书出版的就有 13 封，且都有手迹原件，从中可以看到这批革命家的少年胸怀（去法国时聂 20 岁，周 22

岁，邓 16 岁）。现在故居前庭的正墙上有一封放大的家书手迹，是聂荣臻 1922 年 6 月 3 日写给父母的：

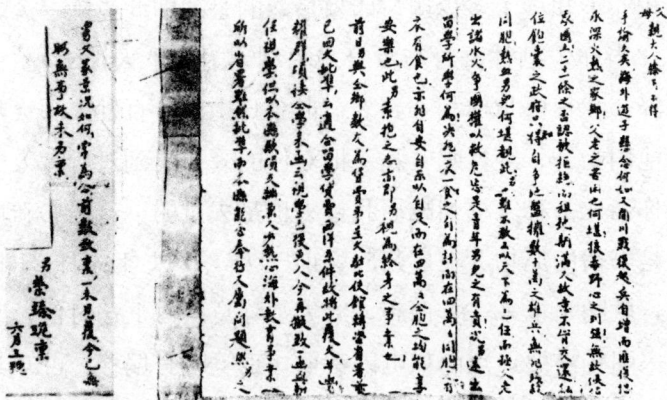

**聂荣臻给父母的信**

父母亲大人膝下：

　　不得手谕久矣。海外游子，悬念何如？又闻川战复起，兵自增而匪复狂！水深火热之家乡，父老之苦困也何堪？狼毒野心之列强无故侵占我国土。二十一条之否认被拒绝，而租地期满又故意不肯交还。私位饱囊之政府，只知自争地盘，拥数十万之雄兵，无非残杀同胞。热血男儿何堪睹此？男也，虽不敢以天下为己任，而拯父老出诸水火，争国权以救危亡，是青年男儿之有责！况男远出留学，所学何为？决非一衣一食之自为计，而在四万万同胞之有衣有食也。亦非自安自乐以自足，而在四万万同胞之均能享安乐也。此男素抱之志，亦即男视为终身之事业也！……

　　叩禀

金玉安！

男荣臻跪禀
六月三号

我拜读这封 89 年前（中国共产党建党之第二年）海外游子的家书，不觉肃然起敬。那个时代的有为青年留学到底为了什么？"决非一衣一食之自为计，而在四万万同胞之有衣有食也。亦非自安自乐以自足，而在四万万同胞之均能享安乐也。"这与林觉民"当亦乐牺牲吾身与汝身之福利，为天下人谋永福"何其相通。

要考察一个人的思想，家书大概是最可靠的。因为对亲人可以说真话，而且他也想不到日后会发表这信件。看了林、聂的两封家书，又使我联想到五年前在河北涉县参观八路军 129 师师部旧址时见到的另一封家书。那是一个不知名的普通八路军战士（或是干部）在大战前夕写给妻子的一封短信，是一个共产党员的《与妻书》。从重庆回来我就赶快翻检所存资料，终于找出那张发黄的照片，但手迹还清晰可辨，全信如下：

　　喜如妹：

　　　　我俩要短期之分开了。这是我们的敌人给我们的分开之痛苦，只有消灭了我们的敌人，才能消除这个痛苦。

　　　　我的病暂时也没有什么要谨（紧），因病得的很长，一时亦难完全除根。我很高兴在党和上级爱护之下给我这五个月的时间休养很不错。我这此（次）决心到前方要与我们当前的敌人搏斗，拿出最大决心和牺牲精神与人民立功。

　　　　我第二个高兴是你很好，特别是对我尽到一切的关心和爱护。同时我有两个很天真活泼的小孩，又有男又有女。你想这一切都使我很满足，永远是我高兴的地方。

　　　　战斗是比不得唱戏，不是开完（玩）笑，是有牺牲的精神才能打垮和消灭敌人。趙（倘）我这次到前方或负伤牺牲都不要难过，谨记我如下之言：

　　　　无产阶级的革命一定会成功的，只是时间之长短，但也不是很长的。家人一定要翻身。要求民主与独立，这是全世界劳苦大众都走革命这条道路，苏联革命成功是我们的好榜样。

　　　　就是我牺牲了也是很光荣的，是为革命而牺牲，是有价值。在任何情况下我是不屈不挠，坚决□□□部队与敌人战斗到底。一直把敌人消灭尽尽为止。

　　望你好好保重身体，多吃饭，不生病，我就死前方放心。同时希你好好教育丰丰小儿、小女雪雪，长大完成我未完成之事。一直完成社会主义革命到共产主义社会。谨记谨记。

　　我生于一九一九年十月（即民国八年十二月二十四日），家居安徽省霍山县石家河保瓦嘴□。

茂德

一九四七.四.二.□于魏□临别之写

　　这封信写得很镇静、乐观，又有几分悲壮。作者和林觉民一样也是抱定必死的决心，但其悲剧气氛要少些，更多的是充满胜利的信心。刘、邓领导的 129 师 1940 年 6 月进驻涉县时不足 9 000 人，到 1945 年 12 月挥师南下时已发展到 30 万正规军，40 万地方部队。这个署名"茂德"的作者，就是这支大军中的普通一员。也许他真的已经在战火中牺牲，那一对可爱的小儿女丰丰、雪雪现在也该是古稀老人。这封上战场前匆匆写给妻子的信，让我们看到了那个时代的人的真实生活。

一个八路军战士给妻子的信

　　我把三封家书的手稿影印件放在案头，轻抚其面，细辨字迹，目既往还，心亦吐纳，感慨良多。这三件文物，都是用毛笔书写，所书之物，一件是临时扯的一块白布，一件是异国他乡的信纸，一件是随手撕下来的五小张笔记本纸页，皆默默地昭示着其人、其地、其时的特定背景。论时间，从第一封信算起已经整整100年，恰是辛亥革命百年祭；第二封已经89年，与共产党党龄相仿；第三封也已64年，比共和国还长两岁。而写信者当时都是热血青年，都是为自己的理想而奋斗，准备牺牲的普通的战士。其结果，一个成了名垂青史的烈士，一个成了共和国的元帅，一个没入历史的烟尘，代表着无数的无名英雄。细看就会发现，这三封跨越百年、不同时代的家书中却有一条红线一以贯之，就是牺牲个人，献身革命，为国家、为民族不计自己并家庭的得失。林信说：当牺牲吾身与汝身之福利，为天下人谋永福；聂信说：决非为一衣一食之自为计，而为四万万同胞之有衣有食；茂信说：我或负伤牺牲你都不要难过，是为革命而牺牲，是光荣的，有价值。百年革命，三封家书，一条红线，舍己为国。我们还可由此上推1 000年，政治家范仲淹说："先天下之忧而忧，后天下之乐而乐。"上推2 000年，思想家司马迁说："人固有一死，或重于泰山，或轻于鸿毛，用之所趋异也（目的不同）。"其一脉相承的都是这种牺牲精神——为理想、为事业、为进步而牺牲。国歌唱道："把我们的血肉筑成我们新的长城。"还有一首歌唱道："为什么战旗美如画，英雄的鲜血染红了她；为什么大地春常在，英雄的生命开鲜花。"正是这一代代的前仆后继、不计牺牲，才铸就我们这个民族，铸就中华文明。这是一种伟大的民族精神、历史精神，而它在革命，特别是战争时期更见光辉，又由代表人物所表现。唯此，历史才进步，人类才进步。

　　我从百年历史的烟尘中检出这三封革命家书，束为一札，献给祖国，并祭先烈。这是一束永不凋谢的历史之花。

（《人民日报》2011年6月23日）

　（按：本文见报后有热心读者多方查证，终于弄清茂德姓查，在写这封遗书的第二年牺牲于南阳战役，牺牲时为副旅长。）

# 这思考的窑洞

我从延安回来，印象最深的是那里的窑洞。

照理说我对窑洞并不陌生，我是在窑洞里生，窑洞里长的。我对窑洞的熟悉，就像对一件穿旧了的衣服，已经忘记了它的存在。但是，当三年前，我初访延安时，这熟悉的土窑洞却让我的心猛然一颤，以至于三年来如魔在身，萦绕不绝。因为这普通的窑洞里曾住过一位伟大的人，而那些伟大的思想也就像生产土豆、小米一样在这黄土坡上的土洞洞里奇迹般生产了出来。

延安是中国共产党领导全国人民进行民族革命和民主革命斗争的心脏，是艰苦岁月的代名词。在大多数人的脑海里，延安的形象是战争，是大生产，是生死存亡的一种苦挣。但是当我见到延安时，历史的硝烟已经退去，眼前只有几排静静的窑洞，而每个窑洞门口又都钉有一块木牌，上面写明某年某月，毛泽东同志居住于此，著有哪几本著作。有的只有几十天，仍然有著作产生。这时仿佛墙上的钉子不是钉着木牌，而是钉住了我的双脚，我久久伫立，不能移步。院子里扫得干干净净，几棵柳树轻轻地垂着枝条，不远处延水在静静地流。我几乎不能想象，当年边区敌伪封锁，无衣无食，每天都在流血牺牲，每天都十万火急，毛泽东同志却稳稳地在这里思考、写作，酿造他的思想，他的与中国实际相结合的马克思主义。

　　我看着这一排排敞开的窑洞，突然觉得它就是一排思考的机器。在中国，有两种窑洞，一种是给人住的，一种是给神住的。你看敦煌、云冈、龙门、大足石窟存了多少佛祖，北岳恒山上的石洞里甚至还并供着孔子、老子和释迦牟尼。这实际上是老百姓在假托一个神贮存自己的思想、自己的信仰。彻底的唯物主义者不需要偶像，眼前这土窑洞里甚至连一张毛泽东的画像也没有，但是50年了，来这里的人络绎不绝，因为这窑洞里的每一粒空气分子中都充满着思想。我仿佛看见每个窑门上都刻着"实事求是"，耳边总是响着毛泽东同志那句话："'实事'就是客观存在着的一切事物，'是'就是客观事物的内部联系，即规律性，'求'就是我们去研究。"

　　自党中央从1937年1月由保安迁到延安，毛泽东同志在延安先后住过四处窑洞。这窑洞首先是一个指挥部，毛泽东和他的战友在这里运筹帷幄，决胜千里。但为了这些决策的正确，为了能给宏伟的战略找到科学的理论根据，毛泽东在这里于敌机的轰炸声中，于会议的缝隙中，拼命地读书写作。所以更确切点说，这窑洞是毛泽东的书房。当我在窑洞前漫步时，我无法掂量，是从这里发出的电报、文件作用大，还是从这里写出的文章、著作作用大。马克思当年献身工人运动，当他看到由于理论准备不足，工人运动裹足不前时，就宣布要退出会议，走进书斋，终于写出了《资本论》这本远远超出具体决定、跨越时空、震撼地球、推动历史的名著。但是，当时毛泽东无法退出会议，甚至无法退出战斗和生产，他在延安期间每年还有300斤公粮的任务。他的房子里也不能如马克思一样有一条旧沙发，他只有一张旧木床，也没有咖啡，只有一杯苦茶。他只能将自己分身为二，用右手批文件，左手写文章。他是一个中国式的民族英雄，像古小说里的那种武林高手，挥刀逼住对面的敌人，又侧耳辨听着背后射来的飞箭，再准备着下一步怎么出手。当我们与对手扭打在一起，急得用手去撕，用脚去踢，用嘴去咬时，他却暗暗凝神，调动内功，然后轻轻吹一口气，就把对手卷到九霄云外。他是比一般人更深一层、更早一步的人。他是领袖，更是思想家。随着时间的推移，他这些文章的力量已经大大超过了当时的文件、决定。像达摩面壁一样，这些窑洞确实是毛泽东和他的战友修炼真功的地方，是蒋介石把他们从秀丽的南方逼到这些土窑洞里。四壁黄土，一盏油灯，这里已经简陋到不能再简陋。但是唯物质生活的最简最陋，才激励共产党的领袖们以最大的热忱，最坚忍的毅力，最谦虚的作风，去作最切实际的思考。毛泽东从小就博览群书，但是为了救国救民，他还在不停地武装自己。对艾思奇这个比他小 16 岁的一介书生，毛泽东写信说："你的《哲学与生活》是你的著作中更深刻的书，我读了得益很多，抄录了一些，送请一看是否有抄错。其中有一问题略有疑点，请你再考虑一下，详情当面告诉。今日何时有暇，我来看你。"记得在艾思奇同志逝世 20 周年时，在中央党校的展柜里我还见到过毛泽东同志的另一封亲笔信，上有"与您晤谈，受益匪浅，现整理好笔记送上，请改"等字样。这不是对哪个人的谦虚，是对规律、对真理的认同。中国历史上曾有许多礼贤下士的故事，刘备三顾茅庐，刘邦正在洗脚时听见有人来访，就急得倒拖着鞋出迎。他们只不过是为了成自己的大事。而毛泽东这时是真正地在穷究社会历史的规律，他将一切有志者引为同志，把一切有识者奉为老师。蒋介石，这个中国历史上的最后一个地主阶级的最高统治者，他何曾想到现时延安窑洞里这一批人的厉害。他以为这又是陈胜揭竿，刘邦斩蛇，朱元璋起事，他万没有想到毛泽东早就跳出了那个旧圈子而直取历史唯物主义和辩证唯物主义。

我在窑洞里徘徊，看着这些绵软的黄土，感受着这暖融融、湿润润的空气，不觉勾起一种遥远的回忆。我想起小时躺在家乡的窑洞里，身下是暖呼呼的土炕，仰脸是厚墩墩的穹顶，炕边坐着做针线的母亲，一种说不出的安全和温馨。窑洞在给神住以前，首先是给人住的，它体现着人与大地的联系。希腊神话里的英雄安泰俄斯只要脚不离地就力大无穷，任何敌人都休想战胜他，而在一次搏斗中他的敌人就先设法使他脱离地面，然后击败了他。斯大林曾用这个故事来比喻党与人民的关系。延安岁月是毛泽东及我们党与土地、与人民联系最紧密的时期。他住在窑洞里，上下左右都是纯厚的黄土，大地紧紧地搂抱着他，四壁上下随时都在源源不断地向他输送着力量。他眼观六路，成竹在胸。在一孔窑洞前的木牌上注明毛泽东在这里完成了《论持久战》。依稀在孩童时我就听父亲讲过这本书的传奇。那时他们在边区，眼见河山沦陷，寇焰嚣张，愁云压心。一天发下了几本麻纸本的《论持久战》，几天后村内外便到处是歌声笑声，有如春风解冻一般。这个小册子在我家一直珍藏到"文化大革命"。后来读党史才知道当时连蒋介石都喜得如获至宝，发给全军每个军官一本。同时这本书很快又在美国出版。毛泽东为写这篇文章，在窑洞里伏案工作九个日夜，连炭火烧了棉鞋也全然不知。第九天早晨，当他推开窑门，让警卫员把稿子送往清凉山印刷厂时，我猜想他的心情就像罗斯福签署了原子弹生产批准书一样激动。后来战局的发展果然都在他的书本之中。一个伟人的思想是什么？是客观存在的规律，是事物间本来的联系，所以真理最朴素，伟人其实与我们最接近。一次，在延安，雷电击死一头毛驴，驴主人说："老天无眼，咋不打死毛泽东。"有人要逮捕这个农民，消息传到窑洞里，毛泽东说骂必有因，一了解，是群众公粮负担太重。于是他下令减少公粮缴纳数，又听从李鼎铭的建议精兵简政。

毛泽东在这窑洞里领导了著名的延安整风运动，他的许多深刻的论述挽救了党，挽救了很多干部，但是当他知道有人被伤害时，就到党校礼堂作报告，说：今天我是特意来向大家检讨错误的，向大家赔个礼！并恭恭敬敬地把手举到帽檐下。1940年，华侨领袖陈嘉庚访问延安，他刚在重庆吃过800元一桌的宴席，这时却在毛泽东的窑洞里吃两毛钱的客饭，但他回去后写文章说中国的希望在延安。1945年黄炎培访问延安，他看到边区的兴旺，想到以后的中国，问一个政权怎样才能永葆活力。毛泽东说，办法就是讲民主，就是让人民来监督。我想他说这话时一定仰头环视了一下四周厚实的黄土。"七大"前后很多人主张提毛泽东思想，他坚决不同意。他说："这不是我个人的思想，是千百万先烈用鲜血写出来的，是党和人民的集体智慧。""我这个人思想是发展的，我也会犯错误。"作家萧三要为他写传，他说还是去多写群众。他是何等的清醒啊！政局、形势、作风、对策，都装在他清澈如水的思想里。胡宗南进犯，他搬出了曾工作九年的延安窑洞，到米脂县的另一孔窑洞里设了一个沙家店战役指挥部。古今中外有哪一孔窑洞配得上这份殊荣啊，土墙上挂满地图，缸盖上摊着电报，土炕上几包烟，一个大茶缸，地上一把水壶还有一把夜壶。中外军事史上哪有这样的司令部，哪有这样的统帅？毛泽东三天两夜不出屋，不睡觉，不停地抽烟、喝茶、吃茶叶、撒尿、签发电报，一仗俘敌 6 000 余。他是有神助啊，这神就是默默的黄土，就是拱起高高的穹庐、瞪着眼睛思考的窑洞。大胜之后他别无奢求，推开窑门对警卫说，只要吃一碗红烧肉。

当你在窑洞前徘徊默想时，耳边会响起黄河的怒吼，眼前会飘过往日的硝烟。但是你一眨眼，面前仍只有这一排静静的窑洞。自古都是心胜于兵，智胜于力。中国革命的胜利实在是一种思想的胜利，是毛泽东思想的胜利，是毛泽东那几篇文章的胜利。延安的这些窑洞真不愧为毛泽东思想的生产车间。延安时期是毛泽东展示才华思考写作的辉煌时期，收入《毛泽东选集》（四卷本）的 159 篇文章，有 112 篇是在这个时期写成的。毛泽东离开延安，在陕北又转战了一年，胡宗南丢盔弃甲，哪里是他的对手。1947 年 12 月的一天，毛泽东在陕北米脂的一个窑洞里展纸研墨，他说："我好久没有写文章了，写完这一篇就要等打败蒋介石再写了。"他大笔一挥，写了《目前形势和我们的任务》，说我们要打正规战，要进攻大城市了。这是他在陕北窑洞里写的最后一篇文章，写罢掷笔，便挥师东渡黄河，直捣黄龙，为人民政权定都北京去了。他再没有回延安，只是在宝塔山留下了这一排永远思考的窑洞。思想这面铜镜总是靠岁月的擦磨来现其光亮，半个世纪过去了，作为政治家、军事家的毛泽东离我们渐走渐远，而作为思想家的毛泽东却离我们越来越近。

（1996 年 10 月 12 日）

# 周恩来的普世价值

周恩来离开我们已近 40 年，但是人们还是常常想起他，说到他，其亲切自然如斯人还在眼前，以至于"总理"这个词几为周恩来所专有，他之后虽有多任总理，但人们单称"总理"时多是指他。1998 年，总理一百周年诞辰时我曾写过一篇《大无大有周恩来》，说到"人格相对论"。伟人的人格是超时空的，要不然我们怎么解释下列问题：他虽是生活于那个时代，而后来的人也还在一代代地怀念他；他在政治上虽是代表一个国家、一个党派，而许多别的国家、别的党派也一样地尊敬他；和他同时期的还有一大批功业卓著的老革命家，而人们念叨最多、怀念最烈的却是他。周恩来是一个超越时代、超越政治、超越党派和国界，在人格上有普世价值的人。他的思想是对人类文明的贡献。研究周恩来，小者可知怎样做官，大者可知怎样做人，再大者可知怎样构建一个社会。

周恩来人格精神有多方面，其基本点有三：仁爱、牺牲和包容，而尤以第一点为最。

## 一、仁爱——从仁心到爱民

我在《大无大有周恩来》中谈到周有六个"大有"，其中第一个就是"大爱"。"爱"这个词在"文革"前和"文革"中是被当作资产阶级思想批判的。殊不知共产党和一切革命党都是从同情被压迫者出发，热爱他们，因而产生革命的动机和动力，最后获得他们的拥护的。而除邪教外的一切宗教也都是以爱心来团结民众。基督教讲上帝之爱，无分彼此；佛教讲普度众生，甚至爱一虫一草；儒家讲"仁、义、礼、智、信"，第一个就是"仁"，仁即爱，强调"二人"，即处世要为别人着想，不能自私。爱是人类的本性，是存在于人与人之间的磁场。人人都需要爱，也需要贡献出自己的爱，这样才能沟通交流，才能生活生存。爱，先从最近处的身边做起，进而普爱天下。有情爱而成婚姻，有血缘之爱而成家庭，有团体之爱而成宗教、党派，有一族一国之爱成社会，有人类之爱而普世同归。古人设想过大同世界，马克思、恩格斯设想过共产主义，都是平等、博爱。爱是人与人之间的纽带，也是政治家团结民众、改造社会、创造世界的大旗。

爱是一粒善良的种子，佛教称之为"善根"，依其背景和条件的不同可以结出不同的果。现在常有企业招收员工时，先考察其人对父母孝不孝。理由是：对家人都不爱，何能对团体和工作尽职？这是看其根观其成，有一定的道理。历史上许多著名人物都是先对家人尽其爱心，然后又将这份爱扩展到社会。岳飞是孝子，也是民族英雄。明末抗清英雄夏完淳有一篇著名的《狱中上母书》，讲自己别母而去，是为不孝之罪，但为国而死，死得其所。辛亥革命义士林觉民很爱他的妻子，他在《与妻书》里说："吾充吾爱汝之心，助天下人爱其所爱。"这也是孟子讲的"老吾老，以及人之老；幼吾幼，以及人之幼"。周恩来是有"善根"的，从小家庭教育、私塾教育就激发并鼓励他善良的本性。周家的《周氏家训》讲："谦退和平、安分守己"；"以忍为第一要诀，以和为第一喜气"。到投身革命后，周的这种爱心便扩充为对人民、对同志、对事业的爱，一种以天下为己任的非凡的大爱。

周恩来式的爱，有三种表现。

一是仁爱待人，即从人性出发的随时随处的爱。他对所遇之人，只要不是战场上的敌我相见，都有一种人道主义的慈悲，给予真诚的帮助。

因此政治、外交、统战、党的生活在他那里都有了浓浓的人情味。周的一生有很大一部分时间和精力用于与敌对方谈判，与国民党谈，与美国谈，后来与苏联谈，这是一件很烦心的事，周说把人都谈老了，但他始终真诚待人。1949 年国共胜负大局已定，国民党只是为争取时间才派张治中率团到北平与中共和谈，当然不会有什么结果，最后连谈判代表都自愿留而不归了。但张治中说，别人可以不回，我作为团长应该回去复命。本来一场政治故事到此已经结束，周恩来也已完成使命，而且可以坐享胜利者的骄傲，但一场人性的故事才刚刚开始。周说："西安事变时，我们已经对不起一位姓张的朋友（张学良为蒋所扣），现在再不能对不起另一位姓张的朋友。"他亲到六国饭店看望张治中，劝他认清蒋的为人，绝不可天真，并约好第二天到机场去接一个人。翌日，在西苑机场，张怎么也不敢相信，走下飞机的竟是自己的夫人。原来，周早已通过地下党把和谈代表们在国统区的家属安全转移，谈判一有结果就立即接到了北平。

在残酷的党内斗争中，周常处于两难境地，但他尽量对被伤害者施以援手或保护。1937 年陈独秀出狱后，中央曾有意让他重回党内，但由于当时的国际背景及王明、康生从中作梗，毛和陈又都个性很强，互不让步，周就尽力斡旋，并登门慰问。陈说："恩来昨日来蓉……此人比其他妄人稍通情理。""文革"中张闻天被发配广东肇庆，1972 年周多方周旋促成恢复了张的组织生活，后又安排他到无锡养病。钱三强是我国研制原子弹的头号科学家，曾在欧洲居里实验室工作。他忠心报国，精于业务，但是对极左政治常有微词，不被领导喜欢，1957 年险些被打成右派，总理保他过了关。"文革"初又要整他，总理赶忙安排他参加下乡工作队。这就是为什么第一颗原子弹爆炸的重要时刻，钱却不在现场。

二是善解人意，无论公私尽量为对方考虑。我国一乐团要赴日访问，擅改日程、自定曲目，周批示："我们完全不为对方设想，只一厢情愿地要人家接受我们的要求，这不是大国沙文主义是什么？""文革"

中一些小国、穷国的领导常来北京。一次一位友人在友谊商店看中一条牛仔裤，但无钱买，事后周即着人买了送去。他告诉工作人员，会议的中间要安排休息，房间里有水果，要给客人留出享用的时间。他对别人的关怀，几乎是一种本能。朝鲜战争乔冠华是中方的谈判代表，他是只带了一件衬衫去前线的，没想到一谈就是两年。1952年，周就派乔的妻子龚澎去参加赴朝慰问团，顺便探亲。1958年，周从报上看到广东新会县一农民育种家育出一高产稻，便到当地视察。满是泥水的田头只有一把小椅和一张小凳，周一到就把小椅推给农民专家，说："你长年蹲地头辛苦了，坐这个。"至今那张总理与农民在田头泥水中的照片还悬挂在新会纪念馆里。

周的"六无"中有一无是"生而无后"。这是周恩来和邓颖超永远的痛。但是，痛吾痛以及人之痛，周以一颗慈爱的心帮助着那些需要帮助的人。日本著名女运动员松崎君代婚后无子，周就安排她到北京来看病，终于得子。周就是这样按照他的爱心、他的逻辑，平平静静地办他认为该办的事。

人情这个饱含爱心的词，在"文革"以前也是被当作资产阶级思想来批判的，而"人性化"在经过半个多世纪的残酷斗争之后，痛定思痛，才重新回归到我们的报纸上、文件中。周恩来却一直在默默地践行着，"我行我素"。该不该有人性？这实际上是到底该怎样做人。《三国演义》里曹操讲："宁教我负天下人，休教天下人负我。"曹只要功业，不要人情，所以后来追随他的陈宫心寒而去。细观察，我们就会发现社会上有两种人：有的人像一只刺猬，总是觉得别人欠他什么，争斗，妒忌，抱怨，反社会，永不满意；有的人像一个手持净瓶的观音，总是急人之所急，想着为别人做点什么，静静地遍洒雨露，普度众生。周是第二种人的典型，这可以追溯到中国哲学的仁和世界宗教的爱，无关政治，无关党派，是一种核心价值、普世情怀。

三是大爱为民，把这种基于人性的爱扩大为对人民的爱，而成为一种政治模式。政治家的爱毕竟不同于宗教家、慈善家的爱。他不是施舍而是施政，是从人性出发讲政治，是基于仁心去为大多数的人谋福利。中国传统文化中一直有民本、仁政的思想。孟子讲："政在得民。"范仲淹讲："居庙堂之高则忧其民。"郑板桥说："衙斋卧听萧萧竹，疑是民间疾苦声。"虽然历史上所有的进步力量都打着为人民的旗帜，但将这个道理贯彻得最彻底的是共产党。《共产党宣言》讲无产阶级先解放全人类，最后才解放自己。中国共产党更把其宗旨概括为一句话："为人民服务。"周恩来把对人民之爱落实得非常彻底。

　　周恩来是新中国成立后在任时间最长的总理，是国家的总管，第一要考虑的是民生。"民生"这个词最早出现在孙中山的三民主义里。出于对人民的爱，周恩来无一日不在关注民生。1946 年他说："人民的世纪到了，所以应该像条牛一样努力奋斗，团结一致，为人民服务而死。"新中国成立后他常说：我们的一切工作都是为了人民的。"文革"中他胸前始终只佩戴一枚"为人民服务"徽章。1972 年到 1973 年间，甘肃定西连续 22 个月无雨，百万人缺粮，数十万人缺水，又值"文革"大乱，病床上的周恩来听了汇报后伤心地落泪。他说："解放几十年了，甘肃老百姓还这么困难，我当总理的有责任，对不起百姓。"刚做过手术的他用颤抖的手连批了九个不够，又画了三个叹号："口粮不够，救济款不够，种子留得不够，饲料饲草不够，衣服缺得最多，副业没有，农具不够，燃料不够，饮水不够，打井配套都不够，生产基金、农贷似乎没有按重点放，医疗队不够，医药卫生更差等，必须立即解决。否则外流更多，死人死畜，大大影响劳动力!!!"邢台地震，大地还没有停止颤抖，周就出现在灾区。一位失去儿子的老人泪流满面，痛不欲生，周握着他的手说："我就是您的儿子。"他向聚拢来的群众讲话，却发现自己站在背风一面，群众站在迎风一面，他就立即换了过来。"文革"前北京常有大型群众集会，一次散会时赶上下雨，他就让负责同志在广播里提醒各单位回去后熬一点姜汤给大家驱寒。他办公和居住的中南海西花厅墙外正好是 14 路公共汽车站，上下车很吵闹，有人建议把汽车站挪开。周说，我们

办事要从人民方便着想，不同意挪。直到现在，14 路公共汽车站还
设在那里。他的这些举动纯出于爱心，毫无后来常见的某些政界领导
人的作秀之态。我们可以对比一下：江青住庐山宾馆，嫌山涧流水的
响声扰了她睡觉，就下令将涧底全部铺上草席；住广州，嫌珠江上汽
笛声扰眠，就下令夜船停航。做人做官，如此大的差距。

同样是为人民服务，以人民的名义干事业，仍可细分出几种类
型。有的把这事业连同人民做了自己功业的道具，虽功成而劳民伤
财；有的把自身全部溶化渗透到为人民的事业中，功成而身退名
隐；而有的干脆就是骑在人民的头上作威作福。这要追溯到是否真
的有仁爱之心。

### 二、牺牲——我不下地狱，谁下地狱？

牺牲是一种自愿的付出，有爱才有牺牲。有各种各样的牺牲，如
为情、为亲、为友、为理想、为主义、为事业的牺牲。有各种程度的
牺牲，如时间、精力、健康，直至生命。又有不同性质的牺牲，有的
是激于一时的义愤或个人的争强好胜，如汪精卫刺杀清摄政王、中世
纪的决斗、情人的殉情等；有的是出于对理想、事业的忠诚，冷静从
容地牺牲，如文天祥的殉国、诸葛亮的殉职、谭嗣同的就义等。但是
有一条，凡敢牺牲者都是激于义，源于爱，自私者不能牺牲。在中国
传统文化中，牺牲属于义的范畴，大公无私，勇于牺牲是一种美德。
马克思主义的道德观也弘扬这种精神，更又给予了新的含义。马克思
在早期作品《青年在选择职业时的考虑》中写道："历史把那些为共
同目标工作因而自己变得高尚的人称为最伟大的人物；经验赞美那些
为大多数人带来幸福的人是最幸福的人；宗教本身也教诲我们，人人
敬仰的典范，就曾为人类而牺牲自己——有谁敢否定这类教诲呢？"
毛泽东更是从司马迁说到张思德，说为人民的利益而死就比泰山还
重。无论古今中外，无论中国的儒学还是外国的宗教，无论是马克思
主义学说还是中国共产党的思想，都把为社会公义的牺牲看做是一种

高尚。这是基于人类的本性。

大公无私，为别人牺牲自己，这是周的本性，一种与生俱来的基因。陆定一在回忆录中讲了一件他一生难忘的事。当年陆随周在重庆工作，常乘飞机往返于重庆和延安。一次遇坏天气，飞机表面结冰下沉。飞行员着急，让大家把行李全部抛出舱外，并准备跳伞。这时叶挺11岁的小女儿因座位上无伞急得大哭。周就将自己的伞让给她。他并没有觉得自己的命比一个孩子的还重要。周当了总理，在一般人看来已显贵之极、荣耀之极，而他则真正开始了生命的磨难、消耗与牺牲。我们任选一天工作日记，看看他的工作量。1974年3月26日：

> 下午三时：起床；
> 下午四时：与尼雷尔会谈（五楼）；
> 晚七时：陪餐；
> 晚十时：政治局会议；
> 晨二时半：约民航同志开会；
> 晨七时：在七号楼办公；
> 中午十二时：去东郊迎接西哈努克亲王和王后；
> 下午二时：休息。

这就是他的工作节奏，一个不给自己留一点缓冲的节奏。周恩来规定凡有重要事情，无论他是在盥洗室、办公室、会议上，还是在睡眠，都要随时报告。因为无时间吃饭，服务员经常只好把面糊冲在茶杯里送进会议室。已重病在身，还要接见外宾、谈判、汇报工作。他绞尽脑汁地工作，砍光青山烧尽材，一生都在毫无保留地消耗自己。很多人都记得他晚年坐在沙发上的那张著名的照片，枯瘦、憔悴，手上、脸上满是老年斑，唯留一缕安详的目光，真正已油尽灯枯，春蚕到死，蜡炬成灰，鞠躬尽瘁。

除了身累之外还有心累，即精神上的牺牲。民以食为天，老百姓的事办不好，国家要翻船；决策者出现了失误，国家也要翻船。我们知道周是很喜爱戏剧的，有一次工作人员发现他在纸上无奈地抄录下两句戏文："做天难做二月天，蚕要暖和参要寒。种田哥哥要落雨，养蚕娘子要晴干。"新中国成立后，在极左环境下，周常处于两难境地，为了大局，他只得一次次地作出牺牲。"文革"中，有一次服务员送水进会议室，竟发现周恩来低头不语，江青等正轮流发言，开他的批判会。但是，走出会议室后周又照样连轴转地工作，尽力解放干部，恢复秩序。邓小平说："我们这些人都下去了，幸好保住了他。""文革"中周说过一句让人揪心的话："我不下地狱，谁下地狱？"这是把一切都置之度外的牺牲。

周恩来的牺牲精神还有一个更严苛之处，我把它称为"超牺牲"。他有"十条家规"，除了严格要求自己，也同样要求家属、部下和身边的人。这和现在官场上某些官员为家属谋利、提拔重用亲信，形成了强烈的反差。中国古代最忌讳但又最难根治的就是外戚政治与朋党政治。周深知这一点，他"矫枉过正"，勿使有一点灰尘，不留下一点遗憾。这样，亲属部下也要跟着作出牺牲，超常规的牺牲。夫荣妻贵是千百年来官场的铁定律。但是在周恩来这里有另一条定律：只要他当一天总理，邓颖超就不能进国务院。邓颖超在党内是绝对的老资格，1925 年入党，出席莫斯科六大的代表，瑞金时期的中央机要局长（相当于秘书长，后因病转由邓小平接任），长征干部，二次国共合作时的六位中共参政代表之一。论资格，新中国成立之初组阁任一个正部长绰绰有余。周提名民主人士傅作义当了水利部长，冯玉祥的夫人李德全当了卫生部长，知名度不大的李书诚当了农业部长，邓却无缘一职。张治中看不过，说："你这个周公不'周'（周到）啊，邓颖超不安排人不服。"周笑答："这是我们共产党的事，先生就不必多操心了。"党内老同志看不过，来说情。周说："她当部长，我当总理。国事家事搅在一起不利事业。只要我当一天总理她就不能到政府任职。"邓不但不能进内阁，工资还要让。当时正部工资是 3 级，邓任妇联副主席，资格老，完全够 3 级。但他们夫妇主动报告降两级，拿 5 级。批下来后，周对邓说：你身体不好上班少，又降一级，拿6级。国庆10周年上天安门的名单本有邓，周审核时划掉。1974年12月周抱病到长沙向毛泽东汇报即将召开的四届人大的人事安排，毛同意邓任副委员长，可能是考虑到周的性格，又亲自写了一个手令："政治局：我同意在四届人大上安排邓颖超同志一个副委员长的职务。"周回来传达时却将此事扣下。到他去世后清理办公室，才在抽屉里发现这个"最高指示"。直到1980年，华国锋才根据毛生前意见提议增补邓为副委员长。我曾有缘与周的两代后人相熟，他们也都未脱此例而"摊上了"这种奉献。侄女周秉建"文革"中带头到内蒙古草原插队，数年后应征参军。她很兴奋地穿着军装来看伯父，周说让你去插队就要在那里扎根。结果她又脱了军装重回牧区，嫁给一个蒙古族青年。国家恢复高考，周的侄孙女周晓瑾从外地考到北京广播学院。这时总理已经去世，侄孙女很兴奋地给邓颖超奶奶打电话，要去看她。邓先让秘书到学院去查档案，看她是否真是靠成绩入学的。查过无事后才允许见面。周对身边人员的要求亦近苛刻。新中国成立初，老秘书何谦工资定为12级，周问何，毛的警卫李银桥多少级，答，13级。但何比李资格老两年，周还是将何降为13级。周住的西花厅年久失修，特别是地板潮湿，对他的身体很不利。一次乘他外出，秘书主持将房间简单装修了一下。他回来后大怒，严厉批评了秘书。现在官场腐败，有一个词叫"利益集团"，而周的身边却有一个甘为国事牺牲的"牺牲集团"。当然，当年这样严格的不止周恩来一人，这在中共第一代领袖中很普遍，毛泽东就主动不拿最高的1级工资，不过周做得更彻底一些。

　　对比现在官风日下，公权私用，不贪不官，周这种"残酷的"牺牲精神叫后人一想起就心中隐隐作痛。人心是肉长的，谁无感恩之心？当年总理去世时我正在外地一城市，从郊外入城忽见广场悬空垂下一黑色条幅，上书"悼念人民的好总理"，满城黑纱，万人恸哭。在北京，泪水洗面万巷空、十里长街送总理，成了共和国史上悲壮的一页。人们恨不能以身换总理，80高龄的胡厥文老人写诗道："庸才我不死，俊杰尔先亡。恨不以身代，凄然为国伤。""总理爱人民，人民爱总理"，这绝不是简单的领袖与人民的关系，而是人心与人性的共鸣。"人民的总理人民爱"这样的句式，人民对周恩来总能发自肺腑地、自然而然地说出口。

### 三、包容——宰相肚里撑大船

仁爱是讲人心的主观出发点，是"善根"；牺牲是讲处理个人与外部世界关系时的态度，是一种无私的境界；包容则是对仁爱和牺牲精神的实践检验，是具体行动。当仁爱之心和牺牲精神变成一种宽大包容时，自然感化万物，用兵则不战而屈人之兵，施政则无为而治，为人则桃李不言下自成蹊。不肯宽容别人，就无法共事；不能包容不同意见、不同派别，就不能成大事。包容精神既是政治素质也是人品素养，是普世价值。儒家讲仁；老子讲以德报怨；佛家讲戒嗔、讲放下；西方宗教讲忏悔、讲宽恕。

周恩来以惊人的肚量和个人的魅力为中国共产党团结了不知多少朋友、多少团体、多少国家。这就是为什么在他去世后普天同悼，连曾经的敌人也唏嘘不已。李先念说："中国共产党确实因为有周恩来同志而增添了光荣，中国人民确实因为有周恩来同志而增添了自豪感。"一位党外人士说，长期以来，一提起共产党，脑子里就浮现出周恩来的形象。美国《时代》周刊20世纪40年代驻华记者白修德说，一见到周恩来，自己的"怀疑和不信任就几乎荡然无存"。新中国成立初各国工人代表团应邀来中国参加工会大会，毛、周等领导人出现时会场喊"毛主席万岁"，一大洋洲代表不解，问为何不喊周万岁，到周过来与他握手时就喊"周恩来万岁"，周忙示意不要翻译。这是周的谨慎，也是他的自律，但实际上不知道有多少国内外的人早把周看做心中的偶像而向他敬礼。

周恩来的包容集中体现在如何对待反对过自己的人，甚至是曾经的敌人上。20世纪30年代初，国共两党在第一次合作失败后斗得你死我活。周是中共"特科"的负责人，专门对付国民党特务，张冲是国民党的特务头子，中央组织部调查科（"中统"前身）总干事，两人曾经是死对头。张成功策划了"伍豪事件"，在报上造谣周已叛变，给周的工作造成极大被动。西安事变后，为了民族存亡，国共二次合作，周、张各为双方谈判代表，周竭诚相待，两人遂成好友。抗战还未成功，张病逝，周提议为张的追悼会捐3万元，亲自前往哀悼并送挽联"安危谁与共？风雨忆同舟"，还发表讲演，语不成声，满座为之动容。他在报上撰文说："先生与我并非无党无见，唯站在民族利益之上的党见，非私见私利可比，故无事不可谈通，无问题不可解决。先生与我各以此为信，亦以此互信。"这事在国民党上层的影响，如同引爆了一颗炸弹。后来他对张的两个子女又尽心关照。当时的重庆特务如林，周的一举一动都在监视之中，随时有生命危险。而周恩来却以一颗真诚的心平静地广交朋友，编织了一张正义的大网，反过来弥盖整个重庆，戴笠对此也无可奈何。周代表共产党在重庆协调各方组织反法西斯统一战线，他最大限度地调动了各方人士灵魂深处的良知，终促成团结互爱的统战大局。一次中共一位工作人员住院急需输血，医院里自动排起献血长队，排在最前面的是美国代表处的一位武官。共产党的一个重要武器是统一战线，不管多少派别，在政治上找共同点；周恩来的一个重要武器是尊重别人，在人心深处找共同点，不管什么人，均真诚相待。30年后，为中美建交，尼克松来访。在参观十三陵时，当地官员找了一些孩子穿着漂亮的衣服在现场点缀，美国记者认为造假。周对尼说："你们指出这一点是对的，我们不愿文过饰非，已批评了当事人。"尼后来评价说："他待人很谦虚，但沉着坚定。他优雅的举止、直率而从容的姿态，都显示出巨大的魅力和泰然自若的风度。在个人交往和政治关系中，他忠实地遵循着中国人古老的信条：绝不伤人情面。"周手中的武器并不仅是党纲、政见、学说等，还有传统道德和个人魅力，以及与人为善的赤诚之心这些普世认同的价值观。

　　但是，最能体现周恩来包容精神的还是他处理党内高层关系的方式。中国共产党诞生于复杂的历史环境中，又经历了漫长的艰苦历程，党内高层人员文化背景复杂，有工人、中小知识分子、教授学者、留洋人员、旧军人等，出身不同、性格各异。半个多世纪以来，能将这样一个党团结在一起，离不开严明的组织性、纪律性，也离不开毛泽东、周恩来等领袖的人格感召。从陈独秀始，经过瞿秋白、李立三、向忠发、博古、张闻天直到毛泽东，周与六任主要领导人全部合作过，并与毛合作始终。靠什么？靠坦诚、谦虚、忍让、包容。"宰相肚里能撑船"，无论新中国成立前后，无论在党在政，无论在哪一位书记任内，周都处在关键位置，不是一把手，却关系全局。长征中周说服博古请毛出来工作，又把红军总政委一职让给张国焘，保住红军和党不分裂。转战陕北时，中央机关组成的昆仑纵队被敌包围。任弼时是司令，周是政委。毛要向西，任要向东。任说我是司令听我的，毛说我是主席先撤了你这个司令，吵得不可开交。周协调，先北再西，化解了危机。新中国成立后因经济思想产生分歧，毛甚至威胁要重上井冈山，周主动让步，逢会就检讨并表示愿意辞职，又避免了一次分裂。"文革"中周更是受尽林彪和江青的气，但仍出来独撑危局。他勇于承担责任，一次次地出面做"红卫兵"及各派的工作。周还亲自出面请被冲击、迫害的外国专家及其家属吃饭，并赔礼道歉。我在《大无大有周恩来》中讲过："他硬是让各方面的压力、各种矛盾将自己压成了粉，挤成了油，润滑着党和共和国这架机器，维持着它的正常运行。"党史上周是领导过毛的，当他认识到毛的才能后，遵义会议就请毛出山，以后一直协助他。"文革"中他与毛继续革命的思想有分歧，总是明里暗里保护老干部、抓生产、恢复秩序，哪怕在"批林批孔批'周公'"运动中挨批。

　　无论怎样的艰难险阻，周恩来都以其非凡的肚量和才能应付过来了。这种胜利是人心深处真、善、美的胜利，是人格完善的胜利。他一袭斗篷收裹了时代的风雨，静静地驾驭着共和国这条大船。几十年后，我们讲改革开放的成就时常说船大难调头，是邓小平带领我们和这条大船一起调过来了，但是不要忘记，首先是总理当年竭尽全力保住了这条船。当年若翻船，何处去调头？

包容是一种博大的胸怀，清澈见底，容纳万物，它使仇者和，错者悔，嗔者平，忌者静，使任何人都不可能有不接受的理由。《三国演义》是中国人熟悉的名著，以权术计谋闻名，因此有谚语"少不读《水浒》，老不读《三国》"。可就是在这样一部计谋书中，人性的诚实、坦白、宽容却亦始终在隐隐地流动。其开篇第一回就是桃园三结义，中间诸葛亮鞠躬尽瘁更是一条红线。而在最后一回，在叙述了绵延 60 年的血腥仇杀、阴谋算计之后，作者平静地讲述了晋、吴边境敌我主帅相互释疑，真诚为友的故事。两军在边境打猎后各自回营，晋帅羊祜命将对方先射中之猎物送归吴营。吴帅陆抗将私藏之酒回赠羊，部下说怕有毒，羊笑曰勿疑，倾壶而饮。陆卧病，羊赠药，部下说怕非良药，陆曰彼非毒人之人，服之，立愈。陆召集部下说：人家以德，我怎能以暴？边境遂平安无事。现实生活中最典型的例子是诺贝尔和平奖获得者、南非总统曼德拉。他年轻时推崇暴力，但 27 年的牢狱生活让他悟到必须超越一己一族之仇去追求人性之光，终于实现了民族和解。他出狱时说："当我走出囚室……若不能把痛苦与怨恨留在身后，那么其实我仍在狱中。"他就职总统时请的嘉宾中有曾看守过他的三位狱警。这么看来，周恩来并不孤独，在历史的星空中，他们同属于那些让人们一举头望见就灵魂澄净的星辰。

人类历史并不只是一部阶级斗争史，还是文化史、道德史、人格史。而无论怎样的历史也逃不出人的思想和道德。如马克思所说："我们的事业将悄然无声地存在下去，但是它会永远发挥作用，而面对我们的骨灰，高尚的人们将洒下热泪。"（《青年在选择职业时的考虑》）这也应了康德的那句话："有两种东西，我对它们的思考越深沉和持久，心中越是充满不断更新的认识和有增无减的敬畏，这就是我头上的星空和心中的道德定律。"

　　我们怀念周恩来，年复一年为他洒下热泪，默默地体悟着他那些具有普世价值的道德定律。

（2014 年 2 月 20 日）

# 一座小院和一条小路

　　作为伟人的邓小平，一生不知住过多少宅院宾馆，但唯有这个小院最珍贵，这是"文化大革命"中他突然被打倒，被管制时住的地方。作为伟人的邓小平，一生转战南北，不知走过多少路，唯有这条小路最宝贵，这是他从中央总书记、国务院副总理任上突然被安排到一个县里当钳工时，上班走的路。在小平同志去世后两个月，我有缘到江西新建县拜谒这座小院和轻踏这条小路。

　　这是一座有六七百平方米的院子。原本是一位军校校长的住宅，"文化大革命"中军校停办。1969 年 10 月小平同志在中南海被软禁，三年之后和卓琳还有他的养母被转到江西，三个平均年龄近 70 岁的老人守着这座孤楼小院。仿佛是一场梦，他从中南海的红墙内，从总书记的高位上被甩到了这里，开始过一个普通百姓的生活，不，比普通百姓还要低一等的生活。他没有自由，要受监视，要被强制劳动。我以崇敬之心，轻轻地踏进院门，现在单看这座院子，应该说是一处不错的地方。楼前两棵桂花树簇拥着浓绿的枝叶，似有一层浮动的暗香。地上的草坪透出油油的新绿。人去楼空，二层的窗户静静地垂着窗帘，储存着一段珍贵的历史。整个院子庄严肃穆，甚至还有几分高贵。但是当我绕行到楼后时，心就不由一阵紧缩，只见在青草秀木之间斜立着一个发黑的柴棚和一个破旧的鸡窝，稍远处还有一块菜地，这一下子破坏了小院

183

的秀丽与平静，将军楼也无法昂起它高贵的头。小院的主人曾经是受到了一种怎样的屈辱啊。当时三个老人中65岁的邓小平成了唯一的壮劳力，因此劈柴烧火之类的粗活就落在他的身上。他曾经是指挥过淮海战役的直接统帅啊，当年巨手一挥收敌55万，接着又挥师过江，再收半壁河山。可是现在，他这双手只能在烟熏火燎的煤炉旁劈柴，只能弯下腰去，到鸡窝里去收那颗还微微发热的鸡蛋，到菜地里去泼一瓢大粪，好收获几苗青菜，聊补菜金的不足。要知道，这时他早已停发工资，只有少许生活费。就这样还得节余一些，捎给那一双在乡下插队的小儿女。这不亚于韩信的胯下之辱，但是他忍住了。士可杀而不可辱，名重于命固然可贵，但仍然是为一己之名。士之明大义者，命与名外更有责，是以责为重，名为轻，命又次之。有责未尽时，命不可轻抛，名不敢虚求。司马迁所谓："耻辱者，勇之决也。"自古能担大辱而成大事者是为真士，大智大勇，真情真理。人生有苦就有乐，有得意就有落魄。共产党人既然自许只有解放全人类才能最后解放自己，就能忍得人间所有的苦，受得世上所有的气。共产党从诞生那一天起就开始受挤压，受煎熬。有时一个国家都难逃国耻，何况一个人呢？世事沧桑不由己，唯有静观待变时。

　　一年后，他的长子，"文化大革命"中被迫害致残的邓朴方也被送到这里。多么壮实的儿子啊，现在却只能躺在床上了。他给儿子翻身，背儿子到外面去晒太阳。他将澡盆里倒满热水，为儿子一把一把地搓澡。热气和着泪水一起模糊了老父的双眼，水滴顺着颤抖的手指轻轻滑落，父爱在指间轻轻地流淌，隐痛却在他的心间阵阵发作。这时他抚着的不只是儿子摔坏的脊梁，他摸到了国家民族的伤口，他心痛欲绝，老泪纵横。我们刚刚站立不久的国家，我们正如日中天的党，突然遭此拦腰一击，其伤何重，元气何存啊！后来邓小平说，"文化大革命"，是他一生最痛苦的时刻。痛苦也能产生灵感，伟人的痛苦是和国家的命运联系在一起的。作家的灵感能产生一部作品，伟人的灵感却可以产生一个时代。小平在这种痛苦的灵感中看到历史又到了一个拐弯处。我在院子里漫步，在楼上楼下寻觅，觉得身前身后总有一双忧郁的眼睛。二楼的书橱里，至今还摆着小平同志研读过的《列宁全集》。楼前楼后的草坪，早已让他踩出一道浅痕，每晚饭后他就这样一圈一圈地踱步，他在思索，在等待。他戎马一生，奔波一生，从未在一个地方闲处过一年以上。现在却虎落平阳，闲踏青草，暗落泪花。如今沿着这一圈踩倒的草痕已经铺上了方砖，后人踏上小径可以细细体味一位伟人落难时的心情。我轻轻踏着砖路行走，前面总像有一个敦实的身影。"居庙堂之高则忧其民，处江湖之远则忧其君"，贬臣无己身，唯有忧国心。当年屈原在汨罗江边大概就是这个样子。现在，赣江边又出现一颗痛苦的灵魂。

但上面绝不会满足于就让小平在这座院子里种菜、喂鸡、散步，也不能让他有太多的时间去遐想。按照当时的逻辑，"走资派"的改造，是重新到劳动中去还原。小平又被安排到住地附近的一个农机厂去劳动。开始，工厂想让他去洗零件，活轻，但人老了，腿蹲不下去；想让他去看图纸，眼又花了太费神。这时小平自己提出去当钳工，工厂不可理解。不想，几天下来，老师傅伸出大拇指说："想不到，你这活够四级水平。"小平脸上静静的没有任何表情。他的报国之心、他的治国水平，该是几级水平呢？这时全国所有报纸上的大标题称他是：中国二号"走资派"（但是奇怪，"文化大革命"后查遍所有的党内外文件，却找不到任何一个对他处分的决定）。金戈铁马东流水，治国安邦付西风。现在他只剩下了钳工这个老手艺了。钳工就是他16岁刚到法国勤工俭学时学的那个工种，时隔半个世纪，恍兮，惚兮，历史竟绕了这么大一个圈子。工厂照顾小平年迈，就在篱笆墙上开了一个口子，这样他就可以抄近路上班，大约走20分钟。当时决定撕开篱笆墙的人绝没有想到，这一举措竟为我们留下一件重要文物，现在这条路已被当地人称为"小平小路"。工厂和住地之间有浅沟、农田，小平小路蜿蜒其间，青青的草丛中袒露出一条红土飘带。我从工厂围墙（现已改成砖墙）的小门里钻出来，放眼这条小路，禁不住一阵激动。这是一条再普通不过的乡间小路，我还是在儿时，就在这种路上摘酸枣、抓蚂蚱，看着父辈们背着牛腰粗的柴草，腰弯如弓，在路上来去。路上走过牧归的羊群，羊群荡起尘土，模糊了天边如血的夕阳。中国乡间有多少条这样的路啊。有三年时间，小平每天要在这条小路上走两趟。他前后跟着两个负监视之责的士兵，他不能随便和士兵说话，而且也无法诉说自己的心曲。他低头走路时只有默想，想自己过去走的路，想以后将要走的路，他肚里已经装了太多太多的东西，他有许多许多的想法。他是与中国现代史、与中国共产党党史同步的人。五四运动爆发那年，他15岁就考入留法预备学校，中国共产党成立的第二年，他就在法国加入少年共产党。后来到苏联学习，回国领导百色起义，参加长征，太行抗日，淮海决战，建立新中国，当总书记、副总理。党和国家走过的每一步，都有他的脚印。但是他想走的路，并没有能全部走成，相反，还因此而受打击，被贬抑。他像一只带头羊，有时刚想领群羊走一条捷径，背后却突然飞来一块石头，砸在后脖颈上。他一惊，只好作罢，再低头走老路。第一次是1933年，"左"倾的临时中央搞军事冒险主义，他说这不行，挨了一石头，从省委宣传部部长任上一下被贬到苏区一个村里去开荒。第二次是1962年，"大跃进"、人民"公社化"严重破坏了农村生产力，他说这不行，要让群众自己选择生产方式，不管白猫黑猫，抓住老鼠就是好猫。结果又挨了一石头，这次他倒没有被贬职，只是挨了批评，当然上面也没有接受他的建议。第三次就是"文化大革命"了，他不能同意林彪、江青一伙胡来，就被彻底贬了下来，贬到了江西老区，他第一次就曾被贬过的地方，也是他当年开始长征的地方。历史转了一个圈，他又重新踏到了这块红土地上。

这里地处郊县，还算安静。但是报纸、广播还有串联的人群不断传递着全国的躁动。到处是大字报的海洋，到处在喊"砸烂党委闹革命"，在喊"宁要社会主义的草，不要资本主义的苗"。疯了，全国都疯了。这条路再走下去，国将不国，党将不党了啊。难道我们从江西苏区走出去的路，从南到北长征万里，又从北到南铁流千里，现在却要走向断

崖，走入死胡同了吗？他在想着历史开的这个玩笑。他在小路上走着，
细细地捋着党的七大、八大、九大：我们到底出了什么问题？曾作为国
家领导人，一位惯常思考大事的伟人，他的办公桌没有了，会议室没有
了，文件没有了，用来思考和加工思想的机器全被打碎了，现在只剩下
这条他自己踩出来的小路。他每天循环往复走在这条远离京都的小路
上，来时 20 分钟，去时还是 20 分钟。秋风乍起，衰草连天，田园将
芜。他一定想到了当年被发配到西伯利亚的列宁。海天寂寂，列宁在湖
畔的那间草棚里反复就俄国革命的理论问题作着痛苦的思考，写成了
《俄国社会民主党人的任务》，其后提出了一个著名的原理："没有革命
的理论就不会有革命的运动。"那么，我们现在正遵从着一个什么样的
理论呢？他一定也想到了当年的毛泽东，也是在江西，毛泽东被"左"
倾的党中央排挤之后，静心思考写作了《中国的红色政权为什么能够存
在？》。那是从这红土地的石隙沙缝间汲取养分而成长起来的思想之苗
啊。实践出理论，但是实践需要总结，需要拉开一定的距离进行观察和
反思。就像一个画家挥笔作画时，常常要退后两步，重新审视一番，才
能把握自己的作品一样，革命家有时要离开运动的旋涡，才能看清自己
事业的脉络。他从 15 岁起就寻找社会主义，从法国到苏联，再到江西
苏区，直到后来掌了权，自己动手搞社会主义，搞合作化、"大跃进"、
公社化，还有这"文化大革命"。现在离开了运动本身，又由领袖降成
了平民，他突然问自己：到底什么是社会主义？中国需要什么样的社会
主义？整整有两年多的时间，小平就在这条路上来来回回地思索，他脑
子里闪过一个题目，渐渐有了一个轮廓。就像毛泽东当年设计一个有中
国特色的武装斗争道路一样，他在构思一个有中国特色的社会主义。这
思想种子的发芽破土，是在 10 年后党的十二大上，他终于发出一声振
聋发聩的呼喊：走自己的道路，建设有中国特色的社会主义，这就是我
们总结长期历史经验得出的基本结论！伟人落难和常人受困是不一样
的。常人急衣食之缺，号饥寒之苦；而伟人却默穷兴衰之理，暗运回天
之力。所谓"西伯拘而演《周易》；孔子厄而著《春秋》；屈原放逐，乃

赋《离骚》；孙子膑脚，《兵法》修列"，置己身于度外，担国家于肩上，不名一文，甚至生死未卜，仍忧天下。整整三年时间，小平种他的菜，喂他的鸡，在乡间小路上日出而作，日落而息。但是世纪的大潮在他的胸中，风起云涌，湍流激荡，如长江在峡，如黄河在壶，正在觅一条出路，正要撞开一个口子。可是他的脸上静静的，一如这春风中的田园。只有那双眼睛透着忧郁，透着明亮。

1971 年秋季的一天，当他又这样带着沉重的思考步入车间，正准备摇动台钳时，厂领导突然通知大家到礼堂去集合。军代表宣布一份文件：林彪仓皇出逃，自我爆炸。全场都惊呆了，空气像凝固了一样。小平脸上没有表情，只是努力侧起耳朵。军代表破例请他坐到前面来，下班时又允许他将文件借回家中。当晚人们看到小院二楼上那间房里的灯光，一直亮到很晚。一年多后小平同志奉召回京。江西新建县就永远留下了这座静静的院子和这条红土小路。而这之后中国又开始了新的长征，走出了一条改革开放、令全世界震惊的大道。

（1997 年 4 月 21 日记，7 月 20 日改定）

# 二死其身的彭德怀

## ——纪念彭德怀诞辰 110 周年

中国古代有一句为政格言："文死谏，武死战。"国家的稳定全赖文武官员各司其职，各守其责。神武之勇，战功卓著，名扬疆场者被尊为开国功臣、民族英雄，如韩信，如岳飞。敢说真话，为民请命，犯颜直谏者为诤谏之臣，如魏徵，如海瑞。进入现代社会，讲民主，讲法治，但个人的政治操守仍然是从政者必不可少的素质。在共和国历史上兼武战之功、文谏之德于一身并惊天动地、彪炳史册的，当数彭德怀。

### 一、无彭则无军威，有军必有先生

在十大元帅中，彭德怀是唯一一个参加过两次国内革命战争、抗日战争，在新中国成立后又和美国人打过仗的。文天祥在《指南录后序》里，叙述他历经敌营，不知几死。彭德怀行伍出身，自平江起义、苏区反"围剿"，至长征、抗日、解放战争、抗美，与死神擦边更是千回百次。井冈山失守，"石子要过刀，茅草要过火"，未死；长征始发，彭殿后，血染湘江，八万红军，死伤五万，未死；抗日，鬼子"扫荡"，围八路军总部，副参谋长左权牺牲，彭奋力突围，未死；转战陕北，彭身为一线指挥，以 2 万兵敌胡宗南 28 万，几临险境，未死；朝鲜战争，敌机空袭，大火吞噬志愿军指挥部，参谋毛岸英等遇难，彭未死。

毛泽东对他曾是极推崇和信任的。长征途中曾有诗赠彭："山高路滑坑深，大军纵横驰骋。谁敢横刀跃马，唯我彭大将军。"十大元帅中，毛除对罗荣桓有一首悼亡诗外，对部下赠诗直夸其功，这也是唯一一首了。抗日战争，彭任八路军副总司令，后期朱老总回延安，他实际在主持总部工作。解放战争初期，彭转战西北，更是直接保卫党中央、毛主席。朝鲜战事起，高层领导意见不一，毛急召彭从西北回京，他坚决支持毛泽东出兵抗美，并受命出征。三次战役较量，打破了美军不可战胜的神话。杜鲁门总统事先没有通知朝战司令麦克阿瑟，就直接从广播里宣布将他撤职，可见其狼狈与恼怒之状。从平江起义到庐山会议，这时彭德怀的革命军旅生涯已30多年，他的功劳已不是按战斗、战役能计算清的，而是要用历史时期的垒砌来估量。蔡元培评价民国功臣黄兴说："无公则无民国，有史必有先生。"此句可用于彭：无彭则无军威，有军必有先生。他不愧为国家的功臣、军队的光荣。

如果彭德怀到此打住，当他的元帅，当他的国防部长，可以善终，可以保官、保名、保一个安逸的日子。战争过去，天下太平，将军挂甲，享受尊荣，这是多么正常的事情。林彪不是就不接赴朝之命，养尊处优多年吗？但彭德怀不是这样的人。他是军人，更是人民的儿子。打仗只是他为国、为民尽忠的一部分。战争结束，忠心未了，民又有疾苦，他还是要管，要争。

## 二、没有倒在枪炮下，却倒在一封谏书前

1959年，新中国成立十周年。对战争驾轻就熟的共产党领袖们在经济建设上遇到了新问题，并产生了严重分歧。毛泽东心急，步子要快一些，周恩来从实际出发，觉得应降降温，提出"反冒进"。毛泽东说：你"反冒进"，我"反反冒进"，并多次批周，甚至要周辞职。怎么估价当前的经济形势，下一步该怎么办？在这样的背景下，召开了庐山会议，会议之初，毛已接受一些反"左"意见，分歧已有一点小小的弥合。但彭德怀还是不放心。会前，他到农村做过认真的调查，亲眼见到

"人民公社"、大食堂对农村生产力的破坏和对农民生活的干扰，而干部却不敢说真话。在小组会上他先后作了七次发言，直陈其弊。就是涉及毛泽东也不回避。他说："现在是个人决定，不建立集体威信，只建立个人威信，是很不正常的，是危险的。"在庐山 176 号别墅那间阴沉沉的老石头房子里，他夜不成眠，心急如焚。他知道毛泽东的脾气，他想当面谈谈自己的看法。他多么想像延安时期那样，推开窑洞门叫一声"老毛"，就与毛泽东共商战事。或者像抗美援朝时期，形势紧急，他从朝鲜前线直回北京，一下飞机就直闯中南海，主席不在，又驱车直赴玉泉山，叫醒入睡的毛泽东。那次是解决了问题，但毛泽东也留下一句话："只有你彭德怀才敢搅了人家的觉。"现在彭德怀犹豫了，他先是想，最好面谈，踱步到了主席住处，但卫士说主席刚休息。他不敢再搅主席的觉，就回来在灯下展纸写了一封信。这真的是一封信，一封因公而呈私人的信，抬头是"主席"，结尾处是"顺致敬礼！彭德怀"。连个标题也没有，不像文章。后人习惯把这封信称为"万言书"，其实它只有约 3 700 字。他没有想到，这封信成了他命运的转折点，全党也没有想到，党史因这封信有了一大波折。这封信是党史、国史上的一个拐点、一个里程碑。

彭德怀是党内高级干部中第一个犯颜直谏、站出来说真话的人。随着历史的推进，人们才越来越明白，彭德怀当年所面对的绝不是一件具体的事情，而是一种制度、一种作风。当时毛泽东在党内威望极高，至少在一般人看来，他自主持全党工作以来还没有犯过任何错误。而彭德怀对毛所热心的"大跃进"、"人民公社"、公共食堂提出了非议，这要极大的勇气。对毛泽东来说，接受意见也要有相当的雅量。梁漱溟在新中国成立初就农村问题与毛争论时就直言，我倒要看看你有没有这个雅量。毛对党外民主人士常有过人的雅量，这次对党内同志却没有做到。

彭与毛相处 30 多年，深知毛的脾气，他早将个人的得失置之脑后。果然，会上，他被定为反党分子，会后被撤去国防部长之职，林彪渔翁得利。庐山上的会议开完，不久就是国庆，又恰逢十年大庆，按惯例彭德怀是该上天安门的,请柬也已送来。彭说我这个样子怎么上天安门,不去了。他叫秘书把元帅服找出来叠好,把所有的军功章找出来都交上去。秘书不忍,看着那些金灿灿的军功章说:"留一个作纪念吧。"他说:"一个不留,都交上去。"当年居里夫人得了诺贝尔奖后,把金质奖章送给小女儿在地上玩,那是一种对名利的淡泊;现在彭德怀把军功章全部上交,这是一种莫名的心酸。没几天,他就搬出中南海,到西郊挂甲屯当农夫去了。他在自己的院子里种了三分地,把粪尿都攒起来,使劲浇水施肥。他要揭破亩产万斤的神话。1961 年 11 月,经请示毛同意后,他回乡调查了 36 天,写了五篇共十多万字的调研报告,涉及生产、工作、市场等,甚至包括一份长长的农贸市场价格,如:木料一根 2 元 5 角,青菜一斤 3～6 分。他固执、朴实,真是一个农民。他还是当年湘潭乌石寨的那个石伢子。夫人浦安修生气地说:"你当你的国防部长,为什么要管经济上的事?"他说:"我看到了就不能不管。"生性刚烈的毛泽东希望他能认个错,好给个台阶下。但更耿介的彭德怀就是不低头。有时候一个人的命运、成败也许就是性格注定。庐山会议结束,彭德怀被扣上"反党集团头子"的帽子,其身份与阶下囚也相距不远。当大家都准备下山时,会务处打来一个电话,说为首长准备了一批上等的庐山云雾茶,问要不要买几斤,还特意说这种茶街上买不到。彭大怒:"街上买不到,为什么不拿到街上去卖?尽搞这些鬼名堂,市场能不紧张?"他还特别嘱咐秘书给会务处打一个电话:"这是一种坏风气,以后不能再搞。"秘书提醒他,这种时候还是不要管这事吧。他无奈地说:"看来我这脾气,一辈子也改不了。"假使彭总活到今天,看现在风气之腐败,又当如何?

在被贬的日子里,他一次次地写信为自己辩护。写得长一点的有两次。一次是在 1962 年的七千人大会前,他正在湖南调查,听说中央要开会纠"左",他高兴地说,赶快回京,给中央写了一封八万字的信。庐山会议已过去了三年,时间已证明他的正确,他觉得可以还一个清白了。但就在这个会上他又被点名批了一通,他绝望了。"文化大革命"期间,这位曾打败过日军、美军的战神被一群红卫兵娃娃玩弄于股掌,被当作囚犯关押、游街、侮辱。作为交代材料，他在狱中写了一份《自述》，那是一份长长的辩护词，细陈自己的历史，又是八万字。是用在《朝鲜停战协定》上签字的那支派克笔写的，写在裁下来的《人民日报》的边条上。他给专案组一份，自己又抄了一份。这份珍贵的手稿几经周转，亲人们将它放入一个瓷罐，埋在乌石寨老屋的灶台下，直到"文化大革命"结束才见天日。那年，我到乌石寨去寻访彭总遗踪，印象最深的就是这个黑乎乎的灶台和堂屋里彭总回乡调查时接待乡亲们的几条简陋的长板凳。

他愤怒了，1967年4月1日给主席写了最后一封信，没有下文。4月20日他给周总理写了最后一封信，这次没有提一句个人的事，却说了一件很具体的与己无关的小事。他在西南工作时看到工业石棉矿渣被随意堆在大渡河两岸，常年冲刷流失很是可惜，这是农民急缺的一种肥料。他说，这事有利于工农联盟，我们不能搞了工业忘了农民。又说这么点小事本不该打扰总理，但我不知该向谁去说。这时虽然他的身体也在受着痛苦的折磨，但他的心已经很平静，他自知已无活下去的可能，只是放心不下百姓。这是他对中央的最后一次建议。

毛泽东在庐山会议后对彭德怀的评价只有一次比较客观。那是1965年，在彭德怀赋闲六年后，中央决定给他一点工作，派他到西南大三线去。临行前，毛说："也许真理在你一边。"但这个很难得的转机又立即被"文化大革命"的洪水淹没。彭德怀最终还是死于"文化大革命"冤狱之中。"文死谏，武死战"，他这个功臣没有死于革命战争，却死于"文化大革命"，没有倒在枪炮下，却倒在一封谏书前。

### 三、他二死其身，既经受住了"武死战"的考验，又通过了"文死谏"的测试

现在我们终于明白了"文死谏"的含义，远比"武死战"要难。当一个将军在硝烟中勇敢地一冲时，他背负的代价就是一条命，以身报

**2007 年 3 月作者采访贵州六盘水当年彭德怀三线指挥部**

国，一死了之。敢将热血洒疆场，博得烈士英雄名。而当一个文臣坚持说真话，为民请命时，他身上却背负着更沉重的东西。首先，可能丢掉前半生的政治积累，一世英名毁于一纸；其次，可能丢掉后半生的政治生命，许多未竟之业将成泡影；最后，可能丢掉性命。更可悲的是，武死，死于战场，死于敌人之手，举国同悲同悼，受人尊敬；文死，死于不同意见，死于自己人之手，黑白不清，他将要忍受长期的屈辱、折磨，并且身后落上一个冤名。这就加倍地考验一个人的忠诚。彭德怀因为这封说真话的信，前半生功名全毁，任人批判谩骂为"右倾"、"反党"、"叛国"、"阴谋家"，扣在他背上的是一口何等沉重的黑锅。在监禁中他被病痛折磨得在地上打滚，欲死不能。而现在我们看到的哨兵关押记录竟是这样的文字："我看这个老家伙有点装模作样"，"这个老东西从报上点他名后就很少看报"。这就是当时一个普通士兵对这个开国老帅的态度。可知他当时的处境，其所受之辱更甚于韩信钻胯。而许多旧友亲朋，早已不敢与他往来，就连妻子也已提出与他离婚。据统计，庐山会议后，全国有成百万人被打为"右倾机会主义分子"。一纸薄薄的谏书怎承载得起这样的压力？其时其境，揪斗可死，游街可死，逼供可死，加反党名可死，诬叛国罪可死。"文化大革命"中有多少老干部不堪其辱而自杀啊！但是，彭德怀忍过来了，他要"留取丹心照汗青"，他相信历史会给他一个清白。他在庐山上对毛泽东说过："我一不反党，二不自杀。"就这样，经 30 年的革命战争生涯后，他又有 15 年的时间被批判、赋闲、挨斗、监禁，然后含冤而去。他是 1974 年 11 月去世的，骨灰被化名"王川"，送往成都一普通陵园。当时周恩来已在病中，特嘱此骨灰盒要妥善保存，经常检查，不得移位换架。直到四年后的 1978 年他才得以平反。当骨灰撤离成都从陵园到机场时，人们才明真相，泣不成声。专机落地前在北京上空环绕三圈，以慰忠臣之心。

中国古代，君即国。所以传统的忠臣就是忠君。但"君"和"国"毕竟还有不同。就是在古代，真正的忠臣也是：为民不为君，忧国不惜命。朗朗吐真言，荡荡无私心。既然为"臣"，当然是领导集团的一员，上有"君"下有民。他要处理好的第一个难题就是对领袖负责还是对人民负责。当出现矛盾时，唯民则忠，唯"君"则奸。"民为重，社稷次之，君为轻"，真正的忠臣，并不是"忠君"，而是忠于国家、民族、人民，像海瑞那样，宁愿坚持真理，去坐牢。而彭德怀在毛泽东号召学海瑞后，真的在案头常摆着一本线装本《海瑞集》。第二个难题是敢不敢报真情，提中肯的意见，说逆耳的话。所谓犯颜直谏，就是实事求是，纠正上面的错误，准备承担"犯上"的最坏后果。这是对为臣者的政治考验和人格考试。"谏"文化成了中国传统政治文化中一个特有的内容。披阅中国历史，我们会发现一串长长的冒死也说真话的忠臣名单：比干被剖心、屈原投江、魏徵让唐太宗动了杀心、海瑞被打入死牢、林则徐被充军新疆……他们都是"不说真话毋宁死"的硬汉子。现在这个名单上又添了一个彭德怀。

彭德怀爱领袖，更爱真理；珍惜自己的生命，更珍惜国家的前途。他浴血奋战 30 年，不知几死，经受住了"武死战"的考验；庐山会议 30 天的争论和其后 15 年的折磨，他又不知几死，通过了"文死谏"的测试。他是一位为人民、为国家二死其身的忠臣。

人民永远记住了庐山上的那场争论，记住了彭德怀。

（2007 年 7 月 24 日）

# 清贫之碑
## ——读《清贫》

　　方志敏在被捕后，敌兵饿狼一样把他浑身搜了一遍，没有搜出一个铜板。对方实在不能理解这个共产党员的大官。他预感到生命行将结束，就提笔为我们留下一篇文章：《清贫》。

　　在《清贫》中，方志敏提出要过"洁白朴素的生活"，唯此，才可以战胜一切困难。人是由物质和精神两部分组成的，没有起码的衣食保证当然无法生存。但是，如果为物所累，也就没有了精神生命。一个人如果没有了精神，则随时可以投降、变节、苟安、屈服，也就滑向了猥琐的甚至肮脏的生活。

　　当年蜀帝刘禅亡国被俘。司马氏整日以酒肉歌舞相待，他乐不思蜀，对方就大为放心。一个酒肉歌舞就能收买的人，还能有什么大志？现在，可以收买干部的东西太多了，车子、房子、金钱、美女、官职。林则徐因虎门销烟获罪，民间准备为他筹钱赎罪，他坚决拒绝，宁愿西出玉门，充军新疆。他追求一种精神，一种没有被污染的生活。他成了一代民族英雄，他的名言"无欲则刚"，也成了一切有为之士的座右铭。

　　从来振聋发聩的好文章都是鲜血写成，然后又为历史所检验。方志敏和无数先烈以身无分文的清贫换来了人民的江山。当年衣不蔽体，在山沟里被追得东躲西藏的"匪党"现在成了执政党，当年贫穷的国家也富裕起来。但是贪污腐败却暗暗滋生，一种糜烂的生活方式传染开来。全国首例巨贪高官——副省长胡长清贪污案，就发生在方志敏战斗牺牲的江西。历史再次证明，身无分文，心忧天下，必得天下；手握大权，心怀私利，必失天下。让我们记住方志敏的话，过"洁白朴素的生活"。

《清贫》是一座人格的丰碑。

（《经济晚报》2007 年 11 月 9 日）

# 朱镕基不修传

《朱镕基讲话实录》出版了，里面一则资料很有趣。有人要为他写传，他就给人家写信说："我必须明确表态，千万不要这么做。国事艰难，舆论纷杂，飞短流长，诚惶诚恐。如再授人以柄，树碑立传，罪不可逭。千祈停止撰写一切涉及我的回忆或评论材料，并代我广告亲友，不胜感激之至。"

借权出书立传在各级官员中已成趋势。方式有两种：一是自己写回忆录、日记，亲自立传；二是动用权力、财力，组织他人为自己立传。或两者并举。于是书市就多了一些垃圾，历史就多了一些包袱，同时也多了一点幽默，留下了一些笑话。

凡有资格立传者，必是干过一点大事，在社会上有一定的影响，有一定的知名度的人。传者，传（chuán）也，能传给后人一点东西才有价值。既然是为后人而立那就让后人去做，从来都是政声人去后。你看，凡史上有价值的传记都是经过岁月的沉淀，由后人从容道来。但急于立传者不这看，理由是"趁我在世好核实材料"。说是核实，却常是隐恶扬善，添枝加叶，自为粉饰。还有一个潜台词是，有权不用，过期作废，趁着在世，何不享受一下吹捧的泡沫？说到底是私心加虚荣。过去帝王和贵人常在生前大修陵墓，为的是死后再延享生前的荣华尊贵。生前立传有如活人修墓，也是此意。但这实在靠不住。陶渊明诗曰："亲戚或余悲，他人亦已歌。死去何所道，托体同山阿。"陶渊明比今人还懂得唯物辩证法。连亲人也只有短时余悲，外人能念你几时？如果你没有干成一点大事，有何理由让人记住？如果你干了大事，历史又怎能忘记？再说，既为官就是以身许国，还要这点虚名干什么？你看第一代领导人，毛、刘、周、朱等，没有一个人生前修传，周恩来连骨灰都不留。方志敏为敌所俘，敌兵搜遍全身并无分文，他当然也没有想到此生要为自己留一本传记。开国将帅，许多人身上都留下了累累弹痕，但谁也没有想到要给自己留本传记。再往上推，文天祥被俘，九死一生，在狱中写了一首《正气歌》，他没有想到去写自传；司马迁是中国传记文学的鼻祖，写了许多至今还熠熠生光的人物列传，却没有为自己写一个小传。封建社会的皇帝也懂得这一点，没有人在位时给自己修传，而是听由后人根据他的行迹来评说，即所谓"谥号"。传者，写人不写己，传世不娱时。

朱镕基不让人为自己修传的理由有二：一是"国事艰难"，顾不上干这种事。一个高官"居庙堂之高则忧其民"，有心忧天下，无心抹脂粉。二是干这种傻事必将"授人以柄"，传为笑话。他说，我脾气不好，就以"有容乃大，无欲则刚"为座右铭。朱的严厉是出了名的。性格直率，容易冲动，在任上骂人无数。朱说："你没有贪欲，你就刚强，什么也不怕。"其实，不贪让人刚强，更让人冷静。朱镕基在修传这件事情上就不肯上当。他说："千祈停止撰写一切涉及我的回忆或评论材料，并代我广告亲友，不胜感激之至。"你看，又求人家，又感激人家不要给他写传。真是每临大事有静气，只缘心中无私欲。其实老百姓对公务人员的要求就是少点私心，多点真话，这是底线，最低要求。但不少官员硬是连这一点也做不到，反而私随权增，利令智昏，授人笑柄。

（《北京日报》2011 年 9 月 29 日）

# 最后一位戴罪的功臣

　　既然中国近代史是从 1840 年鸦片战争算起，禁烟英雄林则徐就是近代史上第一人。可惜这个第一英雄刚在南海点燃销烟的烈火，就被发往新疆接受朝廷给他的处罚。功与罪在瞬间便交织在一个人身上，将其扭曲再造，像原子裂变一样，产生出一个意想不到的结果。

林则徐像

　　封建皇帝作为最大的私有者，总是以天下为私。道光在禁烟问题上本来就犹豫，大臣中也分两派。我推想，是林则徐那篇著名的奏折，指出若再任鸦片泛滥，几十年后中原将"无可以御敌之兵"，"无可以充饷之银"，狠狠地击中了他的私心。他感到家天下难保，所以就鞭打快牛，顺手给了林一个禁烟钦差。林眼见国危民弱，就出以公心，勇赴重任，表示："若鸦片一日未绝，本大臣一日不回，誓与此事相始终。"他太天真，不知道自己

200

"回不回"，鸦片"绝不绝"，不是他说了算，还得听皇上的。果然他上任只有一年半，1841 年 5 月，就被革职贬到镇海。第二年 6 月又被"从重发往伊犁效力赎罪"。就在林赴疆就罪的途中，黄河泛滥，在军机大臣王鼎的保荐下，林则徐被派赴黄河戴罪治水。他是一个见害就除，见民有难就救的人，不管是烟害、夷害还是水害都挺着身子去堵。半年后治水完毕，所有的人都论功行赏，唯独他得到的却是"仍往伊犁"的谕旨。众情难平，须发皆白的王鼎伤心得泪如滂沱。林则徐就是在这样一而再、再而三的打击下西出玉门关的。他以诗言志："苟利国家生死以，岂因祸福避趋之。谪居正是君恩厚，养拙刚于戍卒宜。"这诗前两句刻画出他的铮铮铁骨，刚直不阿，后两句道出了他的牢骚与无奈。给我一个谪贬休息的机会，这是皇上的大恩啊，去当一名戍卒正好养拙。你看这话是不是有点像柳永的"奉旨填词"和辛弃疾的"君恩重，且教种芙蓉"？但不同的是，柳被弃于都城闹市，辛被闲置在江南水乡，林却被发往大漠戈壁。辛、柳只是被弃而不用，而林则徐却被钦定为一个政治犯。

但是，自从林则徐开始西行就罪，随着离朝廷渐行渐远，朝中那股阴冷之气也就渐趋淡弱，而民间和中下层官吏对他的热情却渐渐高涨，如离开冰窖走进火炉。这种强烈的反差不仅当年的林则徐没有想到，就是 100 多年后的我们也为之惊喜。

林则徐在广东和镇海被革职时，当地群众就表达出了强烈的愤慨。他们不管皇帝老子怎样说，怎样做，纷纷到林则徐的住处慰问，人数之众，阻塞了街巷。他们为林则徐送靴，送伞，送香炉、明镜，还送来了 52 面颂牌，痛痛快快地表达着自己对民族英雄的敬仰和对朝廷的抗议。林则徐治河之后又一次遭贬，中原立即发起援救高潮，开封知府邹鸣鹤公开表示："有能救林则徐者酬万金。"林则徐自中原出发后，一路西行，接受着为英雄壮行的礼遇。不论是各级官吏还是普通百姓，都争着迎送，好一睹他的风采，想尽力为他做一点事，以减轻他心理和身体上的痛苦。山高皇帝远，民心任表达。1842 年 8 月 21 日，林离开西安，

"自将军、院、司、道、府以及州、县、营员送于郊外者三十余人"。抵兰州时,督抚亲率文职官员出城相迎,武官更是迎出十里之外。过甘肃古浪县时,县知事到离县 31 里外的驿站恭迎。林则徐西行的沿途茶食住行都被安排得无微不至。进入新疆哈密,办事大臣率文武官员到行馆拜见林,又送坐骑一匹。到迪化(今乌鲁木齐),地方官员不但热情接待,还专门为他雇了大车五辆、太平车一辆、轿车两辆。1842 年 12 月 11 日,经过四个月的长途跋涉,林则徐终于到达新疆伊犁。伊犁将军布彦泰立即亲到寓所拜访,送菜、送茶,并委派他掌管粮饷。这哪里是监管朝廷流放的罪臣啊,简直是欢迎凯旋的英雄。林则徐是被皇帝远远甩出去的一块破砖头,但这块砖头还未落地就被中下层官吏和民众轻轻接住,并以身相护,安放在他们中间。

现在等待林则徐的是两个考验:

一是恶劣环境的折磨。从现存的资料上看,我们知道林则徐虽有民众呵护,但还是吃了不少的苦头。由于年老体弱,路途颠簸,林一过西安就脾痛,鼻流血不止。当他从迪化出发取道果子沟进伊犁时,大雪漫天而落,脚下是厚厚的坚冰,无法骑马坐车,只好徒步,趟雪而行。陪他进疆的两个儿子,于两旁搀扶老爹,心痛得泪流满面,遂跪于地上对天祷告:若父能早日得赦召还,孩儿愿赤脚趟过此沟。林则徐到伊犁后,"体气衰颓,常患感冒","作字不能过二百,看书不能及三十行"。历史上许多朝臣就是这样死在被发配之地,这本来也是皇帝的目的之一。林则徐感到一个无形的黑影向他压来,他在日记中写道:"深觉时光可惜,暮景可伤!""频搔白发渐衰病,犹剩丹心耐折磨。"他是以心力来抵抗身病的啊!

二是脱离战场的寂寞。林是一步一回头离开中原的。当他走到酒泉时,听到清政府签订《南京条约》的消息,痛心疾首,深感国事艰难。他在致友人书中说:"自念一身休咎死生,皆可置之度外,惟中原顿遭蹂躏,如火燎原……侧身回望,寝馈皆不能安。"他赋诗感叹:"小丑跳梁谁殄灭,中原揽辔望澄清。关山万里残宵梦,犹听江东战鼓声。"他为中原局势危急、无人可用而急。果然是中原乏人吗？人才被一批一批地撤职流放。当时和他一起在虎门销烟的邓廷桢，已早他半年被贬新疆。写下名句"我劝天公重抖擞，不拘一格降人才"的龚自珍，为朝廷提出许多御敌方略，但就是不为采用。龚对西域边防多有研究，提出要陪林赴疆，林考虑自身难保，为了给国家保存人才，坚辞不准。本来封建社会一切有为的知识分子，都希望能被朝廷重用，能为国家和民族做一点事，这是为臣子者的最大愿望，是他们人生价值观的核心。现在剥夺了这个愿望就是剥夺了他们的生命，就是用刀子慢慢地割他们的肉，虎落平阳，马放南山，让他们在痛苦和寂寞中毁灭。

"羌笛何须怨杨柳"，"西出阳关无故人"。玉门关外风物凄凉，人情不再，实在是天设地造的折磨罪臣身心的好场所。当我们现在行进在大漠戈壁时，我真感叹于当年封建专制者这种"流放边地"的发明。你走一天是黄沙，再走一天还是黄沙；你走一天是冰雪，再走一天还是冰雪。不见人，不见村，不见市。这种空虚与寂寞，与把你关在牢中目徒四壁，没有根本区别。马克思说：人是一切社会关系的总和。把你推到大漠戈壁里，一下子割断你的所有关系，你还是人吗？呜呼，人将不人！特别对一个博学而有思想的人，一个曾经有作为的人，一个有大志于未来的人而言。

> 腊雪频添鬓影皤，春醪暂借病颜酡。三年飘泊居无定，百岁光阴去已多。……新韶明日逐人来，迁客何时结伴回？空有灯光照虚耗，竟无神诀卖痴呆。　　　　　　　　（《壬寅除夕书怀》）

他一人这样过除夕。

> 雪月天山皎夜光，边声惯听唱伊凉。孤村白酒愁无奈，隔院红裙乐未央。　　　　　　　　　　　　（《中秋感怀》）

他一个人这样过中秋。

> 谪居权作探花使。忍轻抛、韶光九十，番风廿四。寒玉未消冰岭雪，毳幕偏闻花气。算修了、边城春禊。怨绿愁红成底事，任花

开、花谢皆天意。休问讯，春归未。 （《金缕曲·春暮看花》）

他在季节变换中咀嚼着春的寂寞。

当权者实在聪明，他就是要让你在这个环境里无事可做，消磨掉理想意志，不管你怎样地怒吼、狂笑、悲歌，那空旷的戈壁瞬间就将这一切吸收得干干净净，这比有回音的囚室还可怕。任你是怎样的人杰，在这里也要成为常人、庸人、废人，失魂落魄。林则徐是一个有经天纬地之才的良臣，是可以作为历史标点的人物。禁烟的烈火仍在胸中燃烧，南海的涛声还在耳边回响，万里之外朝野上下还在与英国人做无奈的抗争，而他只能面对这大漠的寂寞。兔未死而狗先烹，鸟未尽而弓先藏。"何日穹庐能解脱，宝刀盼上短辕车。"他是一个被捆绑悬于壁上的壮士，心急如焚，而无可用力。

怎么摆脱这种状况？最常规的办法是得过且过，忍气苟安，争取朝廷早点召回。特别不能再惹是非，自加其罪。一般还要想方设法讨好皇帝，贿赂官员。像韩愈当年发配南海，第一件事就是向皇帝上一篇谢恩表，不管心中服不服，嘴上先要讨个好。这时内地林的家人和朋友正在筹措银两，准备按清朝法律为他赎罪。林则徐却断然拒绝，他写信说："获咎之由，实与寻常迥异"，"此事定须终止，不可渎呈"。他明确表示，我没有任何错，这样假罪真赎，是自认其咎，何以面对历史？如今这些信稿还存在伊犁的纪念馆里，翰墨淋漓，正气凛然。当我以十二分的虔诚拜读文物柜中的这些手稿时，顿生一种仰望泰山、遥对长城的肃然之敬，不觉想起林公那句座右铭："海纳百川，有容乃大；壁立千仞，无欲则刚。"

他没有一点私欲，不必向任何人低头，为了自己抱定的主义，他能容得下一切不公平。他选择了上对苍天，下对百姓，我行我志，不改初衷，为国尽力。

一个爱国臣子和封建君王的本质区别是：前者爱国爱民，以天下为己任；后者爱自己的权位，以天下为己有。当这两者暂时统一时，就表现为臣忠君贤，上下一心，并且在臣子一方常将爱国统一于忠君。当这两者不能一致时，就表现为忠臣见逐，弃而不用。在臣子一方或谨遵君命，孤愤而死，如贾谊、岳飞；或暂置君于一旁，为国为民办点实事，如韩愈、辛弃疾、林则徐。他们能摆脱权力高压和私利荣辱，直接对历史负责，所以也为历史所接受，所记录。

林则徐看到这里荒山遍野，便向伊犁将军建议屯田固边，先协助将军开垦城边的 20 万亩荒地。垦荒必先兴水利，但这里向无治水习惯与经验，林带头示范，捐出自己的私银，承修了一段河渠，历时 4 个月，用工 210 万。这被后人称为"林公渠"的工程，一直使用了 123 年，直到 1967 年新渠建成才得以退役。就像当年韩愈被发配南海之滨带去中原先进耕作技术一样，林则徐也将内地的水利、种植技术推广到清王朝最西北的边陲。他还发现并研究了当地人创造的特殊水利工程"坎儿井"，并大力推广。皇帝本是要用边地的恶劣环境折磨他，他却用自己的意志和才能改造了环境；皇帝要用寂寞和孤闷郁杀他，他却在这亘古荒原上爆出一声惊雷。自古罪臣被流放边地的结局有两种：大部分屈从命运，于孤闷中凄惨地死于流放地；只有少数人能挽命运狂澜于既倒，重新放出生命和事业的光芒。从周文王被拘羑里而演《周易》，到越王为吴所俘后卧薪尝胆，这是生命交响曲中最强的一支，林则徐就属此支此脉。

林则徐在北疆伊犁修渠垦荒卓有成效，但就像当年治好黄河一样，皇帝仍不饶他，又派他到南疆去勘察荒地。北疆虽僻远，但雨量较多，农业尚可。南疆沙海无垠，天气燥热，人烟稀少，语言不通。且北疆南疆天山阻隔，雪峰摩天。这无疑又是对林则徐的一场更大更苦的折磨。现在南、北疆已有公路可行，有汽车可乘，但 2000 年 8 月盛夏我过天山时，仍要爬雪山，穿冰洞。可想当年林则徐是怎样以羸弱之躯担当此苦任的。对皇帝而言，这是对他的进一步惩罚；而在他，则是在暮年为国为民再尽一点力气。1845 年 1 月 17 日，林则徐在三儿聪彝的陪伴下，由伊犁出发，在以后一年内，他南到喀什，东到哈密，勘遍东、南疆域。他经历了踏冰而行的寒冬和烈日如火的酷暑，走过"车厢簸似箕中粟"的戈壁，住过茅屋、毡房、地穴，风起时"彻夕怒号"，"毡庐欲拔"，"殊难成眠"，甚至可以吹走人马车辆。林则徐每到一地，三儿与随从搭棚造饭，他则立即伏案办公，"理公牍至四鼓"，只能靠第二天在车上假寐一会儿，其工作紧张、艰辛如同行军作战。对垦荒修渠工程他必得亲验土方，察看质量，要求属下必须"上可对朝廷，下可对百姓，中可对僚友"。别人十分不理解，他是一戍边的罪臣啊，何必这样认真，又哪来的这种精神？说来可怜，这次奉旨勘地，也算是"钦差"吧，但这与当年南下禁烟已完全不同。这是皇帝给的苦役，活得干，名分全无。他的一切功劳只能记在当地官员的名下，甚至连向皇帝写奏折、汇报工作、反映问题的权力也没有，只能拟好文稿，以别人的名义上奏，这和治黄有功而不上褒奖名单同出一辙。林则徐在诗中写道："羁臣奉使原非分"，"头衔笑被旁人问"。这是何等的难堪，又是何等的心灵折磨啊！但是他忍了，他不计较，只要能工作，能为国出力就行。整整一年，他为清政府新增 69 万亩耕地，极大地丰盈了府库，巩固了边防。林则徐真是立了一场"非分"之功。他以罪臣之分，而行忠臣之事。而历史与现实中也常有人干着另一种"非分"的事，即凭着合法的职位，用国家赋予的权力去贪赃营私，如王莽、杨国忠、秦桧，直至江青、康生。原来社会上无论是大奸、巨贪还是伪小人，都是以合法的名分而行分外之奸、分外之贪、分外之私的。当然，他们最后也为历史所记录。陈毅有诗："手莫伸，伸手必被捉。"他们被历史捉来，钉在了耻辱柱上。可知，世上之事，相差之远者莫如人格之分了。有人以罪身而忍辱负重，建功立业；有人以权位而鼠窃狗盗，自取其辱，自取其罪。确实，"分"这个界限就是"人"这个原子的外壳，一旦壳破而裂变，无论好坏，其力量都特别的大。

林则徐还做了一件更加"分外"的事，就是大胆进行了一次"土地改革"。当勘地工作将结束，返回哈密时，路遇百余官绅商民跪地不起，拦轿告状。原来这里山高皇帝远，哈密王将辖区所有土地及煤矿、山林、瓜园、菜圃等皆霸为已有。汉族、维吾尔族群众无寸土可耕，就是为驻军修营房拉一车土也要交几十文钱，百姓埋一个死人也要交银数两。土王大肆截留国家税收，数十年间如此横行，竟无人敢管。林则徐接状后勃然大怒："此咽喉要地，实边防最重之区，无田无粮，几成化外。"林立判将土王所占一万多亩耕地分给当地汉族、维吾尔族农民耕种，并张出布告："新疆与内地均在皇舆一统之内，无寸土可以自私。汉人与维吾尔人均在圣恩并育之中，无一处可以异视。必须互相和睦，畛域无分。"为防有变，他还将此布告刻制成碑，"立于城关大道之旁，俾众目共瞻，永昭遵守"。布告一出，各族人民奔走相告，不但生计有靠，且民族和睦，边防巩固。要知道他这是以罪臣之身又多管了一件"闲事"啊！恰这时清廷赦令亦下！林则徐在万众感激和依依不舍的祝愿声中向关内走去。

　　100多年后，我又来细细寻觅林公的踪迹。当年的惠远城早已毁于沙俄的入侵，在惠远城里我提出一定要谒拜一下当年先生住的城南东二巷故居。陪同说，原城已无存，现在这个城是清1882年，比原城后撤了7公里重建的。这没有关系，我追寻的是那颗闪耀在中国近代史上空的民族之星，至于其载体为何无关宏旨。共产党夺天下前的最后一个农村指挥部，我们现在瞻仰的西柏坡村，不也是从山下上迁几十里重建的吗？我小心地迈进那条小巷，小院短墙，瓜棚豆蔓。旧时林公堂前燕，依然展翅迎远客。我不甘心，又驱车南行去寻找那个旧城。穿过一个村镇，沿着参天的白杨，再过一条河渠，一片茂密的玉米地旁留有一堵土墙，这就是古惠远城。夕阳下沉重的黄土地划开浩浩绿海，如一条大堤直伸到天际。我感到了林公的魂灵充盈天地，贯穿古今。林则徐是皇家钦定的、中国古代最后的一位罪臣，又是人民托举出来的、近代史开篇的第一位功臣。

（2001年6月）

# 青山不老

　　《三国演义》上有一个故事，写庞德与关羽决战，身后抬着一具棺材，以示此行你死我活，就是我死了也没什么了不起，埋了就是。真一副堂堂男子汉大丈夫的气概。这种气概大约只有战争中才能表现出来，只有在书本上才能见到。但是当我在一个小山沟里遇到一位普通老者时，我却比读这段《三国演义》还要激动。

　　窗外是参天的杨柳。院子在沟里，山上全是树，所以我们盘腿坐在土炕上谈话就如坐在船上，四围全是绿色的波浪，风一吹，树梢卷过涛声，叶间闪着粼粼的波。

　　但是我知道这条山沟以外的大环境，这是中国的晋西北，是西伯利亚大风常来肆虐的地方，是干旱、霜冻、沙暴等一切与生命作对的怪物盘踞之地。过去，这里风吹沙起能一直埋到城头，县志载："风大作时，能逆吹牛马使倒行，或擎之高二三丈而坠。"可是就在如此险恶的地方，我对面的这个手端一杆旱烟的瘦小老头，他竟创造了这块绿洲。

　　我还知道这个院子里的小环境。一排三间房，就剩下老者一人，还有他的棺材。那棺材就停在与他一墙之隔的东屋里。老人每天早晨起来抓把柴煮饭，带上干粮扛上锹进沟上山，晚上回来，吃过饭，抽袋烟睡觉。他是在 65 岁时组织了 7 位老汉开始治理这条沟的，现在已有 5 人离世，却已绿满沟坡。他现在已 81 岁，他知道终有一天早晨他会爬不起来，所以那边准备了棺材。他可敬的老伴，与他风雨同舟一生，也是在一天他栽树回来时，静静地躺在炕上过世了。他没有儿子，只有一个女儿在城里工作，三番五次地回来接他出去享清福，他不走。他觉得自己生命的价值就是种树，那边的棺材就是这价值结束时的归宿。他敲着旱烟锅不紧不慢地说着，村干部在旁边恭敬地补充着……15 年啊，绿化了 8 条沟，造了 7 条防风林带，3 700 亩林网。去年冬天一次就从林业收入中资助村民每户买了一台电视机，这是一个多么了不起的奇迹。但他还不满意，还有宏伟设想，还要栽树，直到他爬不动为止。

我们就在这样的环境中谈话，像是站在生死边界上的谈天，但又是这样随便。主人像数家里的锅碗那样数着东沟西坡的树，又拍拍那堵墙开个玩笑，吸口烟……我还从没有经历过这样的采访。

在屋里说完话，老人陪我们到沟里去看树。杨树、柳树，如臂如股，劲挺在山洼山腰。看不见它们的根，山洪涌下的泥埋住了树的下半截，树却勇敢地顶住了它的凶猛。这山已失去了原来的坡形，而依着一层层的树形成一层层的梯，老人说："这树根下的淤泥也有两米厚，都是好土啊。"是的，保住了这些黄土，我们才有这绿树。有了这绿树，我们才守住了这片土。

看完树，我们在村口道别，老人拄着拐，慢慢迈进他那个绿风荡荡的小院。我不知怎么一下又想到那具棺材，不觉鼻子一酸，也许老人进去就再不出来。作为政治家的周恩来在病床上还批阅文件；作为科学家的华罗庚在讲台上与世人告别；作为一个山野老农，他就这样来实现自己的价值。一个人如果将自己的生命注入一种事业，那么生与死便不再有什么界线。他活着已经将自己的生命转化为另一样东西；他死了，这东西还永恒地存在。他是真正与山川共存、日月同辉了。达尔文和爱因斯坦都说过，生死于他们无所谓了，因为他们所要发现的都已发现。老人是这样的坦然，因为他的生命已转化为一座青山。

老人姓高，名富。

这个普通的人让我领悟了一个伟大的哲理：青山是不会老的。

（1987 年 12 月）

还忧国事

# 让形式不再只是形式

  中央提出反形式主义，很得民心。我们要干工作自然会诉诸某种形式。但如果总是重复形式而无实效，就招人烦。最近到陕北府谷县采访，却意外地收获一点惊喜，聊慰烦心。

  评"百强"是一种形式，全国各种"百强"已不知几多。府谷是全国"百强"县，但他们没有借此形式来招摇，反倒自找其弱，自补其虚。全县还有3万贫困人口，他们决心3年解决"富中贫"问题，类似城市消灭"城中村"、"棚户区"。而且高标准，全国农村贫困线是2 300元，他们提到3 000元，以缩小差距，共同富裕。

  "领导送温暖"是一种形式，最常见的是春节慰问。在府谷，腊月三十、正月初一，干部不去"骚扰"群众过年，而是等春节过后，就入村落实当年的生产规划。他们不叫"送温暖"，叫送项目和措施到村、到户、到人"三到位"。而且从书记、县长到乡、镇干部，扶贫"三到位"发文公布，年底验收。

  人民代表大会、政治协商会议、党代会，是我国政权建设和党的建设的一种形式。代表、委员应切实参政、议政。可惜基层的代表、委员经常被"形式"为一种空头荣誉，开会才露脸，平时找不见。在当地我也惊喜地看到了其内容的回归。全县的"两代表、一委员"必须对自己所代表的群众履行扶贫之责，人人有联系点、帮扶对象，并与党政干部同在一张表上向全县下文公布。

移民建新村也是这几年常用的扶贫形式。但常常进了新村，丢了老根，无法生存。他们吸取教训，除坚持群众自愿外，还有几条"留老根，扎新根"的硬规定：每户留一亩口粮田；离原村 5 公里到 8 公里（农民与旧村还有许多割不断的联系），离集镇不超过 10 公里，可享受集镇公共配套服务；有新的收入来源（务工、"三产"、政策补贴）等。真正移得动，留得住，贫变富。类似还内容于形式的还有很多。

事物总有形式和内容两个方面。但是形式可以独立存在，而且往往有摆脱内容去顽强表现自身的价值取向。如诗词的格律、语言的修辞、音乐的旋律等都有独立的美学价值。于是就有了绕口令、风景画、无标题音乐等艺术形式。但我们的干部是为人民服务的，不是表演艺术家，不能陶醉于自己的工作形式，专门"作秀"。不能总是在那里画风景画，奏无标题音乐，说绕口令。大凡一个政党、一个团体，在革命、改革的上升阶段，总是借新内容打破旧形式；而当有了成绩、有了权力时，就开始保守、骄傲、自恋，借形式来粉饰工作，自欺欺人。形式主义是一个团体僵化、老化的表现。所以中央在"八条"之后又提出反形式主义。反形式主义就是回归内容，让形式不再只是形式，是"革自己的命"，像一棵树，不断退掉身上的老皮，抽出新枝。共产党人能够做到这一点，因为马克思主义是开放的哲学，总在寻求革新和自我革新。延安整风反过形式主义，改革开放之初邓小平带领我们反过形式主义，现在党中央又提出反形式主义，我们的事业在波浪式前进。

（《人民日报》2013 年 10 月 10 日）

# 普京独行在空旷的大街上

网上视频播出，普京参加完自己柔道启蒙教练的葬礼后，拒绝记者、警卫的跟随，一个人行走在圣彼得堡空旷的大街上。

他紧贴着临街的窗户，走在窄窄的有点老旧的人行道上，一会儿又跨过一条马路，跃上对面的人行道，偶有行人看他一眼，也各行其道。

以我们的习惯思维，这首先有安全问题，其次还有老百姓的围观。我老觉得那临街的窗户里会随时伸出一把手枪，或者路边会有人下跪上访，给一个难堪。但是没有，普京只是自顾自地走着，别的行人也没有大惊小怪。官不觉官，民自为民，这是一种多么平静的政治生态。微风吹起普京西服的下摆，他扬起头，甩着一副摔跤手的臂膀，目光向前。我不知道他在想什么。是想安静一会儿，还是想看看这片他治下的土地？他难道就不怕安全不保，不怕有人来纠缠？但从画面看，他一身胆气，淡定自然。这不只是因为他柔道出身，有一身好武艺，还因为他别有一种政治上的自信。

这场面又令我联想起几个镜头。毛泽东当年也常这样一个人走在延安的大街上，不时和迎面而来的农民打招呼。这有斯诺的《西行漫记》为证，也曾有一张他双手叉腰与人说话的照片。周恩来喜好话剧，20世纪50年代他常去看"人艺"的戏，夜戏散后就和回家的演员一起，

214

同行在北京后半夜空旷的大街上，热烈地讨论着剧情和演技。德国女总理默克尔下班后就到超市买菜，还排队交钱。法国总统希拉克是个大个子，也爱一人漫步巴黎街头。一天他发现一个小孩紧随其后，便回身问："是要签名吗？"孩子说："不，不需要签名。天热，我走在你的影子里凉快些。"童言无忌，他大惭，人民不看重他的虚名，而是要他给民以实惠。当晚，他写了一篇《我愿给你们带来荫凉》的讲稿，后来引入他的施政纲领。

这里引出了一个问题：政治家或者我们的干部，与群众应该是一种什么样的关系，他自己应该是一种什么样的常态心理？中国人经历了"文化大革命"的特殊岁月后，深刻地懂得了一个真理：领袖是人不是神。不但一般人从政治现实中深切地明白了这一点，党也将此作为一种政治经验总结成文件。1980年7月30日中央通过少宣传个人的五条规定，同年10月20日又通过决定，二三十年内不挂现任中央领导人像，防止个人迷信。可惜，中央带头了，基层却很"牛"。有些人经常表现为无事忙，有事慌；对下欺，对上瞒；对内硬，对外软；无事拿架子，有事扶不起。我出差就不止一次地遇到"清街"、"闭景区"等。共产党本来是为人民服务的，一个服务员去服务的时候怎么能让被服务者回避呢？当然更不能敲锣打鼓，像刘邦还乡那样。正常地生活在人民群众中，这不仅仅是对共产党政治家的要求，即使一些进步的资产阶级政治家，甚至封建政治家也能做得到。但现在我们却还是不得不从最基本的说起，时时提醒干部不要脱离群众，不要害怕群众，不要画地为牢，也不要"作秀"，不要哗众取宠。要学会先自自然然地做人，再兢兢业业地做事。

但政治家毕竟不是一个普通的人，他要有特殊的机敏和坚定的信念，虽不"作秀"，却必须做事。几乎与这个独步街头的画面同时，电视台还有一个画面是普京怒斥日本记者的挑衅。日本首相安倍与普京会谈后共同举行记者招待会。这应是一个严肃的场合，安倍在喋喋不休地讲话，普京在一旁无聊地玩着手中的一支笔。我立即想起奥巴马对普京的印象："他很随便，就像一个坐在后排的懒散的学生。"但是，一个日本记者问普京："为什么俄在'北方四岛'① 继续修建地热发电站？这是日本绝不接受的举动。俄什么时候能停止推行这一十分令人气愤的政策？"这时，普京，这个打盹的老虎，立即锐利地回答："我发现您是在认真地读写在小纸条上的问题。我想请您向指示您提问的人转达以下内容：这些领土问题不是我们制造出来的，这是100年前就有的历史遗留问题。如果您想捣乱，继续直接提出强硬的问题，那您也一定会直接得到强硬的答案。"这是打狗给主人看，在一旁的安倍如坐针毡，但也无可奈何。普京是无事散，有事强；对内柔，对外刚。这又使我想起当年毛泽东在中国还不得不依赖苏联的情况下却在谈判桌上痛斥赫鲁晓夫："是不是想把我们的沿海都拿去？"还有，邓小平在人民大会堂对为香港问题来访的英国首相撒切尔夫人说："主权问题绝不能谈判。"震得"铁娘子"出门就跌了一跤。还有陈毅那段有名的外交逸事。有外国记者问及陈毅"中国是否好战"，陈毅拍着桌子怒道："我们等候美帝国主义打进来，已经等了16年。我的头发都等白了。或许我没有这种幸运能看到美帝国主义打进中国，我的儿子会看到，他们也会坚决打下去。"

我曾有诗言："宠而不惊，弃而不伤。丈夫立世，独对八荒"。政治人物算得上是有作为的大丈夫了。切不要自宠、自伤。他要独对的是各种复杂的问题，是整个国家、整个世界，是一片空旷的未来。为了对得起这个职位、这个局面，他首先内心得自然坦诚，宁静致远。古人言"居官无官官之事"，就是说不要走路坐卧总把自己当个官。无论是毛泽东在延安的街头，周恩来同演员谈戏，还是希拉克与儿童对话，普京逛街，默克尔买菜，他们都有一个坦诚的我，不是总拿自己当个官。然而，他们又随时不忘自己的责任，该变脸时就变脸，敢变脸。无论是普

---

① 俄称"南千岛群岛"。

京怒骂记者还是邓小平斥"铁娘子",都是为国家利益而担当,这时又没有了自我,只有官身、官责。这大概就是毛泽东评价自己时说的"一半猴气、一半虎气"。能公能私,能我能国,或猴或虎,是为真男子。他脚下踩着一片坚实的土地,行走在一条空旷的大街上,任我行,不"作秀",不回头。

(《人民日报》2013 年 7 月 18 日)

# 警惕学习的异化

　　近读《中国档案报》编辑出版的一本《解读尘封档案》，其中详细记录了"文革"中《毛主席语录》的编写过程，思考良多。1959 年 9 月，林彪接替彭德怀任国防部长，第二年提出军队要掀起学毛著高潮，并说训练、生产都不能冲击学习。1961 年 4 月又提出"毛主席有许多警句，要把它背下来"，《解放军报》要登语录。于是军报开始在头版登语录。1965 年 8 月 1 日，64 开本《毛主席语录》发行，每个战士一本。地方上起而效仿。1966 年 12 月 17 日，全国各报发表林彪署名的《〈毛主席语录〉再版前言》。到"文革"中，《毛主席语录》已正式由新华书店发行，全国绝大多数省市都按人口印刷，几乎人手一册。1971 年"九一三"事件发生，《毛主席语录》热戛然而止。

　　应该说，当年的语录热，对普及毛泽东思想作用很大。我们这一代人的政治常识也是那个时候垫的底。但万事不可太过，过则走向反面。学习本是一种自觉的探求，冷静的辨别，科学的实践，求不得轰轰烈烈，更不能搞成运动。既成运动，便来如潮涨，去如潮落，就躲不开涨潮时的盲目和退潮时的寂寞。寂寞之后当然应该有思考。

　　任何事物，除内容之外还有形式。形式这种东西有自身的价值，便总想脱离内容，闹出点动静来展示自己的独立。如诗词，人们发明了格律，它是形式，但也是诗词的一部分，于是就有人以为只要按格律填上字就是写诗作词。生活中许多人就这样求于形式，止于形式，因为这比内容要容易掌握。于是就本末倒置，就异化变味，生出许多有违初衷的事。如吃饭，当七碟八碗，桌上有鲜花，眼前有乐舞时，那早已不是为吃；如服装，当它变成了舞台上模特的奇装异服时，那也早已不是为穿了。而一个事物每当形式完全俘获了内容时，它也就走到了尽头，不再会有生命力。形式越完备，越烦琐，生命就越僵化，越近停止。八股文是这样，"文革"中的手捧语录"早请示，晚汇报"也是这样。过去，我们不知经过了多少学习运动，现在不少地方也在这"学习化"，那"学习化"，口号喊得震天响，什么领导动员、讲演比赛、有奖问答、开卷考试、辅导验收，不一而足。公款买的学习用书，发了一筐又一筐。学习已经被异化为一种形象工程或应酬行为。

近日纪念改革开放 30 年，重读邓小平视察南方时关于读书与学习的一段谈话。他说："学马列要精，要管用的。长篇的东西是少数搞专业的人读的，群众怎么读？要求都读大本子，那是形式主义的，办不到。……我们改革开放的成功，不是靠本本，而是靠实践，靠实事求是。……我读的书并不多，就是一条，相信毛主席讲的实事求是。"据家人回忆，小平确实没有读完《资本论》，但《列宁全集》是仔细读完了的，那是他在江西落难的时候，在那个被软禁的小院里，小楼上的灯光彻夜不熄，他在结合读书思考执政党如何治国的问题。据身边的人讲，小平在视察工作时总是多问少说，静静地听；在读书时，不勾划，不批注，静静地想。他是最不爱虚张声势，弄出点什么动静的人。在南方谈话中他还说："你们查一查，我们三中全会以来所作的决定，哪一条是从马列主义的书上抄下来的，没有。但是你再查一查，我们哪一条是违反马列主义、毛泽东思想的，没有。"

当年林彪硬把学习毛泽东著作这件好事异化成狂热的个人崇拜，他自己则企图乘机篡权。而邓小平却因坚持实事求是遭到一批再批，毛泽东到去世前一年还在"反击右倾翻案风"。但毛泽东去世后，邓却力主搞一个《关于建国以来党的若干历史问题的决议》，并指出决议的关键是要肯定毛泽东思想和毛泽东的历史地位，如果这一点做不到，宁可不搞。诚如他说的，就是"相信毛主席讲的实事求是"。这是真读书，真学马列主义、毛泽东思想。有小平倡导的这种学习精神，我们才有了今天的好局面。

（《新湘评论》2009 年第 4 期，《新华文摘》2009 年第 5 期）

# 说文风

在中国历史上，凡社会变动都会伴随着文风的变化。这也好理解，文章、讲话、文艺作品都是表达思想的，形式要服从内容、表现内容。一个人在戏台上穿戏服，在球场上就穿运动服，服装随着动作内容变。正当十八大闭幕不久、十二届全国人大召开之际，各方面的工作都待一变，文风亦有一变。

文风从来不是一股单独的风。它的背后是党风、政风、官风、民风、商风及社会和时代之风。一个社会，经济在下、政治在上，文化则浸润其间，渗于根，发于表。凡一种新风，无论正邪，必先起于上而发于下，然后回旋于各行各业各阶层民众之间，最后才现于文字、讲话、艺术及各种表演。所以，当我们惊呼社会上出现某种文风时，它早已跨山越水，穿堂入室，成了气候。文风这个词虽是中性的，但通常只要单独提出，多半是出了问题。所以党史上治理文风从来是和治理党风、政风连在一起的。影响最大的是1942年的延安"整风"、"清算"和反对"党八股"。

远的不必说，新中国成立以来就有三次大的文风问题。一是1958年及之后两三年的浮夸之风，上面讲大话，"赶英超美"，"跑步进入共产主义"，报上登亩产几万斤，机关炼钢铁，公社办大学，文艺作品口号化。二是"文化大革命"的极左之风，全民处于个人迷信、政治癫狂的状态，报纸成了政治传单，文学作品"高、大、全"，舞台上只剩下样板戏。三就是我们现在面临的文风了，习近平同志概括为"长、空、假"，他说："当前，在一些党政机关文件、一些领导干部讲话、一些理论文章中，文风上存在的问题仍然很突出，主要表现为长、空、假。"

58'之"浮"、"文革"之"左"、现在之"假"，是我们 60 多年来的"文风三痛"。正如恩格斯所说："不要过分陶醉于我们人类对自然界的胜利。对于每一次这样的胜利，自然界都对我们进行报复。"（《劳动在从猿到人的转变中的作用》）58'之惩是饿肚子、死人；"文革"之惩是国家濒临崩溃；现在"长、空、假"之惩是信任危机，离心倾向加重。所以十八大新班子一开始就疾呼整顿文风，当然也还有其他方面的工作作风。

文风，望文生义，一般地可以理解为文字之风、文艺之风、文化之风，凡是经文字、语言、艺术等手段之传播而成为一种时尚的，都可以算作文风。文风的范围可分为三大类：一是与政治和行政关系密切的文件、讲话、会议及政要人物的文章、著作；二是大众传媒中的文字和

1958 年刊登亩产三万多斤的《人民日报》

节目；三是出版或上演的文学艺术作品。由于文风与社会政治走向，特别是与主政者的好恶关系极大，所以文风的倾向最先反映在与施政相关的第一类文字中，再从第二类到第三类。

"长、空、假"的要害在"假"。虽然坏风无不假，但与前两次相比，现在的假风已深入骨髓，更加可怕。无论1958年之吹嘘经济方面的高产，还是"文革"之歌颂"红太阳"，人们内心还有几分真诚，哪怕是在蒙蔽中的真诚。连毛泽东听到钱学森的理论推算，都相信土地能够高产。"文革"中"红卫兵"真的可以随时为革命、为领袖去献身。"文革"后期曾有"牛田洋"事件，一群军垦大学生和战士手挽手迎向海浪，相信下定决心就能争取胜利，最终却葬身大海。这当然是一幕悲剧，但说明那时还是有一点愚忠、愚真的。现在没有人这么"傻"了，学会了伪装、弄假。如习近平同志所说："有的干部认为讲大话、空话、套话、歌功颂德的话最保险，不会犯错误"，"言行不一、表里不一，台上台下两个形象，圈内圈外两种表现"。没有了"天真"，却假装真诚，没有了"迷信"，却假装服从，这才是最可怕的。

"长"和"空"是为"假"做掩护的。习近平同志说："假，就是夸大其词，言不由衷，虚与委蛇，文过饰非。不顾客观情况，刻意掩盖存在的问题，夸大其词，歌功颂德。堆砌辞藻，词语生涩，让人听不懂、看不懂。"为什么开长会、讲长稿、发空文、争版面、抢镜头及急着个人出书呢？是在作秀，是装着在干活，要弄出点动静来，好显得有才、有政绩。已在位的树碑立传，未到位的借机要官；没有政绩的玩花架子遮假，没有真本事的靠秀才艺壮胆；把工作、干部、群众都绑架在他借公谋私的战车上。邓小平同志指出："我们开会，作报告，作决议，以及做任何工作，都为的是解决问题。"这些"长、空、假"的人心里从来就没有想到过要解决问题，都是在为自己捞资本。工作为轻，我为重，工作都是假的，文风焉能不假？我们可以对比一下，1958年人人头脑发热，"文革"中大搞个人迷信，但还很少有哪一个干部为了个人目的去出书、争版面、抢镜头、发长文。文风之堕落，于今为烈。

这种"长、空、假"怎么治呢？上有所好，下必甚焉。文风是末，官风是本。治文风要先治党风、政风，特别是官风。习近平同志指出："各级领导机关和领导干部要起带头作用。文风问题上下都有，但文风改不改，领导是关键"，因而要增强党性修养，坚持以德修身，努力成为高尚人格的模范。只有自己的境界高了，没有私心杂念，才能做到言行一致、表里如一，讲出的话、写出的文章人们才愿意听、愿意看。

纵观历史，每当一种不好的文风得到治理时，社会也就大前进一步了。

我们期待着。

（《秘书工作》2013 年第 3 期）

# 说官德

德是人的行为规范。头上三尺有神明，现实生活中每个人都有一种无形的道德约束，而官员又更多一层，这就是怎么用权。因为他比普通百姓拥有更多的权力。权对官来说有两重性：一是可以为百姓办事，服务社会；二是可以为自己牟私利，甚至欺压百姓。好官坏官由此区分而来。

官的政绩决定于他的能与德，但主要是德。有德无能至少不会办坏事，无德有能却可大大地办坏事。德是基础，是软实力，是一个无形的大磁场。所以中国封建社会初期汉武帝选官时首重德，举孝廉；隋唐开始科举考试，重能亦重德；到明清更总结出"公生明，廉生威"，出现曾国藩等道德榜样，又回到道德上来。大凡一个政权，在开创之初，德和能都不成问题。替天行道，为民请命，自然大得民心，且自戒甚严，德风感天下。至于能，更是在战火中打出来的，无往不胜。而麻烦在于掌权之后，德渐松弛，能亦下降。1940年2月1日毛泽东在延安民众大会的讲演中自豪地说边区有"十个没有"："这里一没有贪官污吏，二没有土豪劣绅，三没有赌博，四没有娼妓，五没有小老婆，六没有叫花子，七没有结党私营之徒，八没有萎靡不振之气，九没有人吃磨擦饭，十没有人发国难财。"这"十个没有"确实反映了当时延安良好的党风、政风、民风，令人羡慕，使人向往。这种风气一直延续到新中国成立初期。周恩来在"文化大革命"之初到学校视察，就在学生食堂里吃饭，一个菜两角五分钱也要如数交上。中南海里开会，每个人主动交五分钱的茶水费。但现在生活好了，官员的"胃口"也大了，贪个千百万很平常。改革开放之后，第一个因贪伏法的省部级以上干部是江西省副省长胡长清，贪500多万元，2000年2月被处以死刑；第二个是全国人大常委会副委员长成克杰，贪4 000多万，2000年9月被处以死刑。后来就多得数不过来了，数额也高得惊人。高官贪贿再多也只能判个无期。虱子多了不怕咬，法不责众了。2011年的公开数字，只外逃贪官卷走的钱，有说5 000个亿，有说8 000个亿。高官贪，小官亦贪，辽宁省大连市检察院公布，大连街道办下面一小区居委会主任王仁财，职务在科级以下，2007年至2009年期间贪污9 000余万元。此外还联同当地黑社会，犯下了多宗故意伤害、非法采矿、寻衅滋事等刑事案件，2011年12月21日被判处死刑。贪腐之风愈演愈烈，以致出现了这样的怪现象：小偷专偷贪官，网上流行词"小偷反腐"。原因很简单：（1）贪官有钱；（2）是不义之财；（3）失主不敢报案。这样想来小偷的"偷"倒是一种客观上的义举了，类似当年土匪的劫富济贫。而且因破小偷小案牵出不少大贪大案。成语"小巫见大巫"又多了一个姊妹词"小偷见大盗"。国之大盗，监守自盗。这还只是贪财之腐败，其余还有买官卖官、弄虚作假、阿谀奉承、结党营私、吃喝嫖赌等，不一而足。

没有约束的权力必然走向腐败。对权力的监督可以使官员变成一匹奋蹄腾飞的千里马，而对权力的放纵亦可以使他变成一个为所欲为的魔鬼。任何一个政权的兴起都是先从干部准备做起，而它的衰落也是先从吏治腐败开始。治国先治吏，国败吏先衰。治理的办法当然是有的，如：领导带头，使有楷模；严刑峻法，使不敢犯；民主监督，使不能犯；还有就是道德教育，使之良心发现，自我约束，不该去犯。这几条中，制度约束、民主监督是最重要的，对官员个人来讲，自我约束，正确对待权力则是内因。

那么从道德上来说，近年来官场有哪些变化，或者说出现了哪些坏风气呢？现在官场道德之坏主要表现是：私、贪、假、惰、媚。如何惩治其害并重整新风？我在官场已观察有年，对症下药开了十味药方，这就是：为公、为民、诚实、敬业、廉洁、独立、坚定、谦虚、坦荡、淡泊。有些是老生常谈，但官场总是旧病复发，有的还是顽疾难除，虽是常谈也只好再说再谈了。恰逢有出版社来约稿，就辑为《官德十讲》，这十个方面主要是针对官场的现状和时下官德的种种表现，也兼顾总结古代为官的伦理道德。十讲又可大致分为两组：前五讲主要是围绕权力和工作，是以德施政，以德辅政；后五讲主要是围绕个人修养，以德自立，处世待人，"以吏为师"，给社会一个榜样。

孙中山临终遗言说，他致力于革命凡 40 年，革命尚未成功，同志仍须努力。现在改革开放眼看也要奔 40 年而去了，小平若在世，当会叹息道：贫富不均，世风日下，同志仍须努力。

（《新湘评论》2012 年第 11 期）

# 居官无官官之事

魏晋风度，崇尚隐逸。东晋时的大官刘惔是晋明帝的女婿，皇亲国戚，身份显赫，但他为政清静，死后人赞之曰："居官无官官之事，处事无事事之心。"用现在的话说就是不作秀，不太把做官当回事，而保持人格的独立和人性的率真。最典型的就是陶渊明不为五斗米折腰。"无官官之事"不是让你玩忽职守，掉以轻心，而是实事求是，实实在在地去干事。这句话类似"好读书不求甚解"，不是囫囵吞枣，而是把握主旨，不一味地抠词掰句。又类似"君子之交淡如水"，不是说交情淡，而是说交往的形式简单，更见真情。

近来中央召开扶贫工作会议，令我想起一件亲历的扶贫小事，可为"官官之事"作注。那年秋风乍起，我所在的单位赶紧向对口扶贫的某县送去六大卡车棉衣、棉被，正好由我负责带队送达。三个月后，元旦已过，彼县长来京，我问："棉衣发下去没有？"答曰："没有，等春节前'送温暖'时再发。"我大怒："现在春节还未到，你身上怎么已经穿上棉衣？"可知他们整天就是这样做着些"送温暖"之类的"官官之事"，还又时时端着一颗唯恐人不知的"事事之心"。就像一只老母鸡，下不下蛋无所谓，但只要下一颗蛋必定叫得咯咯响。这哪里还有一点官责和官德？用这样的官去治理地方，只能贫上加贫。还有某地矿难，经几日抢险总算打通了生命通道，危困井下的工人终于可以升井了。但且

228

慢，还有一件"官官之事"不能少，领导还没有来到井口，明天报上没有他与升井工人现场拥抱的镜头怎么行？工人与自己的亲人拥抱、流泪都不算。于是宁可让他们在井下再忍一会儿。"官官之事"已经演化为官场的"官官之规"。

一个人不做官也罢，他只要做了官，身上就同时有了三层含义。一是为官之责。政治学上讲，老百姓把自己的权力出让给公共机构，委托它来管理社会。所以官员手里的权力不是天生的，也不是谁赐予的，而是老百姓给的，官的本质是为民办事，为人民服务。二是为官之德。它的底线是怎么做人，官做到多大也逃不出人格与人性。可惜，官场的人性扭曲往往比民间严重得多。三是为官之形。任何事物总有个方式，施政之官权在手，其行事的方式自然与普通百姓不同。如讲究成就、荣誉、排场、权威、效果等，即所谓的"官官之事"。明白这三层意思，就知道"坐官"（坐在官的位置上）时最重要的是"为官之责"和"为官之德"，为百姓、国家、民族办事，做一个真正的、实在的人。至于"官官之事"不是一点不要，但毕竟是形式上的次一级的"官元素"。可惜不少官员常忘了"官责"与"官德"，倒把"官官之事"看得比天还重。

这"官官之事"在古代也就是骑马、坐轿、宴请、写奏折之类，现在"与时俱进"了，闹得更大更新。如：求政绩，大搞短期行为；多应酬，巧于上下打点；泡会议，镜头来，版面去；造假势，汇报预演，视察排练；讲排场，警车开道，前呼后拥；等等。官场成了剧场，官员成了演员，演得很是过瘾。把这些"官官之事"办好了，虽然表面上还是官照"坐"，权照掌，但民心已失。水可载舟亦可覆舟，恐去官之日不远矣！慎之，慎之。

（《人民日报》2012 年 1 月 13 日）

# 就取消北戴河暑期办公给党中央的一封信

党中央：

今特向中央提一建议，谨供参考。

十六大以后，党中央新的领导机构有几项举措深得民心。其中包括政治局成员亲访西柏坡，重提"两个务必"；中央领导同志深入基层，访贫解难；在传媒上改进领导人活动的报道等。我觉，还有一事，下面反映较多，这就是中央领导每年夏天前往北戴河暑期办公，也可以改进。

理由有五：

一、当年我们的办公和生活条件很差，北京夏热又无空调设备，为中央领导就近安排在北戴河休假并办公很有必要。现在京城的条件已大为改善，似无必要再来回迁徙办公。

二、对地方来说，每年接待中央领导休假和办公是件大事。当地干部反映，虽工作头绪千条，每年唯此为大，各方举财劳民，如履薄冰。这难免增加地方负担，分散正常工作精力。

三、对中央来说，每年一次离京办公，必然带来大量工作人员往返奔波、各部呈文送信、汇报请示、后勤供应、生活服务等大增劳务。有时因一事之商也要请多个部门负责人离京赴议，增加行政成本。

四、北戴河近年已渐成旅游胜地，客流涌动，人声嘈杂，此处已非殚精竭虑、忧国治事之所。况且时当盛夏兼有休假避暑，领导人必带家属。工作人员也难免呼朋唤友，优游嬉戏，有碍工作，有失威重。

五、其时正当旅游旺季，重要车辆来往于京戴两地，必然清道警戒，与民争路，易起非议，影响干群关系。

因此，建议将办公与休假分开，可轮流休假，办公则仍在北京。过去前几代领导人暑期京外办公，或因京城条件所致，或因年事较高兼顾休息，群众还可理解。现在中央新班子年富力强，锐意进取，正可借机革此旧制。虽一事之易，其精神号召力当不同凡响，它最可表明新一届中央正党风、恤民情、重实效之决心，定会得到广大人民和干部的拥护。

谨以一个普通党员新闻工作者的忧国爱党之心竭诚进言。

敬礼

梁　衡

2003 年 4 月 17 日

（按：中央领导从 2003 年起已不在北戴河暑期办公，而在那里接见休假的劳模。）

# 大干部最要戒小私

干部是公家的人，是公务员，是为国家办事，不能有私。大贪大贿自有党纪国法管着，这里且说一说百姓眼中最无奈却又最鄙视的小私小弊。

人皆有私，但是私戏不能在公家舞台上演。就如任何人都可以在自己家的浴室一丝不挂地沐浴，可以在自己家夫妻共枕，但如果有人把此事演到大街上、舞台上，那将是怎样地难堪，怎样地不可理喻。

但许多事，换一种形式，便泾渭不分。我们有一部分干部就在干这种有违常理的事。有一位领导对下属单位说："为什么不先解决我老婆的职称？"下属面有难色，说评委不投票。他说："那我不管，你去办！"一次我在机场见某领导带团出国，各团员及送行人员早在机场恭候，他却姗姗来迟，且妻、儿、孙前呼后拥。这位领导一不问团员是否到齐，二不问手续办得怎样，三不向送行者嘱咐公事，而是与老婆卿卿我我，说不完的家事，又抱着孙子的脸蛋亲不够。时间一到，披衣出关。众人脸上僵僵地挂着笑，心里凉凉地叹着气，好容易才看完这出"十八相送"。他们就这样穿着一件"公"字牌的皇帝新衣，大裹其私，大摇大摆地登台走步，发指令，做演说，全然不知群众怎么看、怎么说。这是最失"人"格、失"领导"之格和"公务员"之格的。

北宋名臣富弼出使辽国，一走就是数月。有人捎来家书，富曰：

"徒乱人心。"不拆书信，直接放在灯上烧掉。一个封建官吏都懂得身在公位，执行公务，百分之百地勤政，不敢有一丝懈怠，而我们现在一些干公事的人却在公台上大唱私戏，私不知羞，私不觉耻。这样人格一丢，就一丑遮百俊，一丑压百能，就被人看扁了，就永无一点可用、可敬、可言之处了。可惜，许多身居要位者在这一点上，常没有一点自知之明、知私之明。

（《京华时报》2002 年 4 月 24 日）

# 干部何必展示才艺

现在干部的文化基础水涨船高，大学本科已是起码的门槛，硕士、博士比比皆是。不像新中国成立之初的工农干部，胼手胝足，只会闷头工作。于是除工作之外便有了"才艺展示"。

胡长清人人皆知，是新时期第一个因贪污而处死刑的省部级高官。他选的才艺是书法。据说他在监狱里还对狱警说："你善待我，我出去后给你写幅字。"可惜笔未落纸，人已伏法。还有一位地方官，治民无方，治地发生群体事件，他处理不了，化装逃出。但他却会弹钢琴。他常会客的宾馆里放着一架专用琴，每当酒酣之时，部下就会巧妙地暗示：我们领导还会弹琴呢！客人就赶快知趣地说：真的吗？愿闻其妙。他就半推半就，走上琴台，才艺展示一番。

多才多艺没有错，关键是分清主次，才当其用。大凡一个稍有文化、中等智力的人，身上总会有数种甚至十数种以上的才，这不足为奇。据说人的 23 对染色体，只有 1 对管起码的体力智力，其余 22 对管不同的才，人人有才，人皆多才。君不见随便一个民间二人转演员，从耍手绢到吹唢呐，都能在台上玩他一个眼花缭乱。但他真要成名却不容易，一是要有一个专门的才，二是这才还得是别人没有的绝才。这就难了，这里有个角色分工问题，也有人生态度问题。如果唱旦角的不攻旦功，而旁骛丑功，则"旦不成而丑不就"，为老实人、聪明人所不为。

政治舞台与演艺舞台其理同一。

　　干部的主要角色是什么？是理政。孙中山说政治是管理众人之事，毛泽东说是为人民服务。首先你要有行政能力。心忧天下，心系百姓，把握大势，拆难解困，卒然临之而不惊，捧之宠之而不喜。老老实实把该管的事管好，勤勤恳恳为百姓谋一点福。如果还能有一点创造，比如有一点新政，那就更好。正如朱镕基答记者问所说，希望是个清官，干一点实事。我们常爱在官员前加"父母"二字，称父母官，暂不说其是否准确，但这却有强调责任的一面。父母者，首先要解决子女的衣食等事。如果父母每天拿不回粮米，进门就只会给孩子唱歌，子女也实在乐不起来，要这等父母何用？其实无论是百姓还是上级，直到中央，对干部并没有什么过多要求，干部考核表上也没有"才艺展示"这一项。但是为什么有些干部喜欢频频展示其才艺呢？原来花拳绣腿比真功夫既好看又省力。

　　才艺对政治家有没有用？有用，但那是锦上添花。有一点，更见其彩，没有也不影响为官做人。毛泽东诗词写得好，中国人为有这样的领袖而自豪；邓小平不写诗，仍不失为伟人，人们照样尊敬他。政坛上人物的才气可分为四种。一是有政治之才又兼有艺术之才；二是只有政治之才；三是只有艺术之才，投错了胎，误入政途，如宋徽宗、李后主；四是既无政治之才又无艺术之才，阴差阳错，戴上了官帽。不管哪一类，既入政坛，就要一心务政。共产党的第一代领袖无不多才，周恩来年轻时就演话剧，张闻天写小说，海军司令肖劲光还拉得一手好二胡，但从没有听说他们"露一手"。官者，管也，管好老百姓的事，同时也管好自己。有才艺可以，但不必频频展示，不要本末倒置，否则适得其反。宋徽宗好字画，李后主好诗词，明朝还有一个木匠皇帝熹宗朱由校，这些业余才艺反倒促使他们更快地人亡政息。共产党员早期重要干部顾顺章会两下魔术，在执行秘密任务途中，过汉口码头时禁不住上台露了一手，结果暴露身份，被捕叛变。凡热心于小技小艺者，其心必浮，难有大成，亦难托大任。足为之戒。

　　　　　　　　　　　　　　　　　　　　《当代贵州》2010 年第 1 期）

# 老百姓怎么看政治

　　近翻 40 年前的日记，有一段政治趣闻。1971 年林彪叛逃，摔死在蒙古国。这个"接班人"、"副统帅"，一夜之间成了叛徒、奸雄、大阴谋家，全国掀起"批林"高潮。当时我在内蒙古巴盟当记者，上面传达的文件里有一句话说："林彪披着马克思主义的外衣"。生产队开批判会，队长向大家传达说："这个林彪很坏，他还偷了一件马克思的大衣。"前几天我与一位宣传工作老前辈、中宣部的老部长吃饭，席间说起这个笑话，他很认真地说："现在仍然是这样呀。到基层去，农民老问，你们那'三个代表'还没选出来啊？"

　　前后相距 40 年的两则政治笑话，使我思考一个问题："老百姓怎么看政治？" 40 年了，我们的政治口号、中心任务已不知几变，而不变的是老百姓看政治的目光。马克思说，人们为之奋斗的一切，都同他们的利益有关。他又说，思想一旦离开利益，就一定使自己出丑。就是说，我们提政治口号并宣传解释时一定要能和普通百姓的具体利益相结合。

　　什么是政治？政治学解释：政治是人民群众将自己的权力出让出来，委托给一个公共权力机构来执行。这个机构可以是执政党，也可以是政府。这里有几点本质之处常被掩盖忽略：第一，这权力属于人民，执行机构不过是代行；第二，代行之时要能提炼、概括人民的具体要求，使之上升为一项方针政策，凝结为一个口号；第三，这口号必须为

236

群众所理解，与其利益紧密关联。这三者哪一个环节缺失或欠完美，都将影响政治运作的效果。至少宣传工作者要懂得这个政治规律和宣传艺术。

其实这规律和艺术也很简单，就是能不能从老百姓的目光来看政治，能不能把一个政党、政府大政方针翻译成群众语言，能不能把一个时期的政治任务的本质和群众关心的具体利益相联系。毛泽东说：政治就是把我们的人搞得多多的，把敌人搞得少少的。孙中山说：政治就是管理众人之事。反正，你的政治目标要与老百姓的利益相联系。联系得好就成功，联系得不好就失败。这已为无数历史事实所证明。李自成起义，他的口号是"迎闯王，不纳粮"，一下就说到赋税重压下的农民的心里，从者如云。我们在解放战争时期的口号是"保卫胜利果实"，分得土地的农民就踊跃参军。而抗美援朝的口号是"抗美援朝，保家卫国"，八个字将国际义务、爱国精神和"保家"的具体利益都概括进来。这对新中国刚成立正在建设幸福家园的群众来说很好理解，很有感召力，堪称政治动员口号中的精品。改革开放之初，对农村大包干的概括是"交够国家的，留够集体的，剩下的全是自己的"，对推动农村改革也极具号召力。其实，各个历史时期，各种新政策出台时，都有一些好的动员口号，如环保方面的口号"要金山银山，也要绿水青山"，教育方面的口号"再穷也不能穷教育，再苦也不能苦孩子"，都很有号召力。一般来讲，越接近基层，宣传就越能联系实际。一次我到甘肃采访，车在无人的田野上行驶，路边埋着光缆。一条红色立地标语映入眼帘："光缆无铜，偷盗判刑。"它讲得再明白不过，光缆里面没有铜，你偷了也无处可卖，还要判刑。何苦呢？八个字，把最要害的利益说得清清楚楚，还宣传了科普知识。这虽是一条标语，却比站一个警察还有效果。

政治是什么？就是最大多数人的利益，老百姓的利益。让百姓知道自己的利益所在，自觉去行动。这是管理者的责任，也是管理的艺术。

（《人民日报》2010 年 9 月 10 日）

# 假奶粉拷问真道德

食品卫生出了一件大事，有人将化学物质三聚氰胺掺入牛奶，只为提高检测指标，卖个好价，却危及人命。成千上万吃了有毒奶粉的婴幼儿发病，并有死亡。全国为之震动。此事看似质检不严，实为道德崩溃。

民以食为天，人命关天。天都敢欺，命都敢害，还有什么不敢为之？我们说以德治国，如果这样的道德行世，则人将不人，国将不国，社会将不社会，更谈不上和谐、安定。作案人何来此胆？一是利令智昏，只要能满足一点私利，就敢昧良心，敢害人命。二是愚不知法，窃喜于小利之得，不知法网难逃，正所谓无知者无畏。总之，是人的思想出了问题，不是奶粉质量，是人的质量，人的道德质量，社会管理质量。而且这种事情屡有发生，已不是一次两次。

2008 年 5 月"汶川大地震"让我们见证了人性中真诚无私的一面，这 9 月的奶粉事件，让我们看到了人性中自私虚伪的一面。鲁迅一生以极大的勇气和精力与民族劣根性作斗争，看来，此事还远没有完结。奶粉掺假的背后是社会上假风盛行，久而久之，司空见惯，见怪不怪。

记得 20 世纪五六十年代，一个人如果说了一句假话，被人点破，会羞得恨不能立即跳楼。如果发现别人有假，也必勇于揭露，愤而斥之。社会道德之失真，从"文化大革命"始，后愈演愈烈。到现在，社会上公然卖假证件、假发票，出假票据。你若要报销，售货员主动问你怎样开票，会计帮你合法入账。大家都在阳光下运作，脸不红，心不跳，谁还怕人说有假，谁还觉得是造假？所以朱镕基任总理时，一次为某会计学院题词，愤而题曰："不做假账。"可见做假账都已成了会计经常的业务。以图财害命，责造假的奶农、药商，可也；而假风蔓延，则要拷问全社会的道德，拷问官员的管理教化示范之责。政治是什么？孙中山说是管理众人之事，我们说是管理国家大事，是为民办事。商场之假与官场之假深有其缘。治商须问政，正人先正己。

现在官场造假成风，虚伪成规。开会排座次，发言念稿子，写公文套框子，发表文章编句子，应付视察摆场子。就是内部开个会，正常接待上司，一发言，也要先说一句"尊敬的某某领导"，如旧时臣子喊"吾皇万岁"，天天演戏，乐此不疲。干部一提拔，先学会应酬，摆架子，装样子，哪有什么如履薄冰，先忧后乐之心？下级见上级，专拣好听的顺耳顺嘴的话说，哪有什么忠言逆耳，实事求是？本来一个社会的安定是百姓老老实实做人，官员勤勤恳恳办事，现在官员只顾演戏，不做真人，怎么能教化百姓办真事？假不为错，伪不觉耻，官无个性，商无诚信，是社会安定和发展之大患。毒奶粉事发，冰山一角。

改革开放，让我们懂得了"商品经济不可逾越"，而商品交换必得有诚信，我们现在亟须补上这一课。改革开放还让我们懂得政治文明要讲民主。在这方面，中国封建社会长，遗毒甚多。专制和集权需要伪装、造假，而民主政治则要透明，要监督，要务实。我们也要补上这一课。无论是政治道德还是商业道德，都要从诚实做起。道德是法律的基础，德不行则法不立，法不立则国难治。而一个社会的道德教化普及，大莫过于先立制度，保障民主，有效监督，然后官员勤勉，政风朴实，上行下效，人人自律，自然河清海晏，夜不闭户，路不拾遗。

愿从假奶粉事件中反思治国大义。

（《北京日报》2008 年 10 月 20 日）

# 一把跪着接过的钥匙

报载北京市盖好第一批专供低收入家庭使用的廉价住房，业主代表感激万分，在接钥匙时向领导下跪。报纸以赞赏的口吻报道此事，标题大意是"首个限价房项目某某家园交用，市委书记、市长发钥匙，入住廉租房，业主跪地谢"，并配有下跪的大幅图片。这条消息刊发在2009年7月1日，党的生日当天，显然是一项计划好的"送温暖"活动。消息一见报即引起议论纷纷。

自从1944年毛泽东同志发表《为人民服务》以来，全心全意地为人民服务，已经是中国共产党人上下一致的信念。老一辈革命家和无数普通的前辈党员、干部都为我们做出了榜样。干部为人民办事是应该的，很自然、平常，没有什么可自诩、自豪、自矜、自炫的。功高如邓小平，他仍说："我是中国人民的儿子。"共产党立党为公，绝无一点私利，也绝不要什么回报，包括什么报恩、答谢。今天，我们只不过用纳税人的钱为老百姓盖了几间房，就心安理得地接受人民的跪谢，这成何体统？报上登的是一把跪着接过的新房钥匙，而这恰是我们解开执政理念的一把思想钥匙。

下跪人与受跪人之间是什么关系？是下对上、晚辈对长辈、奴才对主人、受施者对恩人。所以有子女跪父母、学生跪老师、仆人跪主人，而从没有反过来跪的。即使这样也是封建遗风，民主社会任怎样感激、

**《新京报》2009 年 7 月 1 日配图**

崇敬，有话尽管说，也是不必下跪的。21 世纪的今天，忽然冒出一幕
小民下跪的镜头，并登之于报，怎能不让人大呼怪哉？这镜头里透出的
显然是民在下，官在上；民为子女，官为父母；民为受恩者，官为施恩
者。这一跪就是人格问题、道德问题、政治问题。跪者不自爱，受者不
警觉，时代大倒退。自辛亥革命推翻封建体制，于今已 98 年，马上就
要一个世纪，封建残余还如此顽固，正应了孙中山那句话："革命尚未
成功，同志仍须努力。"问题是，我们从建党那一刻起，不，从建党前
"五四"时期的思想准备阶段算起，就高举民主、平等的大旗，以后为
此又不知付出了多少牺牲。现在掌权既久，怎么倒淡忘了初衷？我们不

是常说自己是公仆，是人民的儿子吗？假如父母向你下跪，那是什么滋味？

突发之事最见真感情、真水平。这件事是考验我们执政理念的试金石。虽然报上说领导赶快去扶下跪的群众，但我怀疑其内心仍有一种以恩人自居，受人一跪的窃喜。要不，为什么不当场严厉批评，坚决制止，并不许登报呢？当年彭德怀保卫延安，转战陕北，屡建奇功，一次开庆功大会，彭一进会场，看到主席台上挂着他的头像，便勃然大怒，说："还不快把那张像给我撕下来？"这是真谦虚，动真情。如果这件事能像当年彭总那样处理，坚决制止，并仔细讲清道理，岂不传为美谈？如果报纸报道出来，是多么生动的一场立党为公、执政为民的现场教育课，说不定还是一条得奖好新闻。

我还想，如果毛泽东在世碰到这件事，他一定又要写一篇新版的《为人民服务》。大意是：我们共产党的干部是彻底为人民利益工作的。我们为了一个伟大的目标，已经走了 88 年，走过了建国，走过了改革开放。我们为人民办了许多好事，但是还不够，还要办得更多一些。因为胜利人民会感谢我们，但我们千万不可骄傲。今天，我们只不过为人民盖了几间房子，发了一把钥匙，就弄得百姓来向我们下跪，这值得我们深思。这说明我们还没有真正弄懂党和人民的关系。只有这个问题解决好了，我们的事业才有希望。

（人民网 2009 年 7 月 7 日）

# 官员答记者问的 14 个"不要"

　　因为长期从事新闻工作，经常采访官员和参加各种官员举办的记者招待会，总觉得我们官员答记者问的水平还待大大提高。这首先是一个认识问题、态度问题，然后才是技巧问题。答记者问是现代政治的一种运作手段，是政治文明的一部分，是主动提供信息、沟通意愿、争取民心、获得支持和改进工作的重要途径。切不可有应付、对抗的心理。以低标准来要求，起码须做到 14 个"不要"。

　　1. 不要做报告。答记者问是有问才答，不问不答。虽有时也可借题发挥，但不可太多。常见的毛病是不管人家问什么，只管念自己事先准备好的稿子，做了一个小报告。甚至是故意占住时间，怕人多问。

　　2. 不要抖家底。一些地方官，不管回答什么，总要不厌其烦地将自己所辖地的土地、人口、物产、产值，甚至山川、历史、气候，全都抖落一遍。这些并不能见报，也无人关心。

　　3. 不要居高临下。答记者问就是答客问。对客人要尊重、客气。和气生财，谦虚生威。

　　4. 不要环顾左右而言他。这样不礼貌，人家觉得你心不诚。相反，答问时你最好始终看着对方的眼睛，人和人的交流主要靠语言，而无言的交流主要靠眼睛。语言加眼睛，诚恳而生动。

　　5. 不要以不变应万变。不要用外交辞令，否则会给人"滑"的感觉,自以为得计,其实有损形象,吃大亏。

6. 不要有对抗心理。所提问题有时可能尖锐,但不必介意,不要立即摆出一副防范、抵抗状,这样问答将无法进行。

7. 不要念稿子。凡问答都是即时的,试想,你与亲人、朋友谈话,或者你年轻时谈恋爱,是否也先有一份稿子?有稿,就有其心不诚、其人无能之嫌。

8. 不要上专业课。答记者问就是通过媒体普及你的思想、你的观点。你讲得又专又深就等于白说。钱学森要求大学毕业生交两篇论文,一篇专业论文,一篇科普文章。真懂是能深入浅出。官员也要有两种本事:一是起草文件、写工作报告;二是动员群众,包括回答记者。

9. 不要假装幽默。幽默是宽余的表现,是达到目标的同时还有一点花絮,如篮球的空中扣篮,足球的倒钩射门。没有真本事,不要幽默。许多官员以为答问时,幽默就能得分,结果,身子能倒钩,球却进不去,弄巧成拙。

10. 不要借机捧上级。大型记者招待会,有时是各级官员出场,由最高官员主持。常有低级官员借答记者问,捧上级,让人肉麻。虽面向记者,却心系领导。这是封建政治、奴性人格的表现。无论民主政治还是现代传媒都无此内容。

11. 讲话的前奏不要太长。答问,是接问作答浑然一体,如太极拳之借力发力,四两拨千斤,一开口即要接上记者的问话,不要自加前奏,自泄其气,反招人烦。

12. 讲话不要超过 5 分钟。长则有水分,长则惹人嫌。

13. 不要讲空话、套话。你要明白这些话统统不会见报,所有的记者都是挑最有个性的材料和语言来写稿。

14. 不要向记者发脾气,更不可动粗,否则弄不好身败名裂。就算已看出是对方设的圈套,也要机智地、有风度地绕过去。

这 14 个"不要"所否定的行为都是我在记者招待会上屡屡看到,现仍在发生着的。特整理奉上,以资官资政。

(《人民日报》2010 年 3 月 24 日)

# 房高不要超过树高

偶读杂志，看到一篇文章，说的是我代表团到印度洋岛国塞舌尔访问，见当地有一规定：房高不得超过树高。

我方人员奇之，问诸主人，答曰：此岛本荒凉，经树木慢慢滋生方得以有生态改善，有雨水、荫凉及各种植物，气候适宜，生态平衡，人们乐居其间。还说，因为他们是岛国，生存空间狭小，一旦生态变坏，人便无处可逃，所以特别小心翼翼地求之于树，依赖于天。

人生活在地球上，第一离不开的是水和氧，而这两者都得力于树，树可造氧这是人人皆知的。记得二十年前我就看过一则报道，说一棵大树靠着它的根系和树冠，一昼夜可以调节四吨水，吸纳、蒸发循环不已。我们生活在地球上，就像睡觉盖着一层棉被，这棉被就是水和氧，而制造调节水和气的就是绿树。一个人如果大冬天赤条条地被扔到室外，会是什么样子？地球上没有了树，人的难堪大致如此。小时候在村里听故事，说项羽力气大，能抓着头发将自身提离地面，孩童无知，很是惊奇而向往。后来学了物理才知道那是不可能的。我们也曾犯过这种傻，以为不必借助生态，人们想干什么就干什么，想要什么就有什么，想怎么活就怎么活。最典型的是在 1958 年的"大跃进"，我们抓着头发，想把自己提离地面。现在才明白，这不可能。

这几年砍树之风是基本刹住了，西北地区也大搞退耕还林。但是在

245

城里却拼命地盖高楼，楼房和树比赛着往高长，在人为因素下，树当然比不过楼。于是满城都是证明人的伟大的水泥纪念碑。三十多年前，在北京上学，四合院的墙头不时伸出枣树枝或柿子树枝，那时真是住在树荫下，走在绿荫里。城市要发展，当然不能总是四合院。我仔细观察过，一棵大树可长到六七层楼高，欧洲许多城市的房高也多是六七层。我们却非要高过树，挤走树才甘心。每次我登香山，远眺京城插着的一座座水泥楼，灰蒙蒙一大片，总联想到一片墓碑之林。在和树比高低的竞赛中，我们迟早要葬送自己。

（《人民日报》2002 年 4 月 16 日）

# 对国家领导人不应称爷爷

　　政治就是"一大二公"，是国家大事、公家的事。讲政治就是要分清大小，分清公私。大事不能乱，公私不能掺。报纸宣传尤要注意。一些细节，虽一时无大碍，但潜移默化，事关规矩。社会运转自有一套大规矩、大程序，是公共程序。在这套程序中，从国家领导人到平民百姓各有定位，各尽其职，各尽其责，这就是政治生活。政治是严肃的，唯其严肃，才有效率。政治生活之外，还有人情、人伦的私生活，但两者不能混淆。北宋名臣富弼出使辽国，一走数月。有人捎家书来，他不拆，直接放灯上烧掉，曰：徒乱人心。当此时也，他如无家、无妻儿，只有使臣身份。而我们一些报纸、一些记者，常用孩儿语、私家情去写严肃的政治，弄得不伦不类。如报纸上报道孩子们对国家领导人的称呼常用"爷爷"。到过"六一"儿童节，整版通栏大标题喊"爷爷"。个别稿子，可以动笔改一改。但对这种风气，便只有认真向有关部门反映，提请研究改正。下面这封信是我当时写给中央有关领导的一封信，并受到重视，通知各媒体注意改正。

　　某某同志：

　　　您好！

　　　最近的"六一"报道中，许多报纸提到孩子们对国家领导人称呼时都用"胡爷爷"、"温爷爷"等,以前也有这种情况。我觉不妥。一方面欠严肃,另外,也涉及未成年人教育的一个问题。从晚辈尊老的角度讲,称爷爷当然是对的,但更重要的是,要从小培养孩子们的国家意识、领袖意识和社会观念。一个看似简单的称谓,实际上是在潜移默化,是在对孩子进行爱国主义和宪法、法律的启蒙教育,是个政治问题。孩子一懂事,除了让他们懂得家庭、亲情、尊老爱幼外,还要逐渐让他们懂得自己是生活在社会上和国家中,这样才会有责任感和纪律性,进而有爱国心。像"主席"、"总理"这样的职务是代表国家的,媒体上的公开宣传报道还是称职务好,比较严肃。20世纪幼儿园、小学里教育孩子也是称"毛主席",而不是称"毛爷爷"。我们提倡党内称同志,但在报纸上对国家领导人还是称职务好。

不知妥否,仅供参考。

梁 衡

2004 年 6 月 2 日

# 西柏坡赋

　　西柏坡乃冀中一普通山村。然其声沸海内，名传八方；瞻者益众，研者益广。天降大任，托国运于僻壤；小村何幸，成历史之拐点。

　　1948 年春，中国北方大地正寒凝将消，阳气初升，国共两党还胜负未分。时毛泽东方战罢陕北，过黄河，进太行，一路西来；刘少奇正经略华北，闹土改，分田地，发动群众。中央五大书记，自一年前延安分手，重又际会于此，设立中国革命之最后一个农村指挥部，将要夺取大城市，问鼎北平。

　　是时也，日寇甫败，蒋介石心气正盛，仍欲圆"剿匪"旧梦。于是设指挥部于南京，乃六朝古都，纸醉金迷之城。共产党则选定这个山沟，乃穷乡僻壤，无名无姓之村。当是时，势虽必胜，党却还穷。战事紧，参谋竟无标图之笔，而以红蓝毛线推盘演兵；文电急，领袖苦无办公之所，只就炕桌马灯草拟电文。借得民房一室三桌，是为情报、作战、资料三部；假小院石碾一盘，以供毛、周、朱选将、发令、点兵。虽军情火急，院门吱呀，不废房东荷锄归；指挥若定，读罢战报，还听窗外磨面声。谈笑间，一战而取辽沈，二战而收淮海，三战而下平津。全国解放，大局已定。

　　当此乾坤逆转，将开国定都之时，中共高层却格外之冷静。一间大伙房里正在开党的中央全会，静悄悄，审时度势，析未来；言切切，防

249

微杜渐，议党风。斯是陋室，无彩旗之张挂，无水茶之递送；甚而上无主席台之摆设，下无出席者之席尊。主持者唯一把旧藤椅，代表席即老乡家的几十个小柴凳。通过的决议却是不祝寿、不敬酒、不命名。务必艰苦朴素，务必谦虚谨慎。其心之诚，直叫拒者降、望者归，大江南北，传檄而定；其风之严，令贪者收、贿者敛，军政上下，两袖清风。孟子言，先贤而后王；哲人曰，先忧而后乐；共产党人，未曾掌权，先受戒骄之洗礼；五大领袖，进京之前，相约不做李自成。

中国革命乃土地革命，政权之争实民心之争。仰观自陈胜、吴广至太平天国，起起灭灭，热血空洒黄土旧，悲歌唱罢王朝新。只有共产党，地契旧约照天烧，彻底解放工与农。党无己利，人无私心，决心走出人亡政息周期率；言也为民，行也为民，载舟覆舟如履薄冰。西柏坡，一块丰碑，一面铜镜，一声警钟；二中全会，两个务必，两个预言，再三提醒。自古成由艰辛败由奢，谦则受益满招损。正西风烈，柏松翠，坡草青，精神在，长久存。

刻于西柏坡的《西柏坡赋》

（《人民日报》2011 年 6 月 29 日）

**图书在版编目（CIP）数据**

爱国四章/梁衡著 . —北京：中国人民大学出版社，2014.5
ISBN 978-7-300-19217-8

Ⅰ . ①爱⋯ Ⅱ . ①梁⋯ Ⅲ . ①散文集-中国-当代 Ⅳ . ①I267

中国版本图书馆 CIP 数据核字（2014）第 081975 号

**爱国四章**

梁 衡 著

Aiguo Sizhang

| | | | | |
|---|---|---|---|---|
| **出版发行** | 中国人民大学出版社 | | | |
| **社　　址** | 北京中关村大街 31 号 | | **邮政编码** | 100080 |
| **电　　话** | 010 - 62511242（总编室） | | 010 - 62511770（质管部） | |
| | 010 - 82501766（邮购部） | | 010 - 62514148（门市部） | |
| | 010 - 62515195（发行公司） | | 010 - 62515275（盗版举报） | |
| **网　　址** | http://www.crup.com.cn | | | |
| **经　　销** | 新华书店 | | | |
| **印　　刷** | 天津画中画印刷有限公司 | | | |
| **规　　格** | 165 mm×235 mm　16 开本 | | **版　　次** | 2014 年 5 月第 1 版 |
| **印　　张** | 16.75 | | **印　　次** | 2022 年 12 月第 9 次印刷 |
| **字　　数** | 224 000 | | **定　　价** | 39.80 元 |